Wilfried Herold

Suche & Versuche

Erzählungen

Verlag: BoD · Books on Demand GmbH,
In de Tarpen 42, 22848 Norderstedt, bod@bod.de
Druck: Libri Plureos GmbH, Friedensallee 273,
22763 Hamburg
ISBN: 978-3-7693-2501-0

Inhalt

Suche & Versuche

Magnus hatte ich kürzlich zufällig im Kino getroffen, wo er mir nur deshalb auffiel, weil er, zwei Reihen vor mir, vollkommen reglos dasaß, so dass ich auf ihn aufmerksam wurde. Keinen Zentimeter bewegte er sich und ich konnte nicht umhin zu vermuten, dass er den Film gar nicht anschaute. Womöglich hörte er noch nicht einmal hin, denn er trug eine dicke Wollmütze, die über die Ohren reichte. Bei den wenigen Leuten im Saal war er nicht zu übersehen, aber es dauerte einige Zeit, der Vorspann ging gerade zu Ende, bis ich ihn erkannte. Es war dieselbe Mütze, die er schon bei unserer letzten Begegnung getragen hatte, nur musste ich mich erst daran erinnern.

Wir treffen uns sowieso immer nur zufällig, mal im Kino, mal in einer Kneipe, mal im Park, und dort meist in der Nähe des Teiches, wo er oft genauso unbewegt sitzt und den Enten zusieht. Vielleicht ist es auch der Springbrunnen in der Mitte des Teiches, den er betrachtet und der unablässig auf- und abflutet. Es könnte sein, dass er ihn deshalb beobachtet, weil er herausbekommen möchte, ob darin eine Regelmäßigkeit zu entdecken ist. Das habe ich ihn zwar nicht gefragt, aber ich könnte es mir durchaus vorstellen, denn er ist Mathematiker, Hobbymathematiker, muss ich dazu sagen, und alles, was quantifizierbar ist, interessiert ihn. Dann macht er sich Notizen, die er immer mit sich herumträgt und ergänzt, verbessert, ausradiert. Er benutzt nämlich ausschließlich Bleistifte. Einmal fragte ich ihn, warum er kein Notebook oder iPad verwendet, das sei doch mindestens genauso praktisch. Er schaute mich nachdenklich an und sagte schließlich: „Ich liebe jede einzelne Ziffer und solange ich mit der Hand schreibe, bleiben sie meine Freunde.“

Also, eine typische Bemerkung von Magnus, die ich, wie viele von ihm, nicht so einfach nachvollziehen konnte. Aber die Ernsthaftigkeit, mit der er sprach, hinderte mich, sie lustig oder witzig zu finden. Ich konnte auch keine Rückfrage dazu stellen, wahrscheinlich hätte er dann einen zweiten ebenso rätselhaften Satz geäußert. Dass er auch beruflich mit Zahlen zu tun hat, ist natürlich nicht verwunderlich. Er arbeitet als freiberuflicher Controller mit irgendeiner Spezialrichtung, die sonst kaum jemand draufhat. Deshalb hat er zeitweise einen Sechzehnstundentag, dann sitzt er eine Weile ohne Auftrag da. Das sind dann Tage, wo ich ihn zufällig treffen kann, wie gesagt, im Kino, im Beisl, am Teich.

Vielleicht sollte ich ihn beschreiben, ich kenne ihn ja auch schon ziemlich lange. Wir sind im selben Dorf aufgewachsen und leben jetzt in derselben Stadt, aber nicht im selben Bezirk. Also, er ist so gegen eins achtzig groß, schlank, hat dunkles braunes Haar, graue Augen, wirkt sportlich, obwohl er nichts dafür tut. Jetzt müsste er Mitte dreißig sein, ist nicht verheiratet, und sein Hobby, wie gesagt, ist die Mathematik. Wahrscheinlich könnte er ein Buch über die Geschichte der Mathematik schreiben, da ist er unwahrscheinlich bewandert. Er hat auch eine Zeitlang Mathe studiert, aber dann, so erzählte er später, verlor er die Lust daran. „Weißt du", sagte er, „es ist, wie wenn du gerne und sehr gut Klavier spielst, aber keine Veranlassung siehst, der Auftritte wegen stundenlang zu üben. Mir ist beim Studium die Freude verloren gegangen und ich habe gemerkt, dass meine Liebe zu den Zahlen litt und sie ihre Persönlichkeiten verloren, weil ich sie nur noch als Mittel zum Zweck gebrauchte."

Wieder war das so ein Satz, mit dem ich nichts anfangen konnte. Was soll man auch dazu sagen? Jedenfalls fragte ich ihn, ob das bei seinen Rechnereien als Controller nicht der Fall sei, und er erwiderte erstaunt, das sei eine ganz andere Geschichte, es seien ja nicht seine Zahlen, mit denen er zu tun habe, sondern die von anderen, und diese Zahlen seien ihm so fremd, wie die Leute, an denen man auf der Straße vorbeigeht, ohne sie sich merken zu müssen. „Du siehst sie, registrierst sie und vergisst sie wieder, so ist das."

Wenn ich mehr Affinität zur Mathematik hätte, wäre es für mich einfacher, ihn in dieser Beziehung zu verstehen. Aber faszinierend finde ich seine Einstellung schon, das muss ich zugeben.

Nun gut, als ich ihn da im Kino sah, fragte ich mich, woran er in seiner Reglosigkeit wohl dachte. Ich war irritiert, denn es war ein Actionfilm, spannend natürlich, mit vielen technischen Tricks dabei, keine großartige Story, aber wahnsinnige Stunts und so. Jedenfalls interessierte es mich, warum er so still dasaß, wo jeder andere im Saal irgendwie mitmachte, Kommentare abgab, lachte, stöhnte, pfiff und so.

Ich passe ihn also beim Ausgang ab und muss ihn am Ärmel fassen, weil er an mir vorbeigehen will, ohne mich zu sehen. Er schaut mich verblüfft an und braucht mindestens eine Sekunde, bis er mich erkennt. „Ach, du bist es, Oskar!", sagt er und dann nichts mehr. „Ja", sage ich, „hast du vielleicht Lust auf ein Bier, ich lade dich ein." Er schüttelt den Kopf. „Nein?", frage ich. „Du brauchst mich nicht einzuladen, aber ich komme mit. Tut mir vielleicht gut."

Wie wir unser Bier vor uns stehen haben, frage ich: „Wie bringst du es fertig, bei so einem Film dazusitzen, als wärst du in einem klassischen Konzert, wo man sich nicht regt, nichts sagt, nicht lacht? Du hast dich die ganze Zeit nicht bewegt! Hast du überhaupt was vom Film mitbekommen?" Er schaut zur Seite, wo nur leere Tische stehen, schaut auf sein Bierglas, wo noch der Schaum zu sehen ist, und schaut dann mich an und ich fühle mich wieder so hilflos, wie wenn er einen seiner rätselhaften Sätze gesagt hätte. „Also, sooft ich hingesehen habe, bist du wie versteinert dagesessen, die ganzen eineinhalb Stunden lang. Oder?"

Er blickt auf seine Uhr. „Ja, kann sein, die Vorführung fing um sechs Uhr an, jetzt ist es schon kurz vor acht." Wieder schaut er mich an und irgendeine Frage muss durch seinen Kopf gehen, auf die er eine Antwort sucht. Ich nehme einen Schluck und noch einen, wische mir den Mund ab. Er hält sein Glas fest, als würde es sonst umfallen. „Willst du es wirklich wissen?", fragt er plötzlich, irgendwie tonlos, wie aus dem Off. „Was meinst du jetzt?", frage ich zurück. Es kommt erst mal keine Antwort und ich fange an zu bereuen, dass ich ihn überredet habe, zusammen ein Bier zu trinken. Also nehme ich noch einen großen Schluck, so dass nicht mehr viel im Glas übrig ist.

Jetzt nickt er und offenbar hat er die Antwort auf seine eigene Frage gefunden. „Ich bin in letzter Zeit öfter im Kino gewesen, in diesem Kino, meine ich. Und ich sitze immer auf demselben Platz." Er macht eine Pause und ich will schon fragen warum, als er weiterredet. „Ich habe Mara vor vier Monaten und drei Tagen da kennengelernt. Sie saß zwei Sitze weiter und hat die ganze Zeit geredet, so dass ich mich nicht mehr auf den Film konzentrieren konnte. Ich habe auch völlig vergessen, welcher es war. Sie redete die ganze Zeit, aber es war kein Selbstgespräch." Wieder macht er eine Pause, bevor es weitergeht. „Sie redete, als ob sie mit jemand sprach, der neben ihr saß. Aber da war keiner, nur ich, zwei Sitze weiter. Redet sie mit mir, fragte ich mich, aber sie sah nur immerzu nach vorne und die Leute, die uns am nächsten saßen, waren einige Reihen weiter hinter uns. Die konnten sie gar nicht hören. Alles habe ich nicht verstanden von dem, was sie sagte. Aber irgendwann wurde mir klar, dass sie den Film kommentierte, als ob neben ihr jemand säße, der blind ist und dem sie die Bilder schildern wollte." Jetzt schüttelt Magnus den Kopf. „Ganz schön schräg", sage ich, „wie ging's weiter?"

Magnus lehnte sich zurück und schaute wieder in die nächste Ecke des Raumes. „Wie ging's weiter?", wiederholte er wie ein Echo, „wie ging's weiter?" Plötzlich grinst er und sagt: „Gut, sehr gut sogar. Ich sprach sie an, wie wir zufällig nebeneinander aus dem Saal gehen. ‚Ich bewundere es, wenn jemand so viel zu einem Film sagen kann wie Sie, nicht nur danach, sondern sogar während des Films.' Sie schaut mich an, ihre Augen blitzen, sie grinst, sagt: ‚Ich will in Übung bleiben'. ‚So', sage ich, ‚wofür üben Sie denn?' Sie bleibt stehen und erwidert: ‚Wenn du es wirklich wissen willst, musst du mir einen ausgeben, ich bin gerade ziemlich durstig.' Ich überlege noch, da nimmt sie meinen Arm und wir landen hier in diesem Lokal. Du sitzt jetzt auf ihrem Platz."

Magnus schaut mich so intensiv an, dass ich das Gefühl habe, ich müsse die Frau sein, mit der er hier saß. Ich nicke und frage: „Also, sie heißt Mara, aber was macht sie, wie schaut sie aus? Ist sie jetzt deine Freundin?" Ich muss gestehen, gerade die letzte Frage interessierte mich am meisten, denn ich hatte immer den Eindruck gehabt, dass Magnus es mit Frauen nicht so leicht hatte, obwohl er wirklich gut aussieht. Und er verdient reichlich, hat feine Manieren, denkt nicht nur an seinen Job. Aber eben, was Frauen anbelangt, habe ich ihn nie mit einer angetroffen, er hat auch nie von einer erzählt.

„Mara ist fast so groß wie ich, ein dunkler Typ, schwarze Haare, gelockt, trägt meist große Ohrringe, liebt überhaupt Ringe, an den Fingern, den Ohren, sogar am kleinen Zeh hat sie einen. Sie kann unentwegt reden, interessant reden meine ich, kein Blabla. Ihre Stimme klingt immer ein bisschen rau, aber sie raucht nicht, Zigaretten wenigstens nicht. Trägt gerne auch dunkle Kleidung, aber irgendwo ist immer was ziemlich Grelles, Farbiges dabei, ein Tuch, ein Schal, ein Gürtel, manchmal sogar ein Hut. Und die Fingernägel natürlich, die sind alle gefärbt."

„Jetzt musst du mir nur noch sagen, welche Unterwäsche sie bevorzugt, rote, schwarze?" Wieder nickt er und fährt eifrig fort: „Meistens schwarze, manchmal war sie auch violett. Rot findet sie ordinär, ja, so sagte sie es." Er schaut wieder an mir vorbei, sieht sie offenbar vor sich, womöglich so, wie er sie gerade beschrieben hat. „Wenn ich jetzt eins und eins zusammenzähle, muss ich nicht mehr raten. Sie ist deine Freundin seitdem, du himmelst sie an. Wie sie ohne Kleider aussieht, musst du mir jetzt aber nicht beschreiben. Es reicht, wenn du mir sie mal bei Gelegenheit vorstellst."

Sein Ausdruck ändert sich schlagartig, er stützt seine Ellenbogen auf den Tisch und seinen Kopf in die Hände. „Was ist?", frage ich und ahne es schon. „Ihr seid nicht mehr zusammen?" Jetzt sitzt er reglos da, wie zuvor schon im Kino. Ich winke und bestelle einen Schnaps für mich und für Magnus. Als die Gläser gebracht werden, schiebe ich eines zwischen seine Ellbogen. „Jetzt trink erst mal, dann erzähl' weiter." Es dauert eine Weile, bis er das Glas nimmt und den Inhalt runterkippt. Er holt tief Luft, schaut mich wieder so unangenehm durchdringend an.

„Sie ist einfach weg, kommt nicht wieder." Ich sehe, wie er das Schnapsglas nimmt und nochmal daraus trinken will. „Wir haben uns nicht gestritten, es gibt keinen Grund, warum sie nicht kommt." Jetzt schaut er auf sein Glas, merkt, dass es leer ist. „Du weißt nicht, wo sie wohnt, hast keine Telefonnummer, nichts?", frage ich ungläubig. Er sieht mich an und ich merke, dass ihm fast die Tränen kommen. „Nichts", sagt er nur. Ich überlege und sage: „Also, sie kam immer nur zu dir oder wohnte vielleicht auch bei dir, ihr wart nie bei ihr und du hast sie nicht gefragt nach ihrer Nummer, wolltest sie nie besuchen?" Er zuckt nur mit den Achseln und faltet die Hände, als ob er beten wollte. „Was macht sie denn beruflich, wo arbeitet sie? Da kannst du sie doch finden."

Er hat sein Gebet beendet und öffnet die Hände. „Sie ist Schauspielerin, so sagte sie zumindest, ist oft Synchronstimme in ausländischen Filmen, deshalb musste sie ja in Übung bleiben." Ich kann es nicht fassen, wie naiv er sein kann. „Hast du mal nachgeforscht nach deiner Mara, so heißt sie doch, oder?" Wieder Achselzucken. „Hab' ich, aber eine Mara ohne Nachnamen ist schwer zu finden, jedenfalls war keine Schauspielerin in ihrem Alter darunter."

„Und jetzt kommst du in dieses Kino und hoffst, dass sie wieder auftaucht, oder wie stellst du es dir vor?" „Jetzt nicht mehr", sagt er, „jetzt nicht mehr." Die folgende Frage hätte ich schon längst stellen sollen: „Wann hat sie dich denn verlassen, sag!" Wieder die Stimme aus dem Off: „Vor drei Monaten und siebzehn Tagen." Jetzt muss ich überlegen: „Das heißt, ihr wart nur ..." „sechzehn Tage und zwölf Stunden zusammen", setzt er fort. „Und wie oft kommst du hierher ins Kino?" Magnus erhebt sich aus seiner gekrümmten Haltung und setzt sich gerade hin. „Am Anfang jeden Tag, seit zwei Wochen nur noch jeden zweiten Tag." „Und dann sitzt du da, denkst nur an sie, egal, welcher Film gerade läuft." „Ja, so ähnlich."

Ich bin fassungslos. Schließlich fällt mir noch eine letzte Frage ein: „Hast du wenigstens ein Foto von ihr?" Jetzt schaut er versonnen über mich hinweg. „Ich sehe sie auch so, sie lächelt, sie spricht, aber noch verstehe ich nicht, was sie mir sagt."

* * *

Oskar verabschiedete sich bald danach, nicht ohne Magnus' Getränke bezahlt zu haben. „Lass von dir hören", sagte er beim Verabschieden, aber es war klar, dass das nicht geschehen würde. Als er die Tür erreichte, blickte er noch einmal zurück, aber Magnus saß wieder regungslos da wie schon so oft.

‚Er hält mich für einen Idioten', dachte Magnus, ‚was soll's.' Er schloss die Augen und sofort sah er Mara vor sich und konnte sich jede Partie ihres Körpers so genau vorstellen, wie wenn sie vor ihm stünde. ‚Vielleicht ist es das, was sie verschreckt hat.' Er sah, wie sie in der Küche hantierte, wie sie mit nassem Haar aus der Dusche trat, wie sie schlafend neben ihm lag. Vielleicht hätte er ihr davon nichts erzählen dürfen, aber sie hatte ihn ertappt, als er einmal regungslos am Tisch saß. „Es erschreckt mich, wenn du minutenlang so dasitzt, als ob du erstarrt wärst. Was geht da in dir vor?" So hatte sie gefragt und er hatte ihr sein Geheimnis verraten.

Mara hatte nichts darauf erwidert. Aber als er spätabends ihr Haar streichelte und sie küssen wollte, war sie ausgewichen. „Ich mag das nicht, wenn du so an mich denkst." Nach einigem Zögern hatte sie weitergesprochen. „Du hältst mich fest, das will ich nicht!" Sie hatte das fast geschrien, war aus dem Bett gesprungen und hatte sich angezogen. Er war fassungslos liegen geblieben und hatte hilflos zugesehen, wie sie ihre Sachen, zusammenpackte und einfach verschwand, nicht nur aus seiner Wohnung, sondern auch aus seinem Leben.

Doch dass er sie in irgendeiner Weise festhalten, begrenzen, für sich haben wollte, das traf einfach nicht zu. Sonst hätte er sie ausgefragt, hätte alles über sie in Erfahrung gebracht, hätte versucht, sie in Abhängigkeiten zu bringen. All das hatte er nicht getan und dafür stand er jetzt als Idiot da.

Er hatte versucht, sie zu sich zurückzuholen, indem er an sie dachte, nicht nur in den Stunden, die er im Kino verbrachte, sondern auch dann, wenn er nicht gerade mit seinen beruflichen Aufgaben beschäftigt war. So etwas wie Magie hatte er auszuüben versucht und fest daran geglaubt, dass es ihm gelingen werde, sie zu ihm zurückkehren zu lassen. Dass er damit gescheitert war, bedeutete keine Niederlage. Denn noch immer sah er sie vor sich und bisweilen sprach sie unhörbar mit ihm.

***

Er sah auf, als er eine Stimme hörte, die irgendetwas sagte. „Darf ich Ihnen noch etwas bringen, etwas zu essen vielleicht?" Sie wischte sich eine Haarsträhne aus der Stirn und er blickte in Augen, deren Farbe zwischen braun und grau zu changieren schien. Sie lächelte unmerklich und vielleicht war es das, was Magnus veranlasste, überhaupt die Möglichkeit in Betracht zu ziehen, noch länger zu bleiben. „Ein Sandwich, Pommes, Würstchen oder eine Suppe?" Er zögerte und sie fuhr entschuldigend fort: „Was anderes haben wir leider nicht mehr." Noch immer überlegte er und sie wollte schon gehen, als er sagte: „Darf ich Sie bitten, mir zu bringen, was Sie selbst mögen?" Jetzt versuchte auch er zu lächeln und sie nickte, schon in Gedanken dabei, sich etwas für ihn zu überlegen.

Magnus bemerkte, dass er einziger Gast war, denn offenbar hatten die anderen Gäste das Lokal verlassen, um wieder nach Hause oder ins nahe Kino zu gehen. Als die Kellnerin zurückkam, sah er sie zum ersten Mal aufmerksam an. Natürlich kannte er sie von den vorigen Besuchen, die er mit Mara hier gemacht hatte. Ihr braunes Haar trug sie hochgesteckt und sie erschien ihm weniger schlank als

Mara, die um einiges größer als sie war. „Es ist eine Minestrone, ich hoffe, das passt." Behutsam stellte sie den vollen Teller vor ihn hin und legte das Besteck daneben. „Ich bringe Ihnen noch ein wenig Brot dazu." Sie ging, bevor er sich bedanken konnte, und Magnus beschloss, die kurze Zeit zu warten.

Das Brotkörbchen war übervoll, so dass er grinsen musste, als sie es hinstellte. „Sehe ich aus, als müsste ich sonst verhungern?", fragte er und bedankte sich. „Das nicht, aber ich dachte, es tut Ihnen gut, nachdem Sie fast die ganze Zeit so nachdenklich dasaßen und, vermute ich, in Gedanken weit weg waren." „Also, das heißt, wieder auf die Erde zurückkommen, meinen Sie?" Stumm hob sie die Hände, ihm zustimmend. „Guten Appetit! Und melden Sie sich, wenn Sie noch etwas haben möchten." Magnus spürte plötzlich, dass er wirklich hungrig war und löffelte langsam die Suppe, um sie ausgiebig zu genießen.

Und plötzlich sah er sich als Junge vor dem Suppenteller sitzen, die Mutter daneben, die versuchte, ihm jeden Wunsch zu erfüllen. Obschon alleinerziehende Ärztin, verbrachte sie möglichst viel Zeit mit ihm, begleitete ihn zum Musikunterricht, zum Sporttraining und jeden Sommer verbrachten sie die Ferien zusammen. Immer waren sie am Meer gewesen und dort hatte er sich am wohlsten gefühlt, wenn sie sich sonnte und er allein unterwegs sein konnte.

„Die Suppe hat geschmeckt, hoffe ich." Ihre Stimme holte ihn in die Gegenwart zurück. „Ja, vorzüglich, danke." Er schob ihr den Teller hin. „Ich möchte gerne zahlen." Wieder lächelte er, aber er war in Gedanken bei seiner Mutter, die ihn über alles geliebt, aber nie völlig verstanden hatte. Er erinnerte sich nicht, dass sie jemals einen Freund hatte all die dreißig Jahre. Um seinen Vater hatte sie immer ein Geheimnis gemacht und auf seine Fragen stets nur ausweichende Antworten gegeben. Mit zwanzig, einundzwanzig hatte er nicht mehr gefragt und einige Jahre später, nach ihrem Tod, gab es niemanden mehr, den er hätte fragen können. In all ihren Papieren hatte er keinen Hinweis gefunden und damit war dieses Kapitel abgeschlossen.

Als er mit einem großzügigen Trinkgeld zahlte, freute er sich über ihr Erstaunen, das ihn den ganzen Heimweg begleitete. Vielleicht, so dachte er, war es das Zeichen, nicht mehr an Mara zu denken, was ihm schon zur täglichen Gewohnheit geworden war.

* * *

Mara heißt sie, falls es sie unter diesem Namen überhaupt gab. Meine Vermutung war nämlich, dass sie gar keine Schauspielerin, sondern sozusagen nur Stimme, Synchronstimme war. Und deshalb rief ich Simone an, die beim Fernsehen arbeitet, und fragte sie, wie ich jemand wie Mara finden könnte. „Ach, weißt du, Oskar, überlass' es mir, auch wenn es wohl etwas dauern wird. Du weißt also nur ihren Vornamen und sonst nichts?" Ich gab ihr noch die Beschreibung, wie ich sie von Magnus bekommen hatte samt Farben der Unterwäsche und sonstigen Eigenheiten. Simone lachte: „Wenn es sie gibt in der Stadt, dann werden wir sie auftreiben, auch wenn sie anders heißt." Wieder lachte sie. „Ich frage Steven, der sollte sie kennen, er steht auf solche Frauen!"

Ich wusste zwar nicht, wer dieser Steven war, aber das spielte nun keine Rolle. Jedenfalls dauerte es nicht allzu lange, bis ich wieder etwas von Simone hörte. „Hör zu, Oskar, es gibt sie tatsächlich, allerdings heißt sie Mathilda und ist keine Schauspielerin. Das Studium hat sie abgebrochen, arbeitet hier beim Fernsehen, aber nicht als Synchronstimme. Deshalb hat es auch etwas gedauert, denn Steven hat sie tatsächlich gesucht, aber hat sie sozusagen im hintersten Stübchen gefunden, ich weiß schon nicht mehr, was ihre Tätigkeit ist. Jedenfalls fand er sie originell, wie er sagte." Simone gab mir ihren vollen Namen. „Du hast was gut bei mir, Simone. Melde dich, wenn du was brauchst." Sie lachte wieder und ich fragte mich, worauf ich mich bei ihr einstellen sollte.

Nun gut, ich hatte es nicht eilig, Magnus mit diesen Neuigkeiten zu überraschen. Auf jeden Fall wollte ich damit warten, bis ich ihn zufällig mal wieder treffen würde. Aber probeweise ging ich ins Kino, um zu sehen, ob er noch immer dort seine Séancen abhielt. Zum Glück erwischte ich einen spannenden Actionfilm, so dass ich mich nicht ärgern musste, umsonst ins Kino gegangen zu sein. Danach schaute ich noch im benachbarten Lokal vorbei, aber auch dort war er nicht.

Ich stand noch unentschlossen in der Nähe des Eingangs, als mich die junge Kellnerin anlächelte, als ob sie mich kannte. Zögernd kam sie näher und sprach mich an, als ich einen Schritt auf sie zuging. „Ihr Freund kam seit damals nicht mehr hierher, ich meine, falls Sie ihn suchen." „Sie haben das perfekte Gedächtnis, es ist doch schon Wochen her." „Ja, aber sich ihn zu merken war nicht schwierig. Zuletzt blieb er noch, nachdem Sie gegangen waren, und aß eine Suppe, was er sonst nie getan hatte." „Ich nehme gerne auch noch eine Kleinigkeit zum Essen, bringen Sie mir bitte die Karte."

Ich nahm Platz und wählte einen kleinen Imbiss, dazu ein Pils. Noch während ich aß, beschloss ich, die Kellnerin nach Mara zu fragen. Ich musste mir nur noch einen guten Grund dafür ausdenken. Als sich das Lokal wieder etwas geleert hatte und sie mir ein zweites Pils brachte, fragte ich: „Erinnern Sie sich auch an die Dame, in deren Begleitung mein Freund ab und zu hierherkam, oder vielleicht war es auch nur einmal, aber das schon vor längerem." Ich zeigte ihr, wo sie gesessen hatten, und sie besann sich. „Ich glaube ja. Sie fiel mir auf, weil sie ununterbrochen redete und dabei gestikulierte, so dass ihre lila lackierten Fingernägel wie Blitze durch die Gegend fuhren." Ich musste grinsen und sie lachte. „Zwei, nein dreimal kamen die beiden hierher und jedes Mal waren die Nägel anders gefärbt."

Sie zögerte und fragte dann: „Weshalb wollen Sie das überhaupt wissen? Suchen Sie die beiden?" Sie hatte sich gesetzt und sah mich aufmerksam an. „Gewissermaßen ja", sagte ich, „das heißt, mein Freund ist auf der Suche nach ihr, sie ist ihm sozusagen abhandengekommen." Jetzt lachte sie: „Das wundert mich nicht, so wie sie sich verhalten hat. Er war weit mehr an ihr interessiert als sie an ihm, das war sonnenklar. Und das geht meistens nicht gut aus, sage ich Ihnen." Vor Eifer hatte sie rote Wangen bekommen und ein leichter Verdacht stieg in mir auf. „Er, also, mein Freund, kam seit damals, als ich mit ihm hier war, nicht mehr her?" Sie schüttelte den Kopf: „Nein, ganz bestimmt nicht." Sie schien noch etwas sagen zu wollen, aber stand plötzlich auf. „Kann ich Ihnen noch etwas bringen?" Ich dankte und bezahlte, nicht ohne ihr ein Extratrinkgeld zu geben. „Damit Sie mich nicht vergessen", sagte ich. „Danke, dafür wäre es nicht nötig gewesen." Als ich mich beim Öffnen der Tür noch einmal umschaute, sah ich sie noch immer am selben Platz stehen, diesmal mit ernstem Blick.

* * *

Erst als sie zum Tisch kam, um die Bestellung aufzunehmen, erkannte sie Mara, die mit einem anderen Begleiter ins Lokal gekommen war. Sie war zwar äußerlich verändert, trug das Haar kurz, aber wieder fielen die großen metallenen Ohrringe auf, die fast ihre Schultern berührten. Auch jetzt schien sie unentwegt auf ihren Begleiter einzureden, der kaum Gelegenheit fand, die Bestellung aufzugeben.

Als sie die Getränke brachte, schaute Mara sie nur kurz an, um sofort weiterzusprechen. Keiner der beiden bedankte sich und sie stellte sich schon im Vorhinein darauf ein, kein großartiges Trinkgeld zu bekommen. Umso überraschter war sie, als sie von Mara angesprochen wurde, während ihr Begleiter gerade zur Toilette ging. „Sie erinnern sich, ich war vor Wochen mit einem großgewachsenen Mann hier, zwei oder drei Mal. War er in der Zwischenzeit wieder mal hier?" „Nein, kein einziges Mal mehr." Mara schaute sie prüfend an. „Nein, jedenfalls nicht, wenn ich hier war und bedient habe." Mara setzte sich, ohne sich weiter um sie zu kümmern, so, als ob dieses Gespräch nie stattgefunden hatte. „Weshalb fragen Sie?" Maras beiläufiger Blick streifte sie, aber eine Antwort erhielt sie nicht.

Lisbeth stellte sich in ihrer kurzen Pause mit einer Zigarette an den hinteren Ausgang, wo auf dem Hof nur die Mülltonnen standen und die Katzen immer wieder herumstreunten. Oft stand sie hier, wenn sie ein paar Minuten Ruhe brauchte oder Ärger mit Gästen gehabt hatte. Und hier war es auch gewesen, wo sie mit Magnus, bevor er mit seiner Freundin auftauchte, eine Zigarettenlänge verbracht hatte. Sie erinnerte sich an seine langgliedrigen Finger und wie er die Zigarette gehalten hatte. Eigentlich rauchte er nicht richtig, paffte nur Wölkchen hervor, so dass sie lachen musste. „Was ist los?", hatte er sie gefragt, aber sofort verstanden, warum sie sich amüsierte. „Eigentlich rauche ich nicht mehr", sagte er, aber ich wollte es einfach mal wieder ausprobieren. Und ich bin Ihnen dankbar, dass Sie mir Gesellschaft leisten." Es war sein Blick, den sie seitdem nicht wieder vergessen konnte, ein einziger Moment, den sie festhielt und der sie in eine Verbindung zwang, der zu entziehen ihr nicht gelang. An das Plaudern, das darauf folgte, konnte sie sich nicht mehr erinnern.

Das nächste Mal, als er wieder ins Lokal kam, war es mit dieser Frau gewesen. Er hatte sie zwar wiedererkannt, als sie an seinen Tisch kam, hatte sie aber nur kurz angesehen und die Bestellung aufgegeben. Sooft sie konnte, hatte sie ihn beobachtet und fand es erbärmlich, wie er an den Lippen seiner Begleiterin hing, die endlos daher plapperte.

Erst nach Wochen bemerkte sie, dass er regelmäßig ins Kino kam, ohne dass er noch einmal das Lokal besuchte. Er kam immer zur selben Zeit, das hatte sie feststellen können. Aber da es während ihrer Arbeitszeit war, konnte sie sich nicht freimachen. Einmal hatte sie sich krankgemeldet und sich im Kino in seine Nähe gesetzt. Er war allein und auf seinem Sessel so zusammengesunken, dass sie ihn kaum noch sah. Nachdem er sich lange Zeit nicht gerührt hatte, schlich sie zu einem Sitzplatz in seiner Reihe, wo sie ihn besser im Auge behalten konnte. Er war womöglich eingeschlafen, aber sie konnte erkennen, dass seine schmalen Finger sich immer wieder bewegten, als ob sie Klavier spielen wollten.

Nach der Vorführung folgte sie ihm auf seinem Weg durch die Stadt. Er ging langsam, blieb manchmal mitten auf dem Gehsteig stehen, um plötzlich um sich zu blicken, als sei er gerade aufgewacht. Als sie im Park am Teich vorbeikamen, hoffte sie, dass er sich auf eine Bank setzen würde; sie wäre wie zufällig vorbeigekommen und hätte ihn angesprochen. Aber er setzte seinen Weg fort, verließ den Park und betrat zwei Straßenzüge weiter ein Reihenhaus, das offenbar zur gehobenen Kategorie zählte. Das Namenschild an der Gartentür lautete M. Körner und ein Messingschild am Haus benannte auch Beruf und Telefonnummer, die sie auf ihrem Mobiltelefon speicherte.

In den folgenden Wochen fuhr sie manchmal mit dem Fahrrad dort vorbei, aber Haus und Vorgarten wirkten seltsam unbelebt. Es war ohnehin eine stille, vornehme Gegend, wo höchstens ein Hund, einer von der teuren Sorte, am Gartenzaun stand und ihr gelangweilt

25

nachschaute. Natürlich hatte sie im Internet recherchiert, ob Magnus eine Homepage besaß, und gesehen, welche Dienstleistungen er anbot. Ungefähr hatte sie verstanden, worum es dabei ging, und ihr wurde klar, dass er freiberuflich arbeitete und sich wohl deshalb seine Zeit frei einteilen konnte.

Einmal, auf dem Weg durch den Park, hatte sie ihn auf einer Bank sitzen sehen; aber bevor sie dort anlangte, war er schon aufgestanden und in Richtung seines Hauses weggegangen. Mit ihrem Fahrrad hätte sie ihn leicht einholen können, aber sie wäre sich albern vorgekommen, es wäre unpassend gewesen.

***

Und dann kam er doch wieder ins Lokal, wie abwesend und ohne Bewusstsein für seine Umgebung. Er gab noch keine Bestellung auf, obwohl sie ihm die Karte auf den Tisch gelegt hatte. Und er nahm noch nicht einmal wahr, dass sie es war, die ihn bediente.

Als sie die Suppenschale in sein Blickfeld rückte, kehrte Magnus in die Gegenwart zurück. Aber er brauchte noch einen Augenblick, bis er aufsah und ihr vorsichtiges Lächeln erkannte. „Ich hoffe, sie schmeckt Ihnen auch diesmal", sagte sie leise. Magnus zögerte und fühlte den Drang, aufzustehen und wegzugehen, denn eigentlich wollte er allein sein mit seinen Gedanken und dem, was er die letzten Minuten vor sich gesehen hatte. Aber sie schob das Brotkörbchen an die Suppenschale heran und sagte: „Ich würde mich freuen, wenn sie Ihnen wieder schmeckt."

„Ja", sagte er langsam, und dann: „Mich auch!" Und jetzt lachte er leise, so dass sie ein wenig errötete und rasch davon ging. Er schaute ihr nach und beobachtete ihren leichten federnden Gang, sah ihr Profil, als sie den Kopf zur Seite wandte. Sie trug eine schwarze Bluse und ebensolche Jeans, ihr dunkelbraunes Haar fiel diesmal locker auf die Schultern.

Nach den ersten probeweisen versuchten Löffeln begann ihm die Suppe zu schmecken. Er hielt nach der Kellnerin Ausschau, um sich bei ihr zu bedanken. Doch erst als er mit dem Essen fertig war, erschien sie wieder bei ihm und nahm Teller, Besteck und Körbchen vom Tisch. „Es hat vorzüglich geschmeckt und jetzt geht es mir wieder besser." Sie nickte nur, blieb aber stehen, so dass ein Moment der Verlegenheit eintrat. Doch dann stand Magnus auf und sagte: „Seitdem habe ich keine Zigarette mehr geraucht – vielleicht wollen Sie mir wieder ein paar Minuten Ihrer Zeit schenken?"

* * *

Es war mitten am Nachmittag, als Simone mich anrief: „Du hattest mich doch darum gebeten, eine Mara ausfindig zu machen, ja?" Ich stimmte zu. „Was ist mit ihr?" Simone machte eine Kunstpause und erwiderte dann: „Sie ist anscheinend verschwunden." Sie kicherte: „Was wolltest du nochmal von ihr?" Ich erinnerte sie an die Geschichte und fragte: „Was heißt nun eigentlich ‚verschwunden'? Es hat sie doch dein Bekannter ausfindig gemacht, oder?" „Ja, hat er damals auch. Und dann hat es ihn gereizt, sie, sagen wir mal, auszuführen. Aber als er nach ihr fragte, hieß es, sie sei seit Wochen nicht mehr aufgetaucht. Man hat ihr die Kündigung zugestellt deswegen." „Hat er ihre Adresse bekommen oder die Telefonnummer?" „Nein, die haben sich blöd gestellt und nichts davon rausgerückt, wegen Datenschutz und so." „Dann war das eigentlich alles umsonst!" „Das hat Steven auch gesagt. Aber er meinte, du wirst schon noch jemand finden, der zu dir passt."

Ich holte tief Luft: „Es geht nicht um mich, sondern einen Freund, der sich ganz schrecklich in sie verknallt hat und todunglücklich ist, weil sie ihn spurlos verlassen hat." Simone kicherte schon wieder. „Scheint ein Muster von ihr zu sein. Was willst du jetzt tun?" „Keine Ahnung, muss nachdenken." Simone ließ keine Sekunde Stille eintreten. „Du weißt, ich habe einen Gefallen bei dir gut." „Ja, sicher, hast du." „Und?" „Und was?" „Und was schlägst du vor?" Wieder holte ich tief Luft: „Simone, du musst einen Vorschlag machen, dem ich – vielleicht – zustimme. Aber lass uns ein anderes Mal darüber reden."

Ich beendete das Gespräch, allerdings in dem Gefühl, einen Fehler gemacht zu haben. Sie würde beleidigt sein und sich was Besonderes ausdenken, das sie von mir als Gegenleistung verlangen würde. Aber gut, die Frage war, ob ich mich weiter darum bemühen sollte, diese Mara ausfindig zu machen. Vielleicht war Magnus in der Zwischenzeit über seinen Verlustschmerz hinweggekommen und amüsierte sich schon längst mit einer anderen. Obwohl, das konnte ich mir eigentlich nicht vorstellen nach dem, was ich von ihm wusste. Er hatte es, wie gesagt, etwas schwer mit den Frauen. Vielleicht sollte ich versuchen, an diesen Steven zu kommen und ihn auszufragen. Allerdings müsste ich mich dann nochmal an Simone wenden, um ihn treffen zu können. Jetzt, im Augenblick, sollte ich das lieber lassen.

* * *

Sie musste sich bemühen, mit gespielter Freundlichkeit die Bestellung aufzunehmen, die ihr der Begleiter ansagte, ohne sie überhaupt nur einen Augenblick anzusehen. Auch Mara dachte nicht daran, sie mit einem Blick des Wiedersehens zu begrüßen. Stattdessen nestelte sie in ihrer Handtasche herum, um einen kleinen Taschenspiegel hervorzuholen und ihr Makeup zu überprüfen. Als sie die Getränke brachte, hörte sie ihn sagen: „Meine Liebe, dein Wunsch wird nicht so einfach zu erfüllen sein, das ist dir doch klar." Mara lächelte und meinte leichthin: „In deiner Position ist das doch kein Problem. Was soll ich denn sonst von dir halten?" Er lachte verlegen und nun war es Zeit für sie, den Tisch wieder zu verlassen. Auch später gelang es ihr nicht mehr, etwas vom Gespräch der beiden mitzubekommen. Wenigstens erhielt sie diesmal ein nennenswertes Trinkgeld und sie konnte sehen, dass sich Mara mit einem Siegeslächeln aus dem Lokal geleiten ließ.

Überrascht war sie allerdings, als Mara Tage später allein auftauchte und sich, während sie ihre Bestellung aufgab, zu einem Gespräch mit ihr herabließ. „Sagen Sie, war er mal wieder hier, Sie wissen schon, wen ich meine." Sie richtete sich unwillkürlich auf, so dass Mara zu ihr aufblicken musste. „Seitdem Sie mich das letzte Mal fragten, nein." „So, das werde ich wohl glauben müssen." Ihr Gesicht blieb unbewegt, eine Antwort ersparte sie sich. „Und ich werde mich wohl selbst bemühen müssen", fuhr Mara fort, um dann mit einem Blick in den Raum das Gespräch stillschweigend zu beenden. Sie beließ es auch bei einem Getränk und verließ bald darauf des Lokal.

* * *

Magnus traf ich – natürlich – am Teich wieder, es müssen mindestens fünf Wochen nach unserem Treffen im Kino gewesen sein. Er stand am Uferrand, wo Seerosen in rosa und weiß mit ihren riesigen Blättern einige Meter weit die Wasseroberfläche bedecken. Der Springbrunnen in der Mitte des Teichs war in Funktion und ich konnte sehen, dass Magnus sein Notizbüchlein in der Hand hatte und offenbar Einträge vornahm. Nach der Begrüßung fragte ich ihn, was er notiere. „Ach, weißt du, hier ist ein Ort, wo mir immer gute Einfälle kommen, so wie die Fontänen, die aus dem Wasser steigen. Aber ich muss Geduld haben, nicht drängeln, denn dann kommt da nichts." Natürlich fragte ich ihn nicht nach seinen ‚guten Einfällen', sondern brummte nur ein „Aha" dazu.

„Ich habe übrigens damals, also nach unserem Treffen, mal nachgeforscht nach deiner Mara; eigentlich heißt sie Mathilda." Überrascht schaute Magnus mich an, skeptisch, aber nicht ungläubig. Als er nichts sagte, fuhr ich fort: „Sie arbeitet beim Fernsehen, aber nicht als Synchronsprecherin, sondern irgendwo als ‚kleine Nummer', sozusagen. Zuletzt aber, hörte ich, wurde sie gekündigt, weil sie nicht zur Arbeit erschienen ist." Magnus' forschendem Blick hielt ich problemlos stand, so dass er schließlich sagte: „Ich glaube dir, denn so ganz hat sie mich damals mit ihrer Story nicht überzeugt."

Er wandte sich langsam zum Gehen und ich kam notgedrungen mit. Plötzlich beschleunigte er sein Tempo, aber ich konnte sehen, wie seine Backenknochen arbeiteten. Jetzt blieb er stehen und knurrte: „Nun misch' dich bitte nicht weiter in meine Angelegenheiten ein, sie gehen dich schließlich gar nichts an." Und dann hob er grüßend eine Hand und ich konnte ihm nur noch nachsehen, wie er mit Höchsttempo die Straße entlang stürmte.

***

Noch vor dem Gespräch mit Magnus hatte ich geplant, wieder einmal ins Kino oder wenigstens in das Lokal zu gehen. Jetzt wollte ich versuchen, die Kellnerin noch einmal zu befragen, die dort bediente. Um sie leichter sprechen zu können, suchte ich mir die Zeit der Filmvorführung aus und tat gut daran. Es waren nur wenige Gäste im Lokal und es gelang mir, die Kellnerin an meinen Tisch zu lotsen, wo ich auch mit Magnus gesessen war. Sie erkannte mich auf den ersten Blick wieder und als sie mir mein Pils brachte, sagte ich: „Sie erinnern sich doch, dass ich mit meinem Freund, Magnus heißt er, mal hier war und er davor zwei, drei Mal mit der Frau mit den auffallenden Fingernägeln. War sie in der Zwischenzeit noch einmal hier?" Sie besann sich, aber nicht lange. „Ja, sie war hier, mit Begleitung. Diesmal trug sie rote Fingernägel." Ich musste lachen und bereute es sofort, denn sie wandte sich um und kam erst mal nicht mehr in meine Nähe.

Es war nicht lange danach, als ich bemerkte, dass ich der einzige Gast im Lokal war und ich sie in den letzten Minuten nicht mehr gesehen hatte. Auf dem Weg zur Toilette bemerkte ich sie rauchend am Hinterausgang stehen und ging zu ihr. „Ich habe nicht über Sie gelacht, sondern darüber, dass diese Mara offenbar mit ihren Fingernägeln die Aufmerksamkeit auf sich zu lenken versteht." Sie schaute mich kurz an und erwiderte: „Kann man wohl sagen." Und dann, nach kurzer Pause: „Sie war vor nicht allzu langer Zeit mit einem anderen Mann hier; auch den hat sie um den Finger gewickelt." „Ach, erzählen Sie!"

Nach einem langen Zug an der Zigarette fuhr sie fort: „Es muss um eine Stelle gegangen sein, die er für sie besorgen sollte dank seiner Stellung in der Firma oder wo auch immer." Sie wandte sich an mich: „Wissen Sie vielleicht, welcher Betrieb das ist?" Jetzt zertrat sie den Stummel unter ihrem Schuh und blickte den Flur entlang ins Innere des Gebäudes. „Wie lange haben Sie noch Dienst?", fragte ich. „Heute nur bis Mitternacht, warum?"

Ich wartete bei einem weiteren Bier, bis sie fertig war und wir das Lokal verlassen konnten. Im Freien war es noch recht warm und wir setzten uns auf eine Parkbank nahe am Fluss. „Um auf Ihre Frage zurückzukommen, wo Mara arbeitet – anscheinend beim Fernsehen, das heißt, bis vor ein paar Wochen war sie dort." Sie überlegte und sagte: „Dann wollte sie wahrscheinlich eine neue Stelle besorgt bekommen, das war es."

Ich erkundigte mich nach dem Aussehen des Mannes, den sie außerordentlich genau beschreiben konnte. Aber dann hielt sie inne. „Sagten Sie nicht, dass Ihr Freund diese Frau sucht? Tut er das noch immer? Ich meine, wenn sie jetzt mit einem anderen unterwegs ist." Ich erklärte ihr die Geschichte, um ihr Vertrauen zu behalten. „Übrigens, ich heiße Oskar und kenne Magnus seit der Jugend." „Lisbeth." Ich gab Lisbeth meine Telefonnummer und bat sie, mich anzurufen, wenn sich Mara mit wem auch immer wieder bei ihr einstellen sollte.

Ich wollte schon aufstehen und mich verabschieden, als ich merkte, dass sie noch etwas sagen wollte. Schließlich brach es aus ihr hervor: „Dieses Luder kann ich nicht ausstehen, so arrogant, so …" Es fehlten ihr die Worte, aber umso vehementer war ihr Ton. Jetzt stand sie auf, schaute mich noch einmal kurz an und ging mit energischen Schritten einfach davon. In ihrem heftigen Ausbruch fand ich sie richtig sympathisch, muss ich schon sagen. Offensichtlich war, dass sie sich in Magnus verguckt hatte, aber das war nur zu erklärlich. Er konnte sehr charmant sein, wenn er wollte; aber nur bei Frauen, die für ihn nicht in Frage kamen.

* * *

Simones Anruf überraschte mich, denn damit hatte ich nun überhaupt nicht gerechnet. Mir blieb keine Gelegenheit, mich für mein abruptes Beenden des letzten Telefonats zu entschuldigen, weil sie sofort loslegte. „Eigentlich sollte ich dir böse sein, mein Lieber, aber sei's drum, ich habe Neuigkeiten für dich. Sie ist nämlich wieder aufgetaucht, aber eine Etage höher, im wahrsten Sinn des Wortes. Edgar hat sie hochgehievt, sagt man. Dabei hat niemand die beiden zusammen gesehen."

Jetzt war mir alles klar und ich sagte: „Wenn er eine Halbglatze hat und einen dicken blaugoldenen Ring an der linken Hand trägt, dann hat sich Mara, das heißt Mathilda, die Etage hochgeschlafen." Simone wusste die Antwort: „Sie trennt eben Privates und Berufliches ganz einfach nicht, dann geht sowas. Weiß Magnus davon?" „Gesagt habe ich es ihm noch nicht."

Simone schwieg einen Augenblick, dann sagte sie: „Wenn wir jetzt im Spiel mitmischen wollen, könnte ich Steven animieren, sich um Mathilda zu ‚kümmern', sage ich mal." Wieder kicherte sie – anscheinend machten ihr solche Intrigen gehörigen Spaß. „Lieber wäre mir, ich könnte mir die Dame selbst mal anschauen. Geht das?" Simone dachte kurz nach: „Wenn du zu uns in die Kantine kommst, wäre es vielleicht möglich. Vorausgesetzt, sie hat keinen Abscheu vor dem Kantinenfraß. Aber du weißt, Oskar, dann wärst du mir schon den nächsten Gefallen schuldig."

Diesmal kicherte sie nicht und ich wusste, sie hatte schon genaue Pläne. Aber auf Mathilda war ich in der Zwischenzeit richtig neugierig geworden. „Wenn du noch rauskriegst, wann sie jeweils zum Essen kommt, kannst du mit mir rechnen." „Ok, ich hab's mir gespeichert, du wirst mir nicht entkommen." Jetzt war sie es, die das Gespräch beendete, lachend.

* * *

Als Mara plötzlich vor seiner Tür stand, war Magnus so verblüfft, dass er sie nur anstarrte und kein Wort herausbrachte. Alles, was er seit ihrem Verschwinden erlebt und gedacht hatte, war in diesem Augenblick wie verdampft, hatte sich vollkommen aufgelöst. Ruhig wartete sie seine Erstarrung ab, bis er schließlich zur Seite trat und sie eintreten konnte. Einige Schritte ging sie voraus, ließ ihn die Wohnungstür schließen und drehte sich dann zu ihm um.

„Ich weiß nicht, ob du eine Erklärung brauchst oder willst du eine Entschuldigung?", sagte sie und nur als kaum merklicher Unterton begleitete die Fragemelodie ihren Satz. Magnus brauchte eine ganze Weile, bis er antwortete: „Eine Erklärung hast du mir damals ja gegeben; wenn sie ehrlich war, brauche ich keine neue." „Das war es, was ich damals empfunden habe", erwiderte sie und ihre Stimme klang genauso sachlich wie seine. Er ging an ihr vorüber und sie folgte ihm ins Wohnzimmer, wo sie sich aufs Neue gegenüberstanden. „Ich brauche eine andere Erklärung – Mathilda." Den kurzen Schreck, der sie durchzuckte, konnte sie nicht verbergen, aber sie fasste sich sofort. „Mir hat mein Name noch nie gefallen. Ich muss ihn offiziell verwenden, aber privat bin ich Mara." Sie hielt kurz inne. „Aber ich wollte dich nie täuschen damit."

Noch immer bat Magnus sie nicht, sich zu setzen, sondern schaute sie nur an, nachdenklich, fragend. „Doch, du hast mich getäuscht. Hast etwas vorgegeben, was du nicht bist." Mara blickte zu Boden, zögerte und machte dann einen Schritt auf ihn zu. „Du meinst das, was ich beruflich tue." Seine Reaktionslosigkeit deutete sie als Zustimmung und sprach langsam weiter. „Es war immer mein Traum, meine Stimme im Film zu hören, wenn ich schon nicht als Schauspielerin tauge – das habe ich nämlich ausprobiert, ein Mal."

Sie biss sich auf die Lippen, hob die Schultern. „Dieses eine Fiasko hat fürs ganze Leben gereicht." Endlich bat Magnus sie, sich zu setzen. „Weiter", sagte er mit einer Stimme, die sie nicht zu deuten wusste. „Wenn das Leben zu traurig ist, dann erträume ich mir ein anderes und hoffe, es wird Wirklichkeit." Sie blickte ihn offen an: „Hast du nie Träume, Tagträume meine ich, in denen deine Wünsche und Hoffnungen Wirklichkeit werden, auch wenn diese Wirklichkeit eine flüchtige ist?"

Sie schrak auf, als Magnus plötzlich aufstand. „Möchtest du einen Kaffee oder lieber etwas anderes?" Jetzt lächelte sie: „Ich bin im Augenblick nervös genug. Hast du vielleicht einen Saft oder so etwas?"

Er war in der Küche verschwunden, als sie aufstand und ihm folgte. Sie blieb in der Tür stehen und schaute ihm zu, wie er die Kaffeemaschine in Gang setzte, ein Glas aus dem Wandschrank nahm und es mit Orangensaft füllte. „Genug?", fragte er und sie hatte das Gefühl, dass er sie erst jetzt richtig wahrnahm. „Genug", sagte sie leise. „Kein Eis dazu?" „Kein Eis."

Als sie wieder auf dem Sofa Platz genommen hatte, setzte er sich ihr gegenüber. Sie hielt sich an ihrem Glas fest, trank ein Schlückchen, während er mit dem Löffel ein wenig Milchschaum von seinem Kaffee nahm und ihn langsam zum Mund führte. „Du weißt, dass ich mich in eine Mara verliebt hatte, die es so nicht gibt. Ich habe dich nicht ausgefragt, ich war glücklich mit dir, ohne mehr von dir zu wissen als diesen Namen und deine Tätigkeit, die nicht der Wahrheit entsprach. Du hast mich nie zu dir eingeladen, hast mir nie eine Telefonnummer gegeben und ich war so blind, dir zu vertrauen. Und jetzt frage ich mich, warum ich es nun wieder tun sollte." Er blickte vor sich auf die Kante des Couchtisches und wischte mit einem Finger darüber, als ob er sie auf ihre Sauberkeit prüfen wollte.

Mara stellte lautlos ihr Glas auf die Tischplatte. „Mit dir wollte ich eine andere sein, eine Mara, die nicht im hintersten Stübchen langweilige Arbeiten zu tun hat, sondern die interessant ist, die etwas Besonderes ist, die aus der Menge langweiliger Frauen heraussticht." Ihr Blick schweifte ab zum offenen Fenster, das die Sicht auf vom Dunst verhangene Hügel erlaubte. „Und ich hatte Angst, dass du meine Lüge bald durchschauen und mich fortschicken würdest." „Du bist lieber vorher unter einem Vorwand geflüchtet." Magnus lehnte sich auf seinem Sessel zurück, nachdem er seine Tasse leergetrunken hatte. „Vielleicht erzählst du von der kleinen Mathilda, ihrer Kindheit, ihren Erlebnissen. Dann kann ich die große Mara womöglich besser verstehen." Mara lächelte zaghaft, als sie sagte: „Es kann aber eine Weile dauern, wenn du die ganze Geschichte hören willst."

* * *

Gerade war ich zu Hause angekommen, als Lisbeth mich anrief. „Ich habe sie zufällig ins Kino gehen sehen, ich weiß nicht, ob jemand bei ihr war. Vielleicht kommt sie danach hierher, das wollte ich dir nur sagen." Kurz überlegte ich, wann der Film zu Ende sein würde und sagte: „Rufst du mich an, wenn oder sobald sie auftaucht? Ich weiß noch nicht, ob ich kommen kann. Vielleicht könntest du ja ein Foto machen und es mir schicken, ginge das?" Sie zögerte: „Ist eigentlich nicht erlaubt, aber ich kann es versuchen. Ich melde mich." Sie beendete das Gespräch so abrupt, dass ich nichts mehr erwidern konnte.

Mein Tag war anstrengend gewesen, die meisten Fahrgäste hatten mir kaum Trinkgeld gegeben und ich hatte den Wagen noch gründlich sauber machen müssen, damit der Chef nicht grantig wurde. Ein Foto würde mir vollends genügen und außerdem: Einfach so auftauchen konnte ich auch nicht, das hätte nur Fragen ausgelöst. Und, das musste ich mir eingestehen: Ich wusste noch immer nicht, wie ich mit Simones Informationen umgehen sollte. Aber die Geschichte war durchaus reizvoll: Was, wenn dieser Steven sich wirklich an Mara ranmachen und sie sich darauf einlassen würde? Fast wünschte ich mir, dass es so weit käme.

Sie mussten zügig das Kino verlassen und das Lokal betreten haben, denn nicht lange, nachdem der Film zu Ende war, kam von Lisbeth eine Nachricht und gleich darauf ein Foto. Ein fröhlicher Magnus am Tisch sitzend, lachend oder zumindest sehr erfreut dreinschauend; Mara, Gabel und Messer in den erhobenen Händen, wahrscheinlich eine ihrer Lügen-geschichten erzählend. Beim Näherzoomen konnte ich ihre schweren Ohrringe erkennen und dass sie stark geschminkt war. Dass Magnus auf so jemanden reinfallen musste – ich schüttelte innerlich den Kopf. Ich überlegte, wann ich ihn ‚zufällig‘ wieder treffen könnte und was er mir von ihr, von ihnen beiden erzählen würde, und hatte jetzt schon Mitleid mit ihm, denn bald würde sie ihn oder er sie wieder verlassen.

Ich lag müde auf dem Sofa, sah mir noch die Mitternachtsnachrichten an, als Lisbeth anrief. „Wieso bist du nicht gekommen, du Sack! Jetzt sind sie gegangen, ziemlich angeheitert, und ich wette, sie hat ihn längst wieder ins Bett gekriegt, die Schlampe!" Ich musste über ihr Geschimpfe grinsen, aber versuchte, sie zu beruhigen: „Tut mir leid, ich war einfach viel zu müde. Aber dein Foto ist spitze, ich konnte mir leicht ein Bild machen, wie sie ist und wie sie agiert."

Sie fiel mir ins Wort: „Egozentrisch und eingebildet bis dort hinaus, er kam kaum überhaupt zum Reden, sie hat sich regelrecht aufgeführt, wie wenn sie auf der Bühne wäre." „Offenbar eine verhinderte Schauspielerin", meinte ich, was Lisbeth nur noch mehr in Rage brachte. „Dann soll sie im Theater auftreten, aber so gut ist sie ja nicht, sonst wäre sie wirklich Schauspielerin. Sie ist ganz einfach Fake!"

Lisbeth war so in Fahrt, dass ihr Gerede noch eine ganze Weile so weiterging. Schließlich sagte sie: „Wenn du morgen Abend ins Lokal kommst, zeige ich dir noch ein paar Fotos der beiden – aber nur, wenn du kommst." Eine Antwort wartete sie erst gar nicht ab, sondern beendete das Gespräch. Sie macht das geschickt, dachte ich, zugleich neugierig und entschlossen, Lisbeth am folgenden Tag zu treffen.

***

Es war schon ziemlich spät geworden, als ich das Lokal betrat. So reichte es nur für ein Pils und die Verabredung mit Lisbeth, nach ihrer Arbeit in ein anderes Lokal zu gehen, um dort die Fotos anzusehen. Während des Wartens fiel mir auf, wie umsichtig sie agierte, wie ökonomisch sie ihre Wege einrichtete und wie freundlich-sachlich sie auf die Kundinnen und Kunden einging. Sie verkörperte gleichsam eine Betriebsamkeit, die bei aller Effektivität doch nicht hektisch wirkte, sondern geschäftig im positiven Sinn. Sie hatte ein Gespür für Nähe und Distanz, wie ich allmählich bemerkte, denn die Abstände, die sie zu Gästen einhielt, waren nicht immer die gleichen. Vielleicht waren es auch Stammgäste, bei denen sie etwas dichter an den Tisch herantrat, manchmal auch Einzelpersonen, die allein durch Lisbeths Aufmerksamkeit etwas von ihrer Einsamkeitsaura verloren.

Als sie nach Dienstschluss zu mir kam, musste ich ein zweites Mal hinsehen. Ihr Haar, das zuvor hochgesteckt gewesen war, trug sie nun offen und sie hatte ihren schwarzen Rock mit roten Jeans getauscht, die gut zu ihrem modischen Sweatshirt passten. „Ich würde gerne noch mit dir was trinken gehen, einverstanden?" „Eine Stunde", sagte sie, „länger nicht." Während des Weges fragte ich sie nach ihrer Arbeit und wie es ihr dabei ging. „Du hast mir ja lange genug zugesehen und kannst dir selbst ein Bild davon machen", erwiderte sie kurz. „Ja, aber ich wollte auch wissen, wie es dir dabei geht, wie du dich dabei fühlst." Sie ging mit möglichst langen Schritten neben mir her, zuckte die Achseln. „Solange mir nicht einer blöd kommt und mich anmacht, prima." Sie grinste: „Einmal habe ich jemandem sein Bier über die Hose geleert, versehentlich natürlich. Das hat ihn dann wieder auf andere Gedanken gebracht."

Sie blieb bei ihren Antworten meist kurz angebunden und ich hatte Mühe, das Gespräch aufrechtzuerhalten. Es änderte sich, als wir am Tresen saßen, etwas zu trinken vor uns hatten und ich das Gespräch auf Magnus und Mara brachte. „Du wolltest mir deine weiteren Fotos zeigen." Was ich sah, war eigentlich immer die gleiche Situation: Mara gestikulierend, redend, Magnus still lächelnd und offenbar interessiert zuhörend. „Und das war die ganze Zeit so?", fragte ich. „Du siehst es ja, die Fotos sind in größeren Abständen gemacht, aber es ist immer das Gleiche gewesen. Es war kaum zum Aushalten!" Lisbeth Erregung amüsierte mich, doch das konnte ich natürlich nicht zeigen. So fragte ich weiter: „Hast du mitgekriegt, worum es in dem Gespräch, das heißt in ihrem Monolog ging?" Sie zuckte mit den Achseln: „Da kann ich kaum was sagen; es waren zu viele Gäste im Lokal und so viel los, so dass ich nichts davon mitkriegen konnte." Sie dachte kurz nach. „Aber ich fasse es einfach nicht, wie jemand sich von so einer Tussi dermaßen beeindrucken lässt!" Jetzt konnte ich nicht anders: „Warst du noch nie verliebt, blind vor lauter Liebe?" Lisbeth schaute mich kühl an: „Hör mal, er ist doch nicht mehr achtzehn oder so." „Er ist mindestens fünfunddreißig, da bin ich ziemlich sicher." „Eben, kein kleiner Junge mehr. Da stellt man sich doch nicht mehr so naiv dran!" Wieder überlegte sie: „Du sagtest, du kennst ihn schon von früher. Erzähl mal!"

So kam es, dass aus einer Stunde zweieinhalb wurden und wir beide ziemlich lustig unterwegs waren. Vor der Bar fragte ich sie, ob sie nicht mit mir mitkommen wolle. Und wider Erwarten sagte sie zu, als ob es das Selbstverständlichste der Welt sei. Zu Hause waren wir allerdings beide viel zu müde, um noch etwas miteinander anzufangen. Als ich am Morgen aufwachte, lag sie nicht mehr neben mir, in der Wohnung war es still, sie war gegangen.

Mir fiel wieder ein, was ich ihr über Magnus und unsere gemeinsame Vergangenheit erzählt hatte. Es war eine Geschichte, in der er immer gut wegkam, immer als besonders begabt, kameradschaftlich, als guter Kumpel angesehen wurde. Jetzt, im Nachdenken darüber, fragte ich mich, ob alles wirklich so gewesen war.

Eigentlich erschien er immer als Außenseiter, als Muttersöhnchen, ohne dass er deswegen gemobbt wurde. Wir Jungs hatten Respekt vor ihm, aber hinter seinem Rücken lachten wir über ihn, seine teure Kleidung, seine gewählte Ausdrucksweise, seine Klavierstunden, die er brav absolvierte. Als Streber konnten wir ihn nicht bezeichnen, denn uns war damals schon klar, dass er alles nur so aus dem Ärmel schüttelte; er war auch nicht eingebildet deswegen. Sein großer Pluspunkt bei uns war, dass er auch sportlich ein Ass war und ein guter Teamplayer. Aber niemand lud ihn zu einem Geburtstagsfest oder später, als wir älter waren, zu einer Party ein. Er selbst tat es auch nicht, vermutlich aus Rücksicht auf seine Mutter, die ihn so umsorgte, als sei er noch ein Baby. Ihm war das noch nicht einmal peinlich, wenn sie ihn von der Schule oder vom Sportplatz abholte, was unsere Mütter nie taten.

Wir fragten uns damals, woher der Wohlstand bei ihm zu Hause kam, seine Mutter war einfache Ärztin, sie lebten zu zweit. Die beiden waren im Dorf zugezogen, keiner von den Erwachsenen wusste etwas von ihrer Vergangenheit. Sie gaben aber auch keinen Gerüchten Anlass, so dass sie zwar nie in die Ortsgemeinschaft integriert, aber auch nie despektierlich behandelt wurden.

Später, als wir beide auf das Gymnasium gingen, sahen wir uns seltener. Allerdings trafen wir uns immer mal wieder im Bus, oft auf der Heimfahrt, denn morgens wurde er mit dem Auto zur Schule gebracht. In dieser Zeit zeigte sich, dass die Mädchen gerne seine Nähe suchten. Wir Jüngeren versuchten vergeblich, hinter sein Geheimnis zu kommen. Jetzt, im Nachhinein, denke ich, es war seine Art, die Mädchen wie ein Gentleman zu behandeln. Sie fühlten sich wertgeschätzt und konnten sicher sein, dass er nicht übergriffig wurde. Dabei war er charmant, wie wir Dorfjungen es nie sein konnten, und mit seinem guten Aussehen und einer Kleidung, die immer mit besonderer Qualität auffiel, war er sowieso und von vornherein im Blickpunkt.

Nein, ich war nicht eifersüchtig auf ihn, zumal ich den Eindruck hatte, dass er bei den Mädchen über die ersten Schritte einer Annäherung nie hinauskam. Bei Dorffesten waren er und seine Mutter nie dabei, wo wir Jungs unsere ersten Erfahrungen machten, irgendwo im Dunklen.

Ja, und dann traf ich ihn Jahre später in der Stadt wieder. Hier fiel er weniger auf als im Dorf und ich hatte bald den Eindruck, dass er scheuer und einsamer geworden war. Irgendwann erfuhr ich vom Tod seiner Mutter, der er eine ganze Zeitlang nachtrauerte. Ansonsten schien es ihm gut zu gehen, er zeigte sich immer sehr ausgeglichen und freundlich, nie schien es Probleme zu geben - bis Mara auftrat, da kippte er total aus den Latschen. Aber es waren wohl nicht viel mehr als zwei Monate, bis sie wieder auftauchte und ihr Spiel von neuem begann. Ich hatte mir noch immer nicht die Frage beantwortet, ob ich ihn über sie aufklären sollte. So gute Freunde waren wir ja nie gewesen.

***

Mara war noch am selben Abend, es war ziemlich spät geworden, gegangen, nachdem sie Magnus ihre Geschichte erzählt hatte. Ganz versunken war er dagesessen und hatte kein Wort zu dem geäußert, was er von ihr zu hören bekam. Als sie fertig war und bemerkte, dass er weiter nur regungslos dasaß, war sie aufgestanden und gegangen. In letzter Sekunde fiel ihr noch ein, ihre Telefonnummer zu hinterlassen.

Auf dem Nachhauseweg merkte sie, dass sie wütend war. Nicht auf Magnus, sondern auf sich selbst. Es wäre nicht nötig gewesen, ihm etwas vorzuspielen; ihm kam es offenbar auf andere Qualitäten an. Ihr Temperament und ihre Fantasie hatten ihr wieder einmal einen Streich gespielt. Es war die Rolle, die sie liebte, in der sie gut war, die ihr Sicherheit gab. Eine, die sie perfekt beherrschte, hinter deren Außenseite sie unsichtbar war, unangreifbar, nie in der Defensive, sondern im Angriffsmodus. Nicht, dass es anstrengend war, nein; es hatte ihr die meiste Zeit Spaß gemacht, alle zu täuschen, auch wenn es nicht immer die erhofften Erfolge zeitigte. Manchmal musste ein Preis bezahlt werden, so wie bei Edgar. Dann wurde es mühsam, wenn es sonst nicht voran ging.

Aber zuvor, als sie verzweifelt überlegte, wie sie wegkommen könnte aus einer Familie, deren Mitglieder alle zufrieden waren mit dem, was ihnen gegönnt war, und die nie auch nur auf den Gedanken kamen, sich aus ihrer engen Welt, die Verwandte und sonst nur noch Arbeitskolleginnen und Kollegen enthielt, zu lösen, hatte sie sich vorgenommen, jemand anderes zu werden. Und sie hatte ein genaues Bild von sich entworfen, wie sie werden und wie sie auftreten wollte. Schon der Wechsel der Kleidung, wenn sie abends ausging in eine Disko, war für sie eine Befreiung. Und als sie ausgezogen war von zuhause, hatte sie eine exakte Vorstellung von sich als Mara, die nicht mehr Mathilda zu sein brauchte.

Damals, bei dem Casting, hatte man sie durchschaut. Es waren Profis gewesen, denen hatte sie nichts vormachen können. Deshalb die Blamage. Aber sie würde nicht lockerlassen und wenn es nicht auf der Bühne sein konnte, dann vielleicht doch vor einer Kamera, da gab es genug Möglichkeiten. Aber so weit war sie noch nicht.

Und dann war ihr Magnus dazwischengekommen, der ihr alles geglaubt hatte und bei dem sie ihre Rolle mit Vergnügen und Leichtigkeit hatte spielen können. Er hatte sie nicht durchschaut, aber seine Art, sie gedankenvoll anzusehen, sich alles an ihr und jedes Detail zu merken, hatte sie so verunsichert, dass sie nicht mehr standhalten konnte. Sie hatte keinen Fehler gemacht, hatte sich in keine Abhängigkeit von ihm begeben und er hatte keine Ansprüche gestellt. Doch es war zwischen ihnen etwas entstanden, das – wie sie fürchtete – dazu führen würde, dass sie eines Tages als die erkannt würde, die sie in Wirklichkeit war.

Sie musste an das Märchen denken von dem Kaiser, bei dessen Anblick allein das Kind die Wahrheit aussprach, dass er nackt war. So würde es ihr gehen, wenn sie bei Magnus bliebe, das hatte sie damals gedacht. Nur dass das, was zwischen ihnen entstanden war und das sie nicht benennen konnte, sie festhielt und sie schließlich dazu brachte, ihn aufzusuchen und ihm, nachdem er ihren wirklichen Namen aussprach, alles zu gestehen.

Noch einmal hatte er sich nach diesem Abend mit ihr im Kino verabredet, danach waren sie nebenan essen gegangen und sie hatte, aus lauter Unsicherheit, wieder ihre alte Rolle gespielt. Es hatte auch wieder funktioniert, nur dass er dann ein Taxi für sie gerufen und sie nicht zu sich nach Hause mitgenommen hatte.

Als er danach nichts mehr von sich hören ließ, wusste sie nicht, ob sie beleidigt oder wütend sein sollte. Sie konnte aber auch einfach vergessen, dass sie es gewesen war, die ihn aufgesucht hatte. Sie musste es ja nicht als Niederlage verbuchen. Aber sie spürte, dass eine gewisse Unruhe sie befallen hatte, die sie bisher nicht kannte. Dazu kam, dass sie Edgar nicht allzu sehr verärgern durfte, ihn aber auf

Distanz halten musste. Er suchte zwar keine feste Beziehung zu ihr, brachte aber mehr oder weniger deutlich zum Ausdruck, dass sie ihm noch einiges schuldete. Zuerst verblüfft, dann verunsichert merkte sie, dass sie ihre alte Rolle nicht mehr sicher spielen konnte. Schlagfertigkeit, Souveränität, Beredt-heit drohten ihr abhanden zu kommen und manchmal stand sie dermaßen neben sich, dass sie sich in ihrem Verhalten unendlich lächerlich vorkam.

Neben ihrer zunehmenden Verzweiflung wuchs ein Groll in ihr, der noch nicht sein Ziel gefunden hatte. Aber eines Abends, sie starrte blicklos auf den Bildschirm vor sich, brach es aus ihr heraus und sie beschimpfte Magnus wüst und wütend, bis ihr der Atem ausging. Halb blind vor Tränen griff sie zu ihrem Telefon und schrieb ihm: ‚Jetzt oder nie mehr!!!' mit drei Ausrufezeichen. Und bevor sie sich hätte noch einmal besinnen können, schickte sie die SMS an ihn ab.

* * *

Dass ich Simone um den Anruf gebeten hatte, fiel mir erst wieder ein, als sie sich meldete und gleich lossprudelte: „Also, sie kommt nicht oft zum Essen, aber es gibt einen Tag in der Woche, an dem sie fast immer da ist. Und zwar immer in Begleitung. Und, weißt du", sie tönte plötzlich geheimnisvoll, „sie tut abweisend, aber das ist alles nur Show." „Ich schätze, du sprichst von Mara und von wem noch?" „Von Edgar natürlich, der ihr den neuen, besseren Job verschafft hat. Es ist ja klar, sie ist ihm noch etwas schuldig dafür."

So erfuhr ich, wann ich Mara selbst mal in Augenschein nehmen konnte, und ich hielt mir diesen Tag in der folgenden Woche frei. Als ich in die Kantine kam, sah ich Simone heftig winken. „Sie ist noch nicht gekommen, aber sie müsste bald da sein. Ich hole dir was zu essen, damit du nicht so auffällst, so ohne etwas vor dir." Der Raum war locker gefüllt, alles Personal vom Fernsehen. Man konnte gleich sehen, wo das niedere Volk saß und wo die hohen Tiere.

Simone war noch nicht am Tisch zurück, da entdeckte ich sie, kein Zweifel. Eigentlich sah sie ganz normal aus, eine nicht mehr ganz junge Frau, modisch, etwas extravagant gekleidet, aber erstens mit auffallenden großen Ohrringen ausgestattet und zweitens mit einer Ausstrahlung, die geradezu zu greifen war. Sie redete auf ihren Begleiter ein, es musste dieser Edgar sein, zwar in ruhigem Ton, aber dennoch so, dass er offenbar nicht zu Wort kam. Sie holten sich ihr Essen am Tresen ab und setzten sich am übernächsten Tisch hin. Jetzt fing sie an zu essen, während er zu reden begann, halblaut, so dass ich kaum etwas verstehen konnte. Mimik und Gestik der beiden waren aber deutlich genug: Nun redete er auf sie ein, teils fragend, aber auch mit Anzeichen von Dringlichkeit, sie abfällig, ihn kaum ansehend, lustlos in ihrem Essen stochernd. Sie hatte noch nicht einmal die Hälfte aufgegessen, da stand sie plötzlich auf mit ihrem Tablett und marschierte los. Er schaute ihr verblüfft nach, unsicher, ob er ihr folgen sollte. Als sie verschwunden war, aß er weiter, der Hunger hatte gesiegt. Er war der Typ, der zum Rundlichen neigt, kein besonders sympathischer Bursche.

„Jedes Mal das Gleiche", sagte Simone neben mir, „er läuft ihr nach, will was von ihr, du weißt schon, aber sie wimmelt ihn ab. Aber er, das wissen alle, ist ein sturer Bock und er sitzt schon ziemlich weit oben, da wird sie schon noch nachgeben müssen, sonst ist sie ihren Job wieder los." „Was ist eigentlich mit Steven, wolltest du ihn nicht auf Mara ansetzen?" Simone, offensichtlich hungrig, schaufelte erst einmal einen Bissen in den Mund, kaute und gab erst dann Antwort: „Also, ich hab's probiert, aber als Steven klar wurde, dass Edgar hinter ihr her ist, hat er es lieber gelassen." Sie hob die Augenbrauen und fügte hinzu: „Er will eben auch Karriere machen." Wieder aß sie ein paar Bissen, um dann fortzufahren: „Ich warte übrigens auf deine Einladung, du weißt schon." „Was stellst du dir denn vor?" Sie legte ihr Besteck neben den Teller: „Na hör' mal, das musst du dir schon selbst überlegen." Aber dann änderte sie ihren Tonfall: „Ich hab' es gern romantisch, Kerzen und so. Du wirst schon ein passendes Restaurant finden, nicht wahr?"

Simone kannte ich schon eine ganze Zeitlang, wir hatten uns bei irgendeiner Party getroffen. Damals hatte sie einen Freund, der richtig was hermachte, Cabrio, Ferienhaus und so was. Aber seitdem er sie abserviert hatte, ich weiß nicht warum, war sie, soweit ich wusste, solo unterwegs. Jetzt fragte ich mich, ob sie es auf mich abgesehen hatte, aber eigentlich war ich nicht ihr Typ. Als verkrachter Student und Taxifahrer hatte ich nichts, was sie vor den anderen herzeigen konnte, das meine ich. Aber gut, ich stimmte ihr zu und versprach, mich in den nächsten Tagen bei ihr zu melden. Unsere Verabschiedung fiel von ihrer Seite aus entsprechend herzlich aus.

* * *

‚Jetzt oder nie mehr!!!' stand auf dem Display. Magnus fühlte sich überfordert mit dieser Nachricht. Er brauchte Zeit, um über Maras Geschichte nachzusinnen, sich zu befragen, ob er ihr vertrauen konnte und wollte. Sie erschien ihm glaubwürdig, aber es war ihre Unberechenbarkeit, die ihn verunsicherte. Bei ihrem letzten Treffen hatte sie wieder die alte Rolle gespielt, als ob nichts gewesen wäre. Und jetzt forderte sie eine Entscheidung von ihm. Nach zwei Tagen des Zögerns beschloss er, ins Kino zu gehen, um an Ort und Stelle zu einer Lösung zu gelangen.

Wer ihn beobachtet hätte, wäre wie Oskar erstaunt gewesen über seine Reglosigkeit und hätte ihn beim Hinausgehen neugierig gemustert. In seinem ebenmäßigen Gesicht hatte sich an der Nasenwurzel eine tiefe Falte gebildet, während er sich, den Blick auf den Boden gerichtet, langsam im Fluss der Gehenden ins Freie treiben ließ. Draußen hielt er inne und suchte, einer alten, fast schon vergessenen Gewohnheit nach, in seinen Taschen die Zigarettenpackung. Wie wenn er sich jetzt erst erinnerte, drehte er sich um und betrat das Lokal. Dass der übliche Platz auch diesmal leer war, nahm er als Bestätigung und setzte sich.

Es war ihre Stimme, die ihn aus seinem Brüten hervorholte. „Schön, dass Sie wieder einmal da sind", sagte Lisbeth und lächelte, als er sie ansah. Ihr Lächeln übertrug sich auf ihn, der sie sekundenlang stumm anblickte. Mit ihrem dunklen Haar, den braungrauen Augen und im schwarzen Gewand sah sie unscheinbar aus, wie viele junge Frauen, die in

Cafés, Bars und Lokalen bedienen. Aber etwas war an ihr, das Magnus zwar nicht benennen konnte, ihn aber auf wohltuende Art entspannen ließ. „Ich war gerade im Kino nebenan", sagte er, „und dann wollte ich zur Zigarette greifen, aber da war nichts." Er war aufgestanden und stand nun direkt vor ihr. „Vielleicht haben Sie nachher wieder fünf Minuten Zeit für mich und ich überlege mir in der Zwischenzeit, wie ich mich revanchieren kann." Sie trat einen kleinen Schritt zurück und sagte: „Gerne. Es wird noch eine halbe Stunde dauern. Was kann ich Ihnen bringen?"

Er hatte seinen Wein noch nicht ausgetrunken, als er sie zum Hinterausgang gehen sah. Entschlossen stand er auf und folgte ihr. Sie hielt schon zwei Zigaretten in der Hand und gab ihm eine. „Magnus", sagte er, als er sie entgegennahm und ihr Feuer gab. „Lisbeth", antwortete sie nach einem Zug aus der Zigarette. Stumm schauten sie gemeinsam über den Hinterhof, der in der Mitte ein kleines Rechteck Rasen aufbot, um das schmale Fußwege zu den Nachbarhäusern angelegt waren. „Wenn ich wüsste, wann du einmal etwas länger Zeit hast, täte ich mir leichter, etwas zu überlegen." Amüsiert schaute sie zu ihm auf: „Im Gegenzug zu zwei Zigaretten?" Er lächelte entschuldigend: „Sind es nicht schon vier? - Ich würde mich sehr freuen, wenn es mehr als fünf Minuten wären, die ich mit dir teilen könnte." Sie klopfte die Asche von der Zigarette und schaute ihn an: „Samstagnachmittag wäre möglich, am Abend bin ich wieder hier eingespannt."

Er holte sie mit dem Motorrad ab und hatte nicht nur einen Helm, sondern auch eine Lederjacke für sie dabei. „Passt es?", fragte er, als sie beides anprobierte. „Ich bin noch nie Motorrad gefahren", sagte sie. ‚Jetzt oder nie' dachte Magnus, aber es sprach es nicht aus. „Du sagst einfach, ob es dir Freude macht, sonst kehren wir eben um." Sie zog sich den Reißverschluss zu und er rückte ihr den Helm zurecht. „Wo soll es denn hin gehen?", fragte sie, bevor sie Platz nahm. „Ist nicht der Weg das Ziel?", fragte er zurück, lachte und noch ehe sie etwas erwidern konnte, startete er den Motor und fuhr los.

Es war keine allzu lange Fahrt, denn als sie den Stadtrand erreicht hatten, bog Magnus in eine Seitenstraße ab, die umsäumt war von hohen Pappeln, und steuerte auf ein großes Gebäude zu, das wie ein Bauernhof angelegt war. Nachdem sie ihm ihren Helm übergeben hatte, schaute sich Lisbeth um: „Du wohnst nicht hier, oder?" „Nein, aber hier ist es, wo ich dir etwas - oder sollte ich sagen, jemanden - zeigen möchte." Er ging voran, aber nicht zum Wohngebäude, sondern, wie Lisbeth bald feststellte, zu Stallungen. „Ich stelle dir gleich Aurora vor, sie ist eine elegante Dame, mit der ich seit etwa zwei Jahren bekannt bin." Als Lisbeth verdutzt zu ihm aufblickte, schmunzelte er und holte einen Apfel aus seiner Tasche. „Wenn du sie damit begrüßt, wirst du leicht ihre Sympathie gewinnen können."

Die Stute, ein Fuchs, begrüßte Magnus mit Wiehern und er tätschelte ihren langen Hals mit dem glänzenden dunklen Fell. Lisbeth zögerte näher zu kommen: „Ich habe einen Mordsrespekt vor Pferden, sie sind mir nicht so ganz geheuer." „Du musst nur eine Beziehung zu ihnen herstellen und mit ihrer Intelligenz rechnen." Magnus schob sie sanft in Reichweite des Pferdemauls und Lisbeth hielt ihm auf der offenen Hand den Apfel hin. Sie fühlte die weichen Lippen, die behutsam den Apfel erfassten. „Kein Problem, siehst du? Sie mag dich." Jetzt holte er einen Sattel und legte ihn Aurora auf. „Drüben ist die Reithalle, da kannst du mal probieren zu reiten." Als er sah, dass Lisbeth blass wurde, umfasste er ihre Schulter. „Keine Angst, ich führe euch und Aurora geht im Schritt, bis du dich sicher fühlst. Du bist doch mutig, nicht wahr?" Lisbeth straffte sich: „Du solltest mich nicht provozieren, da könntest du Überraschungen erleben!"

Während des Weges zur Reithalle ließ sie sich von Aurora ein wenig beschnuppern und strich ihr sanft über das glatte Fell. Sie spürte die Kraft, die darunter verborgen war, aber auch den Reiz, das Reiten zu probieren. Magnus half ihr beim Aufsitzen und merkte, wie leicht sie war. Jetzt blickte sie von oben auf ihn herunter und lachte: „Diese Perspektive ist auch nicht schlecht!"

Magnus grinste nur und führte das Pferd langsam im Kreis durch die Halle. Nach einigen Runden ließ er es traben und Lisbeth fand sich langsam in den Rhythmus des Auf und Ab. Als Magnus anhielt, fragte sie, Enttäuschung in der Stimme: „Sind wir schon am Ende?" Er atmete erst einmal gut durch und meinte: „Meine Ausdauer ist nun halt etwas geringer als ihre", und umfasste liebevoll das Pferdemaul. „Jetzt probiere mal ohne mich."

Draußen auf dem Freigelände ritt er im Trab neben ihr her, bevor sie gemeinsam, im Schritt gehend, sogar noch die staubigen Wege rund um das Gestüt hinter sich brachten.

Als Lisbeth wieder auf festem Grund stand, bemerkte sie erst ihre strapazierten Beine. „Meine Güte", sagte sie, „wie soll ich heute noch stundenlang bedienen können?" Es klang nicht vorwurfsvoll, aber Magnus schaute betreten. „Daran dachte ich nicht", murmelte er entschuldigend, „was kann ich denn nun für dich tun?"

Als die Pferde abgezäumt und versorgt waren, machten sie den Spaziergang, den Lisbeth vorgeschlagen hatte. „Damit meine Beine wieder ins Lot kommen", meinte sie und fasste Magnus' Hand. „Nachher können wir noch etwas trinken, vielleicht bekommen wir auch eine Kleinigkeit zu essen, mal sehen", erwiderte er und bemühte sich, ihre Hand nicht zu fest zu packen.

* * *

Ich hatte wenig Lust, mit Simone irgendwo chic und ‚romantisch', wie sie es nannte, auszugehen. Aber diesmal konnte ich es ihr nicht abschlagen und wählte ein Restaurant aus, das praktischer Weise ganz in der Nähe meiner Wohnung lag. Dann hätte ich wenigstens auch etwas davon, wenn ich sie nachher zu mir mitnehmen konnte. Immerhin, sie war zufrieden mit meiner Wahl, Kerzen standen auf dem Tisch und dezente Musik war zu hören, die ganz nach ihrem Geschmack war. Aber dann wollte sie alles über Magnus erzählt bekommen und je mehr ich berichtete, desto schlechter wurde meine Stimmung. Schließlich hatte ich keine Lust mehr weiterzumachen und sie meinte kühl: „Du bist wohl eifersüchtig auf ihn und stellst ihn ziemlich mies dar." „Du kennst ihn doch gar nicht, was soll das?" Sie lächelte überlegen und erwiderte: „Er war letztes Jahr als Prüfer im Betrieb und kam während dieser Zeit auch in die Kantine essen. Ich fand ihn sehr charmant." Verblüfft überlegte ich und sagte: „Beschreibe ihn mir!" Simone beschrieb den Mann und fast kam sie ins Schwärmen dabei. Es musste wirklich Magnus gewesen sein. „War Mara in dieser Zeit auch schon bei euch?", fragte ich. Simone schüttelte den Kopf: „Nein, da bin ich ziemlich sicher."

Als ich bezahlt hatte und wir auf die Straße traten, lud ich sie zu mir ein. Aber sie bedankte sich nur für den schönen Abend, setzte sich in ein Taxi und fuhr davon. Ich stand ganz schön blöd da. Sie war zwar nicht mein Typ, aber sie hätte sich durchaus auch anders bedanken können. Langsam trottete ich nach Hause, aber nun wusste ich, was zu tun war.

* * *

Obwohl sich ihre Oberschenkel immer wieder schmerzhaft in Erinnerung riefen, fiel Lisbeth das Bedienen der Gäste an diesem Abend leicht. Es geschah wie automatisch und nebenbei, denn in ihren Gedanken saß sie noch einmal mit ihm an einem kleinen Tischchen draußen vor der Gaststube, und sah ihn gegenübersitzen, aufmerksam zuhörend, so dass sie mehr von sich erzählte, als sie eigentlich wollte. Davon, wie sie mit siebzehn von zuhause weggegangen war und andernorts ihre Matura gemacht hatte. Von ihren Reisen danach, während derer sie das Alleinsein und andererseits sich selbst im Spiegel der unterschiedlichsten Menschen, denen sie begegnete, kennenlernte, so dass sie sich selbst besser verstand als je zuvor. Von ihrem Studium der Informatik hatte sie erzählt, das sie begeisterte, aber auch davon, dass sie es hatte abbrechen müssen. „Das Geld?", hatte er gefragt und sie hatte zu weinen begonnen und sich deshalb schrecklich gefühlt. Er hatte ihr ein Taschentuch gereicht und gesagt: „Es ist grausam, wenn man – warum auch immer – nicht tun oder lernen kann, was einen wirklich interessiert." Und dann erzählte er von seiner Liebe zur Mathematik und davon, wie er zu seinem Beruf gekommen war. „Lass uns ein anderes Mal weiter über dein Problem reden, Lisbeth." Sie waren noch einmal zu Aurora gegangen und hatten sich von ihr verabschiedet. Es war sowieso schon spät geworden und sie mussten sich beeilen, damit Lisbeth rechtzeitig mit ihrem Dienst beginnen konnte. „Du gibst mir Bescheid, wenn du mal wieder Zeit hast für mich?", hatte er gefragt und mit einer Umarmung hatten sie sich voneinander verabschiedet.

Als Lisbeth nach ihrer Schicht auf dem Heimweg war, fiel ihr Mara ein und die Szenen, wo sie beide beieinander erlebt hatte und Magnus so ganz anders gewesen war. Als ob sie ihn hypnotisiert hätte mit ihrer Art zu reden, mit ihrer ganzen Aufmachung, die jeder, nur er nicht, durchschaute als reine Fassade, hinter der Einsamkeit, Eitelkeit, Unsicherheit oder sonst etwas stecken mochte. Sie fragte sich, was sie tun, wie sie sich verhalten würde, käme er mit ihr zusammen noch einmal ins Lokal. Aber sie wusste keine Antwort darauf und hoffte, es würde nicht dazu kommen.

* * *

In der Kantine herrschte wie gewöhnlich enormes Gedränge, denn jeder wollte in der kurzen Pause keine Zeit mit Herumstehen und Warten verbringen. Simone war deshalb schon unter den ersten, die anstanden, und suchte sich mit ihrem Tablett einen freien Tisch. Das bedeutete, dass sie den Zufall walten ließ, wer sich zu ihr setzte. Oft hielt sie es auch umgekehrt und suchte sich selbst die Tischpartner*innen aus, die ihr gerade behagten.

Als es zunehmend unruhiger und lauter wurde, blickte sie zur Warteschlange hinüber und entdeckte dort Mara, hinter der Edgar stand, leise aber eindringlich auf sie einredend. Offenbar ignorierte sie ihn und er fasste sie bei der Schulter. Sie drehte sich so heftig nach ihm um, dass er einen Schritt zurücktrat und dabei die hinter ihm Stehenden in Bedrängnis brachte. Er entschuldigte sich zwar sofort dafür, aber fuhr gleich danach fort, sich bei Mara Gehör zu verschaffen.

Es war eine spontane Reaktion, dass Simone aufstand, hinüber ging und Edgar ansprach: „Wir sind hier als Frauen nicht gewohnt, von Männern so dreist angebaggert zu werden." Er erstarrte, wurde rot im Gesicht und blickte um sich, da es plötzlich fast still im Raum geworden war. Jetzt lächelte Simone verbindlich und meinte: „Danke, das war's schon." Bevor sie zu ihrem Platz ging, tauschte sie mit Mara einen Blick und zeigte zu ihrem Tisch, bei dem sich Mara bald darauf einfand.

Während ihres Gesprächs blieb Mara meist recht einsilbig. Simone gab sich alle Mühe, eine lockere Konversation in Gang zu bringen, bis Mara schließlich sagte: „Entschuldige, aber mir geht es heute nicht gut." Sie zeigte mit dem Kopf zu Edgar hinüber, der allein an einem Tisch seine Mahlzeit

einnahm. „Er ist so penetrant, es ist kaum zum Aushalten."
Sie unterbrach das Essen und schnäuzte sich. „Ich
verstehe", erwiderte Simone, „und er ist dein Chef?" „Nicht
direkt, er sitzt zwei Etagen höher." „Aber du bist ihm einen
Gefallen schuldig, nehme ich an." Mara blickte überrascht
von ihrem Teller hoch, während Simone konzentriert weiter
aß. Aber dann legte sie ihr Besteck hin und sagte: „Ich
arbeite schon lange hier und außerdem kenne ich Edgar
und Typen wie ihn ziemlich gut. Zum Glück ist er nicht mein
Chef." Mara lächelte angestrengt und sagte mit einem Blick
zu Edgar hinüber: „Dann kannst du dir auch vorstellen, was
er von mir will." Simone blickte ihr in die Augen: „Weil das,
was er für dich getan hat, nicht ganz unwichtig für dich
war?" Sie formulierte es als Frage, deren Antwort sie gar
nicht erwartete, denn sie aß sofort weiter wie zuvor und
wechselte das Thema. „Aber lassen wir das. Schau!" Sie
holte den Teil einer Zeitung hervor und wies auf eine
Annonce, die sie rot angestrichen hatte: „Dieser Film
interessiert mich, aber ich mag nicht allein hingehen.
Hättest du Lust?"

* * *

Die genaue Adresse von Magnus herauszufinden war kein
Problem. Und wie ich es mir vorgestellt hatte, war es eine
Wohnung im besten Viertel der Stadt, Neubau mit Sicht
über die Dächer der Nachbarhäuser bis hinunter zum
Stadtzentrum. Ich fragte mich, warum ich mir nicht schon
längst seine Adresse und Telefonnummer besorgt hatte;
letztere war allerdings nur seine berufliche Nummer, die
private konnte ich nicht herausfinden. Aber ich hatte

sowieso vor, an seiner Tür zu läuten und in sein überraschtes Gesicht zu sehen.

Ja, etwas war geschehen, dass ich einen immer größer werdenden Zorn auf ihn bekam. Es war einfach Zufall gewesen, purer Zufall, dass ich mitgekriegt hatte, wie er Lisbeth vom Lokal abholte. Ich war nämlich gerade auf dem Weg dorthin und hatte mir schon überlegt, wie ich sie in eine Disko lotsen könnte, als ich sehe, wie er vor dem Lokal wartet und sie herauskommt. Er hat alles dabei, was sie für die Fahrt braucht, Helm und Lederjacke und so. Ich sehe sie zusammen wegfahren und da setzte ich mich erst einmal mit einem doppelten Korn hin und ein Pils dazu. Und dann fällt mir etwas ein, eine alte Geschichte, aber, naja, irgendwie doch nicht. Es war noch in der Schulzeit und da hatte ich ein Mädchen, Anni hieß sie, mit der war ich erst kurz zusammen. Sie sah gut aus und ich hatte mir mächtig Mühe geben müssen, um sie auf mich aufmerksam zu machen. Jedenfalls hat mich allein das schon eine Stange Geld gekostet. Ja, und an einem Wochenende gehen wir tanzen und endlich lässt sie mich wirklich nahe an sich ran. Und dann erscheint Magnus in der Disko. Er steht einfach so rum, schaut sich die Leute an, ein Glas in der Hand. Und ich merke, wie Anni immer wieder hinschaut zu ihm, obwohl er gar nicht oft herschaut.

Dann sagt sie, sie müsse mal eine Pause machen, wir setzen uns, trinken was. Bald darauf steht sie auf und geht zur Toilette. Magnus habe ich in der Zwischenzeit aus den Augen verloren und schaue mir die Verrenkungen der Leute an, die denken, sie seien die besten. Aber da bewegt sich plötzlich Anni in mein Blickfeld und mit ihr Magnus und sie tanzen, und wie sie tanzen! Sie schmiegt sich an ihn, als wäre sie bei mir nie ein „Rührmichnichtan" gewesen. Lange habe ich mir das nicht angeschaut, ich bin aufgestanden und gegangen. Ob die beiden danach wirklich beisammen waren, weiß ich nicht. In diese Disko hab' ich jedenfalls keinen Fuß mehr gesetzt.

Ja, das ist mir eingefallen, wie ich dasitze und mein Pils trinke. Als ich dann zahlte, fragte ich, wann Lisbeth wieder für ihre Schicht kommen würde. Ich habe die beiden dann gesehen, als sie zurückkamen. Er ganz cool und sie fällt ihm um den Hals, da war mir alles klar.

Jetzt gehe ich einfach mal hin, überrasche ihn sozusagen auf dem falschen Fuß. Und dann erzähle ich ihm die Geschichte von Mara. Er wird blass werden, wird fragen, ob es wirklich stimmt, und ich werde es schwören, es stimmt ja auch. Und wenn er dann ganz geschlagen dasitzt, werde ich sagen: Tut mir leid, aber die Frauen sind nun mal nicht zu durchschauen. Hoffe nur, dass dir Lisbeth nichts vorspielt. Er wird mich konsterniert anschauen, ich zucke bedauernd mit den Achseln und gehe.

***

Als Magnus öffnete, war er tatsächlich ziemlich überrascht, mich zu sehen. Aber er fasste sich sofort und fragte, was ihm die Ehre verschaffe, mich zu sehen. Ich ließ mich von seinem ironischen Ton nicht abschrecken und sagte, ich wolle ihn mal besuchen, vielleicht hätte ich auch Neuigkeiten für ihn. Er zeigte ein verwundertes Gesicht, bat mich herein und wir gingen ins Wohnzimmer, ziemlich nobel, mit Ledergarnitur und so. Die eine Seite des Raumes nur Glas, ein Balkon davor. „Willst du einen Kaffee, Wasser, Saft oder lieber was Alkoholisches?" Ich entschied mich für einen Whiskey und wir setzten uns draußen hin. Er hatte sich selbst nur Wasser eingeschenkt und nippte jetzt daran. So war es an mir zu beginnen. „Wir kennen uns ja schon ewig", fing ich an, „und wir waren zwar nie so richtige Freunde, aber, nun ja, wir sehen uns immer wieder mal, ich mag dich ja auch, hm." Noch immer hörte er ruhig zu und war die Gelassenheit in Person. „Jedenfalls, hm, ich habe da was gehört über deine Mara." Jetzt stellt er das Glas ab und fragte: „Was hast du gehört?" „Also, sie heißt gar nicht Mara, sondern Mathilda." Er nickte nur und meinte: „Ja, das hast du mir bereits erzählt." „Hm, ja, und was ich noch gehört habe, also von einer Bekannten, die sie immer wieder sieht: Sie ist befreundet mit einem der höheren Tiere dort beim Fernsehen. Das heißt, sie, wie soll ich sagen, sie schläft sich durch ihre Bekanntschaft mit so einem eine oder zwei Etagen höher, so macht sie das."

Ich beobachtete sein Gesicht genau, aber viel Regung sah ich darin nicht. Er muss einen vorzüglichen Pokerspieler abgeben, dachte ich, wenn ihn das nicht vom Sessel reißt. Aber was sollte ich noch sagen? „Ich denke, sie hat einfach mal Abwechslung gesucht bei dir und als sich die Gelegenheit ergab mit dem anderen, hat sie die beim Schopf ergriffen." Jetzt nickte er wieder und sagte endlich: „Sie hat es mir selbst gestanden, vor ein paar Wochen. Der Typ, den du meinst, heißt übrigens Edgar."

Mehr sagte er nicht, aber blickte mich so provokant an, dass ich ihm am liebsten das Glas ins Gesicht geschmettert hätte.

„Dafür hat sich jetzt Lisbeth an deine breite Brust geschmissen, nicht wahr!" Ich war laut geworden und stand auf. Auch er erhob sich, den Blick auf mich gerichtet. „Weißt du, dass du mir immer in die Quere kommst und mir die Mädchen wegnimmst, du eingebildeter Schnösel!" Ich blieb noch einigermaßen höflich, aber innerlich kochte ich schon. „Lisbeth", sagte er, „sie hat mir nichts von dir erzählt, ich wusste das nicht." „Du merkst ja auch überhaupt nichts, bei Mara nicht, bei Lisbeth nicht. Du bist naiv und gerissen zugleich – oder tust auf jeden Fall so."

Ich trank den Whiskey aus und wollte schon gehen, da sagte er: „Du hast von ‚den Mädchen' gesprochen, das heißt, es war nicht nur Lisbeth, von der du meinst, ich hätte sie dir weggenommen?" Jetzt knallte ich das Glas auf den Tisch und sagte: „Ich hoffe, du erinnerst dich noch an Anni. Die war damals meine Freundin und du, du hast sie dir genommen, danach war ich Luft für sie."

Ich sah ihn schon nicht mehr an, ging ins Wohnzimmer. Allerdings stolperte ich an der Türschwelle „Vorsicht", hörte ich hinter mir, „manchmal hält das Leben kleine Hindernisse für uns parat, die sollten uns nicht zu Fall bringen." Als ich mich umdrehte, grinste er schon nicht mehr, sondern schaute mich fragend an. „Du bist ein beschissenes Arschloch", sagte ich leise. Und das war es dann auch.

Draußen schaute ich, dass ich außer Sichtweite kam und dann lehnte ich mich an eine Gartenmauer und fluchte so laut, dass irgendwoher jemand rief: „Gehen Sie in den Wald und schreien Sie nicht so grässlich herum, hier leben

Kinder!" „Halts Maul", rief ich, aber dann ging ich weiter und hatte plötzlich die Lust am Fluchen verloren.

* * *

Die folgenden Wochen war Magnus so beschäftigt, dass er kaum einen Gedanken über das Berufliche hinaus fassen konnte. So sehr er es bedauerte, fühlte er doch eine Art Entlastung, denn die Entscheidungen, die notwendig waren, konnte er dadurch noch etwas aufschieben. Um sich zusätzlich zu entlasten, schrieb er an Lisbeth und Mara Nachrichten mit der Erklärung, er sei zu beschäftigt, als dass er sich ausführlich melden könne. Es war ihm klar, dass er damit zwar der Höflichkeit Genüge getan hatte, aber die jeweiligen Erwartungen wohl kaum zufrieden stellen konnte. Die Geschichte mit Mara war noch nicht zu Ende und was Lisbeth betraf, wusste er nicht, welche Rolle er ihr gegenüber einnehmen sollte. Vermutlich war er mindestens zehn Jahre älter als sie und er fühlte vor allem ein Verantwortungsgefühl ihr gegenüber.

Wenn er zurückdachte, war er immer wieder in eine solche oder ähnliche Situation geraten. Selten war ihm dabei klar gewesen, was die jeweilige Partnerin wirklich von ihm dachte, was sie von ihm erwartete. Und er wusste es meist selbst nicht, was er wirklich wollte und wie ernst es ihm war. Dass er dadurch häufig eine ungewollte Distanz herstellte, war ihm irgendwann klar geworden; und das hatte, so vermutete er, letztlich immer zu einer Trennung geführt, die er ohnmächtig hatte geschehen lassen. Mara war die erste und einzige, die noch einmal zu ihm zurückgekommen war; und sie war es auch gewesen, bei der er zum ersten Mal das Gefühl hatte, so etwas wie Glück zu erleben. Doch dann war es genauso gekommen wie so oft. Nur dass er jetzt wusste, dass dieses Glück Resultat von Lüge, Täuschung und Betrug gewesen war.

Als er nach zwei Wochen Arbeit abschätzen konnte, wann er seinen Auftrag erledigt haben würde, gab er sich weitere zwei Wochen Zeit, um eine Entscheidung zu treffen. Wie sie ausfallen würde, wusste er noch nicht. Und dann, nach Beendigung seines Auftrages, entschied er sich kurz entschlossen zu einem Ortswechsel und er erinnerte sich daran, dass er, damals noch ein Student, eine mehrtägige Wanderung gemacht hatte, drunten in Südtirol. Allein war er unterwegs gewesen, war von Hütte zu Hütte marschiert oder hatte einfach im Freien übernachtet, wenn es ihm danach gewesen war. Es musste ein heißer Sommer gewesen sein, sonst wäre das gar nicht möglich gewesen.

Schon am nächsten Tag bestieg er den Zug nach Meran, übernachtete dort und brach am folgenden Tag auf in die Berge, von deren Nähe er sich die Ruhe und Besonnenheit erhoffte, die er für seine Entscheidung brauchte.

* * *

Ihre Arbeit machte sie nach wie vor verlässlich, freundlich und absolut professionell. Sobald sie ihre Arbeitskleidung trug, funktionierte sie, ohne sich deshalb besonders anstrengen zu müssen. Doch zugleich ließ sie ihre Gedanken treiben, ließ sie Pläne zimmern, Erinnerungsbilder aufleben und Wunsch-träume weben. Die Arbeitsstunden vergingen auf diese Weise schneller als je zuvor. Doch wenn Lisbeth dann das Lokal verließ, waren alle ihre Fantasien, Wünsche, Sehnsüchte weggeblasen vom kalten Wind der Nüchternheit, die sich nun wieder einstellte.

Als sie nach einer Woche außer einer mageren Nachricht noch immer nichts von Magnus gehört hatte, erlaubte sie sich ihre Träumereien nicht mehr und stellte sich zu Beginn, aber auch während ihrer Arbeitszeit immer wieder vor den Spiegel und sprach mit sich selbst: Lass deine albernen Fantasien, lass deine Wunschträume und schau dich an! Du bist eine kleine unbedeutende Kellnerin und wenn du was anderes werden willst, dann schaffst du das nur, wenn du nichts von anderen, aber alles von dir verlangst! Sie boxte sich jedes Mal mit einer Hand in die Handfläche der anderen, so dass es wirklich weh tat. An manchen Tagen war es fünf, sechs Mal. Ich muss mich durchboxen, dachte sie und überlegte, ob sie mit einem zusätzlichen Job besser vorankäme.

Sie war nicht wütend auf Magnus, obschon er nichts von sich hören ließ. Wenn sie an ihn dachte, war es wie nach dem Verabschieden eines Reisenden, den man mit guten Wünschen begleitet. der aber schon längst unerreichbar weit weg ist. Sie war auch deshalb nicht wütend, weil er sie erinnert hatte an das, was sie sich für ihr Leben vorgenommen, aber fast schon vergessen hatte. Von der Freude, ja dem Glück, das sie beim Studium empfand, hatte sie niemandem erzählen können und es war Magnus gewesen, der es ihr mit seinem geduldigen Zuhören ermöglicht hatte, sich daran zu erinnern. Seine Liebe zu den Zahlen und zur Mathematik, von der er nur in Andeutungen gesprochen hatte, erlaubte es ihr, sich zuzugestehen, was sie längst schon als Spinnerei abgetan hatte. Wenn sie jetzt nicht noch länger damit wartete, konnte sie wieder in das Studium einsteigen und die ersten vier Semester wären nicht umsonst gewesen. Sie wusste zwar nicht, wie sie alles schaffen konnte, aber wenigstens versuchen, das wollte sie.

***

Dass Mara eines Abends das Lokal betrat, registrierte sie sofort und versuchte, sie möglichst kontinuierlich im Auge zu behalten. Ihre Begleiterin kannte sie nicht, doch sie bemerkte, dass die beiden sich gut verstanden und Mara anders auftrat als sonst. Offenbar vermochte sie sogar zuzuhören und agierte nicht mehr so exaltiert. Auch ihre ganze Aufmachung war weniger extravagant. Als Lisbeth die Bestellung aufnahm, war erkennbar, dass Mara sich an sie erinnerte, ohne Anstalten zu machen, ihre Bekanntschaft deutlich werden zu lassen.

Die beiden nahmen nur Getränke und bestellten sonst nichts, so dass Lisbeth kaum Gelegenheit hatte, ihr Gespräch zu verfolgen. Ihre Aufmerksamkeit wurde aber plötzlich geweckt, als ein Mann, der wie die anderen Kinobesucher nach der Vorstellung das Lokal betreten hatte, nach dem Bezahlen von seinem Tisch aufstand und sich den beiden näherte. Die Frauen waren ins Gespräch vertieft, so dass sie ihn erst bemerkten, als er bei ihnen angelangt war. Ihr Gespräch verstummte, aber auch der Mann sagte kein Wort.

Wie in einem Standbild erstarrten alle drei, Simone gelassen sich gebend, Mara in höchster Verkrampfung und Edgar sich in äußerster Beherrschung gerade noch zusammenhaltend. Schließlich zischte er Mara an: „Wenn du nicht von selbst kündigst, werde ich dafür sorgen, dass du nächste Woche rausgeflogen bist! Oder ...", er machte eine lange Pause und schaute sie eindringlich an, „du kommst jetzt augenblicklich mit mir." Als Simone zu reden ansetzte, herrschte er sie an: „Sie halten sich raus, verstanden?" Sie blickte zu Mara, die kreidebleich geworden war, und sagte in aller Ruhe: „Ich verstehe das als massive Nötigung. An Ihrer Stelle würde ich den Schwanz einziehen und abmarschieren, sonst überlegen wir uns noch, ob Mara Sie verklagt."

Einen kurzen Moment brauchte er, dann rauschte er ab, während Simone schallend zu lachen begann und Mara kraftlos auf ihrem Stuhl zusammensackte. „Wenn er dich noch immer nicht in Ruhe lässt, gehen wir zum Boss, du weißt schon, und erzählen ihm, was er sich alles erlaubt hat. Und der Betriebsrat wird auch informiert, die Presse ebenso. Also keine Angst, er wird stillhalten, ich bin mir sicher." Mara richtete sich auf: „Ich habe solch eine Angst bekommen, wie er dastand und mich zwingen wollte." Sie schnäuzte sich in ihr Taschentuch. Simone winkte, um bei Lisbeth eine Bestellung aufzugeben: „Zwei Korn, bitte; eiskalt!"

* * *

Erst als er schon auf dem Rückweg war, die steilen schmalen Pfade des Cologna di Sopra hinunter, fand Magnus zu dem Entschluss, über den er die vergangenen acht Tage vergeblich gebrütet hatte. Vielleicht würde es wie eine Flucht erscheinen, aber das war ihm egal. Er wusste, dass es die richtige Entscheidung war. Allerdings stand er nun vor der Aufgabe, die Mitteilungen so an die beiden Frauen zu übermitteln, dass keine weiteren Verwicklungen, keine Missverständnisse, keine Komplikationen entstehen konnten. Das würde er in den kommenden Tagen genau zu überlegen haben.

Aber jetzt war er so erleichtert, dass er zunehmend rascher den Hang hinunterlief und noch während er das letzte Stück des Pfades langsam dahinwanderte, machte er weitere Pläne. Nach dem Weg zum Bahnhof, wo er sich eine Fahrkarte für den nächsten Tag kaufte, suchte er sich ein Zimmer in einem nahen Hotel. Er stellte sich unter die Dusche, legte sich danach aufs Bett und begann, über passende Formulierungen nachzudenken. Fast hätte er sich entschieden, gar nicht erst nach Hause zurückzukehren; doch dann wäre es reichlich kompliziert geworden, alles gut zu regeln.

Seine elektronischen Nachrichten rief er erst ab, als er zu Hause war. Wie er vermutet hatte, fand er von Mara eine Mitteilung vor. Sie bedankte sich zum einen für sein Vertrauen, das sie missbraucht habe; zum anderen wünschte sie ihm alles Gute. Mit dieser SMS sah sich Magnus der Notwendigkeit enthoben, ihr die geplanten Zeilen zu senden. Versonnen schaute er zum Horizont, wo sich jetzt, am späten Nachmittag, bereits der kommende Abend ahnen ließ. Wieder hatte er Maras Bild vor Augen und er wusste, dass es lange dauern würde, bis er es nur noch schemenhaft vor sich hinstellen konnte.

Er brauchte einige Zeit, bis er wieder in die Gegenwart zurückfand. Draußen hatte der Verkehr nachgelassen und er trat auf den Balkon und schaute auf die Stadt hinunter. Er mochte seine Wohnung, das Helle und Lichte darin und die Aussicht, die sie bot. Und er wusste, dass die Idee richtig war, Lisbeth sein Angebot zu machen.

In den nächsten Tagen traf er alle nötigen Vorbereitungen und setzte sich, nachdem sonst nichts mehr zu erledigen war, hin, um den Brief zu schreiben. Er tat es handschriftlich und fühlte sich gut dabei, denn so war es zwar nur eine schriftliche Mitteilung, aber sie enthielt in dieser Form doch etwas von seiner Persönlichkeit.

Erst auf dem Flughafen steckte er den Brief in den Postkasten und zwei Stunden später war er unterwegs zu seinem neuen Ziel. Mit dem Blick auf die Wolken unter sich überlegte er, wofür sich Lisbeth entscheiden würde. Ein paar Tage würde er sich wohl gedulden müssen, bis er etwas von ihr erfuhr.

* * *

Lisbeth war es gelungen, ihren Dienst zeitlich zu reduzieren, so dass es möglich erschien, das Studium wieder aufzunehmen. Dafür hatte sie einen Putz Job angenommen, bei dem sie spätabends oder am frühen Morgen Geld verdienen konnte, so dass die Finanzlücke, die sich auftat, vorerst einigermaßen zu füllen war. Als ihr Chef den Brief auf das Servierbrett legte, das sie gerade füllen wollte, sagte er: „Keine Angst, es ist keine Kündigung." Er grinste und sie steckte das Kuvert in ihre Tasche.

Erst in der Mittagspause, als sie unbeobachtet war, öffnete sie es und las Magnus' Zeilen. Als sie fertig war, nahm sie sich eine Zigarette und erinnerte sich an das erste Mal, als sie zusammen an derselben Stelle standen. Sie dachte an die Fahrt zum Gestüt, an Aurora, an den gemeinsamen Spaziergang und daran, wie sie sich voneinander verabschiedet hatten. Sie hatte sich in seiner Nähe wohl gefühlt, seine Sympathie gespürt; aber vieles war noch offengeblieben wie Antworten auf eine Frage, die noch gar nicht gestellt worden war.

Lisbeth ließ einige Tage verstreichen, bevor sie sich entschied, auf Magnus' Angebot einzugehen. Sie zeigte, wie er es vorgeschlagen hatte, sein Schreiben der Nachbarin, die ihr die Wohnung öffnete. „Sie wissen ja, dass er für einige Monate im Ausland ist und Sie seine Wohnung in dieser Zeit nutzen können. Für alle notwendigen Zahlungen ist gesorgt, das hat er mir noch selbst gesagt. Und er würde sich freuen, wenn Sie in seiner Abwesenheit die Wohnung hüten könnten." Als Lisbeth alle Räume gesehen hatte, wandte sie sich an die ältere Dame: „Ja, ich denke, ich nehme das Angebot an. Mein Name ist Lisbeth, ich bin Studentin und jobbe nebenbei."

Als sie allein in der Wohnung war, trat sie auf den breiten Balkon und schrieb Magnus die Nachricht, auf die er wohl schon einige Zeit wartete. Es dauerte nicht lange und sie erhielt seine Antwort: ‚Freue mich für dich! Viel Erfolg im Studium! Bis bald!' Ein Foto hatte er beigefügt, auf dem ein unabsehbar langer Strand zu sehen war. Dazu der Text: ‚Schon immer mein Traumziel gewesen'. Mit dem Namen, der dabeistand, konnte sie zuerst nichts anfangen; später fand sie heraus, dass es sich um einen Ort auf Neuseeland handelte.

Magnus hatte ihr mitgeteilt, dass er mindestens zwölf Monate weg sein würde. Und so holte Lisbeth noch am selben Tag die nötigsten Sachen aus ihrer alten Wohnung und formulierte das Kündigungsschreiben. Als sie am späten Abend zur Ruhe kam und versuchte, sich die nächsten Monate vorzustellen, bemerkte sie, dass all ihr früheren Träume wieder auftauchten, diesmal ganz konkret und so lebhaft, dass sie wusste, sie würde nicht so rasch einschlafen können.

* * *

Ich hatte zunächst mal die Nase voll von Magnus und seinen Geschichten, auch Lisbeth und Simone konnten mir gestohlen bleiben. Er hatte mir mal wieder nur Pech gebracht, hatte mich blöd dastehen lassen, dieser Schnösel. Ich hasste ihn. Aber es ließ mir keine Ruhe und nach einiger Zeit, vielleicht waren es drei, vier Wochen, schaute ich abends im Lokal nach und erkundigte mich nach Lisbeth. Sie hatte gekündigt, wurde mir gesagt. Okay, dachte ich, mal sehen, was mit Magnus los ist. Allerdings hatte ich keine Lust, bei ihm zu Hause aufzutauchen, sondern wollte auf seine Homepage schauen. Die war allerdings nicht mehr aufzufinden, als ob es ihn nie gegeben hätte. Jetzt blieb nur noch Simone übrig. Nach ein paar Tagen rief ich sie an. Ich hatte mich kaum gemeldet, da legte sie schon los: „Oskar, bitte, lass mich in Zukunft in Ruhe, ich denke, wir sind quitt, also tschüs."

71

Ja, ins Kino bin ich schon noch ab und zu gegangen, auch ins Lokal nebenan. Aber das war es auch schon.

***

Lennard

Eigentlich sollte diese Geschichte beginnen, wie es gemeinhin üblich ist: Nach und nach treten die Figuren auf, gewinnen Gestalt und Charakter, entwickeln auch ein gewisses Eigenleben, über das der Autor, die Autorin nur in begrenztem Maß diktatorischen Einfluss besitzt.

Doch dieses Mal drängen sich die Protagonisten sehr selbstbewusst an den Anfang der Erzählung. Sie wissen, dass es ohne sie keine Geschichte gibt, mag der Autor noch so sehr darauf bestehen. Ohne sie gäbe es eine andere Geschichte, aber hier und jetzt soll diese, soll ihre Geschichte erzählt werden.

Wie es sich gehört, müssen zuerst die weiblichen Charaktere vorgestellt werden:

Da ist Linda, jetzt dreiundsechzig Jahre alt und nicht mehr bei bester Gesundheit. Das mag an den Jahren in ihren Zwanzigern und Dreißigern liegen, als sie einfach nur leben, möglichst vieles erleben wollte. Dass dazu nicht immer diverse Drogen und wechselnde Partner nötig sind, vermochte sie erst zu realisieren, als sie gesundheitlich schon angeschlagen und meist nur noch solo unterwegs war. Geld zu verdienen war auch in jungen Jahren nötig, wobei sie es nie besonders lange in einem Job aushielt. Ihre kunsthandwerklichen Fähigkeiten begann sie erst zu nutzen, als sie in den Vierzigern war und dank eines Erbes ein kleines Geschäft eröffnen konnte, wo sie eigenes, aber auch fremdes Kunsthandwerk verkaufte. Linda ist übrigens Mutter von Milo, dessen Vater sie ihm allerdings nicht nennen will. Ach ja, ihr Aussehen sollte nicht vergessen werden: In jungen Jahren erschien sie außerordentlich hübsch mit ihren blonden Locken und blauen Augen, ihrer schlanken Figur und den gepflegten Händen, worauf sie großen Wert legte. Ausgesprochen schön ist sie nicht zu bezeichnen, denn ihr Gesicht ist auch jetzt noch eher rundlich und daher ein wenig kindlich ausgefallen, die weibliche Konturierung fehlt ihm. Sie trägt gern ausdrucksstarke Farben und scheut sich nicht, sie in unkonventioneller Weise zusammenzustellen.

Von Livia ist zu berichten, dass sie einundsechzig Jahre alt ist und keinem Beruf nachgeht, auch wenn sie ausgebildete Handelskauffrau ist. Aus kleinen Verhältnissen und vom Land kommend, hat sie es bald geschafft, in der Großstadt ansässig zu werden und dank ihrer Anpassungsfähigkeit und ihrer angenehmen Erscheinung den sozialen Aufstieg ins gehobene Bürgertum zu erreichen. Wir wollen ihr dies nicht zum Vorwurf machen, denn auch dazu gehören ein gehöriges Maß an Intelligenz, Durchsetzungsfähigkeit, diplomatisches Geschick sowie Unbekümmertheit und Positivität, wie sie in dieser Konstellation nicht häufig auftreten. Mit ihrem Partner, von dem noch die Rede sein wird, lebte sie zwei Jahre zusammen, bis sich neue Perspektiven für sie ergaben. Auch sie ist ihrer äußeren Erscheinung sehr bewusst: Ihr gelocktes schwarzes Haar ist dabei hervorzuheben, gepaart mit ausdrucksstarken grün-grauen Augen und einem vollen Mund, der allerdings nicht selten ein wenig zu stark geschminkt erscheint. Ihr Stilbewusstsein ist nicht ganz sattelfest, so dass sie durch ihre Kleidung manches Mal Aufmerksamkeit erregt, was sie jedoch ihrer angenehmen Erscheinung zuschreibt.

Weiter tritt Finia auf, jetzt neunundfünfzig Jahre alt, die als freie Journalistin arbeitet. Sie ist außerordentlich aktiv mit Zügen der Dominanz, die sie jedoch durchaus verbergen kann, sofern es ihr sinnvoll erscheint. Außerdem ist sie willensstark, daher auch zielgerichtet und sie beherrscht die Kunst, langfristig zu denken und zu planen. Als sie ihren langjährigen Partner kennenlernte, der im Übrigen noch vorgestellt werden wird, wusste sie sofort, dass sie mit ihm mindestens ein Kind, besser noch zwei oder gar drei Kinder haben wollte. Dass Finia, die professionell aufzutreten gewohnt ist, sich stets stilvoll kleidet, kann als selbstverständlich angenommen werden. Ihre Lieblingsfarben sind alle Farbtöne zwischen gelb und rot, dazu edles Violett. Zuhause könnte sie auch in legerer Kleidung angetroffen werden, jedoch nur dann, wenn kein Besuch zu erwarten ist. Sie trägt übrigens schulterlanges braunes, glattes Haar und liebt ihren ausgefallenen Schmuck, der zum Teil ererbt, zum größeren Teil von ihrem langjährigen Partner geschenkt ist.

Die jüngste Protagonistin unserer Geschichte ist Vivien, genannt Vivi, derzeit siebenundzwanzig Jahre alt. Ihr Bruder ist Milo, der allerdings um einiges älter ist und mit Linda zwar dieselbe Mutter teilt, aber einen anderen Vater hat. Vivi ähnelt sehr dem Aussehen ihrer Mutter, als diese im gleichen Alter war. Auch sie kennt ihren Vater nicht, denn Linda weigert sich ihn zu nennen. Von ihrer Mutter unterscheidet sie sich durch ihren ausgeprägten Ehrgeiz, der sich zunächst in schulischem Eifer, später in außerordentlich guten Leistungen während ihres Architekturstudiums zeigte, wobei sie sich auf Innenarchitektur spezialisierte. Sie besitzt ein hervorragendes visuelles Vorstellungsvermögen neben der Fähigkeit zu strukturellem Denken. Nun ist sie mit ihrer Ausbildung fertig und beginnt mit der Jobsuche.

Fangen wir bei den männlichen Figuren bei dem jüngsten an, obwohl Milo nun bereits vierundvierzig ist. Linda hat ihn mit neunzehn Jahren bekommen, wobei der Vater noch vor der Geburt verschwunden ist. Milo hatte dafür das Glück, einen Ersatzvater – von diesem wird baldigst berichtet werden – zu bekommen, wie er keinen besseren hätte haben können und der ihn vom Kleinkindalter bis in die Pubertät fürsorglich begleitete. Während der gesamten Zeit gelang es beiden, ihre Beziehung weitgehend friktionsfrei zu halten, so dass Milo auch als Erwachsener den Kontakt zu seinem Wahlvater aufrechterhält. Nicht zu vergessen ist auch Milos Rolle als Vaterfigur für seine viel jüngere Schwester Vivi, deren Ausbildung er zu einem Großteil finanziert hat. Beruflich ist er übrigens vorwiegend als Konzertveranstalter tätig, was für seine organisatorischen und sozialen Fähigkeiten spricht. In seiner äußeren Erscheinung kann er Jugendlichkeit und Seriosität geschickt verbinden.

Holger ist der nächste in unserer Vorstellungsreihe. Er ist kaum älter als sechzig und besitzt ein gutgehendes Architekturbüro. Seine Stärke ist es, die passenden Menschen miteinander bekannt zu machen, so dass es ihm gelungen ist, nicht nur ein perfektes Team zusammenzustellen, sondern auch Großprojekte in die Wege zu leiten, die manch anderen überfordert hätten. Er kennt alle Welt, zumindest die seiner Branche. Äußerlich eher mittelgroß, mit bereits etwas schütterem Haar ausgestattet, kann er Damen gegenüber äußerst charmant,

Geschäftspartnern aber durchaus auch knallhart gegenübertreten. Er ist verheiratet, hat zwei Töchter, auf die er unendlich stolz ist, nicht zuletzt deshalb, weil sie ihrem Vater so unerhört ähneln.

Schließlich dürfen wir unseren Hauptakteur vorstellen: Es ist Lennard, der nun schon siebzig Jahre alt ist, ein eins neunzig Mann, der, in jungen Jahren athletisch und kräftig gebaut, nun ein wenig in die Fülle und Breite gegangen ist. Auch er war Architekt, der es allerdings vorzog, ein kleines Büro zu führen und – anders als Holger - kaum den Ehrgeiz besaß, Großprojekte auf die Beine zu stellen. Lennard ist unser wichtigster Protagonist, denn er ist – nacheinander natürlich - Partner bzw. Ehepartner von Linda, Finia und Livia gewesen, dazu Ersatzvater für Milo, der ihn, so kann nun gesagt werden, als solchen auserkoren hat. Neben seiner massigen Erscheinung vermag Lennard mit markanten Gesichtszügen, stahlblauen Augen und einem mit millimeterkurzem Haar besetzen Schädel zu imponieren. Seit er Rentner ist, sieht man ihn meist leger angezogen, wobei Jeans und Lederjacke seine bevorzugten Kleidungsstücke sind.

Jetzt wäre fast das Ehepaar Lea und Roman Teiler vergessen worden, die beide als Ärzte und Freunde von Finia und Lennard beratend, helfend und vermittelnd eine wichtige Rolle in deren Leben spielen.

Zu den Orten der Handlung ist zu sagen, dass Linda, Milo und Vivien in Berlin wohnen, Lennard und Livia sowie Lea und Roman in Freiburg/Breisgau, Finia hingegen wohnt in München und Holger in Stuttgart. Wir lassen die Akteure in der nahen Gegenwart auftreten, so dass sie die entsprechenden zeitgenössischen Moden und Ereignisse miterleben.

* * *

Lennard war alt. Das heißt, er fühlte sich alt. Es mutete ihn an, wie wenn er all die Jahre die Stufen einer Leiter erklommen hätte, jetzt ganz oben stünde und bald oder irgendwann bald wie auf einer Kinderrutsche hinabgleiten würde, unaufhaltsam in eine Tiefe, die er nicht absehen konnte. Er träumte von dieser Rutsche, die nicht zu klein war, um ihn, der gut seine fünfundneunzig Kilo wog, zu fassen. Zuerst war da im Traum noch die kindliche Freude an der zunehmenden Geschwindigkeit, doch aus Freude wurde beklemmende Angst, weil das Ende der Rutsche nicht zu sehen war und ihm aus der Tiefe eine Kühle entgegenwehte, die ihn frösteln ließ. Wachte er davon auf, brauchte er eine ganze Weile, bis er sich gefasst hatte. Ihm schien, als hätten sich Dauer und Geschwindigkeit des Herabsausens in jedem weiteren Traum vergrößert, so dass zwar die anfängliche Freude länger währte, dafür aber auch das Erschrecken vor dem kalten Hauch jedes Mal größer wurde.

Während Lennard gedankenlos in seiner Kaffeetasse rührte, blickte er hinaus auf den Spielplatz, wo die rot lackierte Kinderrutsche stand, von der er den Blick nicht wenden konnte. Er dachte an die jauchzenden Kinder, an ihre Jubelschreie, wenn sie da hinunterglitten und sicher sein konnten, in weichem Sand oder den Armen ihrer Mutter, ihres Vaters zu landen. Es war dieser Spielplatz, diese Rutsche, die allein Finia zu verdanken war, ihrer

Hartnäckigkeit. Sie war bis zur Bürgermeisterin vorgedrungen, um die Dringlichkeit ihres Anliegens deutlich zu machen.

Jetzt hörte Lennard auf, in seiner Tasse zu rühren, und trank. Der Kaffee war kalt geworden und es fröstelte ihn ein wenig. Ärgerlich stand er auf und schüttete den Inhalt der Tasse in die Spüle. Er goss sich eine zweite Tasse voll und stellte die Kanne zurück an die Kaffeemaschine.

„Höre, Lennard, ich bin nicht mit dir in dieses Haus gezogen, weil es schön, geräumig und sogar praktisch ist, sondern weil für diesen Platz nebenan ein Spielplatz vorgesehen ist. Und es kann nicht sein, dass dieses Haus, in das wir vor zwei Monaten eingezogen sind, zwar fertig, dieser Spielplatz aber noch immer eine Wiese ist."

Er hatte Finia vergeblich versucht klarzumachen, dass zwischen Planung, Organisation und tatsächlichem Bau nicht nur Wochen, sondern zumeist Monate, wenn nicht Jahre vergehen konnten.

Aber sie hatte es tatsächlich fertiggebracht, dass der Spielplatz innerhalb des nächsten Monats fertig und bespielbar war. Er musste sie eigentlich bewundern, sie zog durch, was sie sich vorgenommen hatte. So war es auch, als sie sich kennenlernten und er noch unsicher gewesen war, in welchem Verhältnis sie zueinander standen. Sie aber war sich sicher gewesen, sie mussten heiraten. Was sie veranlasst hatte, gerade ihn zu heiraten, hatte er nie herausfinden können.

Lennard zuckte die Achseln, innerlich; wieder war er bei dieser Frage angelangt, dabei lag die Scheidung zehn Jahren zurück. Es hatte einen Grund dafür gegeben, das war klar. Aber seinetwegen hätte es nicht zur Trennung kommen müssen.

Einmal hatte Finia sich auf die Rutsche gesetzt und er musste sie auffangen. Beide waren sie in den Sand gefallen und hatten gelacht, wie lange zuvor nicht mehr. Aber aus ihrem, Finias Lachen war bald ein krampfhaftes Weinen geworden, so dass er sie in den Arm nahm wie ein kleines Kind. Sie saßen mitten im Sand und sie weinte, während er die Rutsche vor sich hatte, die er auch jetzt sah.

Lennard stand auf, um von seinen Gedanken loszukommen. Mit einem raschen Blick vergewisserte er sich, dass er die Küche aufgeräumt hinterließ, und stieg die Stufen zum Erdgeschoß hinunter. Weil das Haus an einem Hang lag, besaß auch das untere Stockwerk nach Süden eine Fensterfront. Den großen Raum dahinter hatte Lennard zu seiner Werkstatt gemacht, auch wenn er ihn sich etwas höher gewünscht hätte. Aber das wurde ihm erst klar, als er seine Werke darin unterbringen wollte. Einige hatten überhaupt nicht hineingepasst, sie waren zu hoch. So hatte er sich entschlossen, sie im weitläufigen Garten unterzubringen. Er musste ihnen Sockel aus Beton bauen und letztlich waren es gerade vier Skulpturen, die auf den ersten Blick von der Terrasse aus nicht auszumachen waren. Nur wer von den Besucherinnen und Besuchern sich interessiert zeigte und einen Gang durch den gepflegten Garten wünschte, bekam die drei bis vier Meter hohen Skulpturen überhaupt zu Gesicht.

Kommentare oder Erklärungen zu ihnen abzugeben, weigerte sich Lennard konsequent und standhaft. Ob die Gäste ihre Eindrücke formulieren wollten oder nicht, überließ er ihnen. Und nur Finia wusste, dass er alle schriftlichen Berichte und Kritiken aus Zeitungen und Zeitschriften ausgeschnitten hatte, denn einige wenige seiner Werke standen an öffentlichen Plätzen. In zwei oder drei Fällen hatten auch Privatpersonen eine Skulptur von ihm erworben und sie im Freien oder in der eigenen Wohnung aufgestellt.

Lennard griff zu den Entwürfen, die er zuletzt gemacht hatte, und ergänzte sie nach ein paar Augenblicken des Überlegens. Dann nahm er das Schweißgerät, stellte die Sauerstoffflasche bereit und richtete sich einen der bereitliegenden Stahlteile.

***

Erst eine ganze Zeit, nachdem es Mittag geworden war, legte Lennard sein Schweißgerät zur Seite. Den prüfenden Blick würde er erst am folgenden Tag an sein Werkstück anlegen. Die Nacht dazwischen brachte ihm oft neue Ideen, neue Bilder, die er dann ohne langes Zögern umsetzen konnte. Er liebte diese Art künstlerischer Arbeit, die handfest war, gegenständlich, die keine computergesteuerte Umsetzung erforderte und die ihm die Freiheit ließ, die er so oft bei der Verwirklichung seiner architektonischen Projekte vermisst hatte.

Als junger Mann hatte er noch die Hoffnung gehabt, ganz Neues in die Welt zu setzen, Gebäude, die nicht nur ästhetisch schön, sondern funktional und praktisch waren, die umweltgerecht und zur Umgebung passend gebaut waren. Das war auch die Zeit, als er schon eine Weile mit Linda zusammenlebte und mit Milo, den sie in die Partnerschaft eingebracht hatte.

Eigentlich war es Milo gewesen, der sie zusammenbrachte. Milo mit seinem glucksenden Lachen, seiner Frohnatur, seiner Lebens- und Bewegungsfreude, die Linda immer an den Rand der Verzweiflung brachten, Lennard aber die Lebenslust zeigte, die er wegen seiner Alltagssorgen schon fast verloren hatte.

Beim Einkaufen hatten sie sich kennengelernt, wo der kleine, knapp zweijährige Milo seine größte Freude daran hatte, die Gegenstände im Einkaufswagen, an die er gelangen konnte, wieder hinauszubefördern. Linda war kurz vor einem Wutausbruch, als Lennard ihr half, die Sachen vom Boden aufzuheben, und er dann in einer Weise mit Milo sprach, dass dieser, den Mund vor Staunen offen, sich plötzlich allerliebst verhielt.

Lennard hatte sie dann nach Hause gefahren, als ihm klar wurde, dass Linda tatsächlich kaum mit Kind und Einkaufstaschen zurande kam. Sie hatte ihn zu einem Kaffee in die Wohnung eingeladen, sich andauernd über die Unordnung darin entschuldigend. Erst als Milo in seinem Bettchen eingeschlafen war, konnte sie einigermaßen ihre Fassung wiedergewinnen und Lennard war in der Lage, sie nicht nur als überforderte Mutter, sondern auch als eine junge Frau wahrzunehmen, die Witz und Charme besaß.

„Wie haben Sie es nur fertiggebracht, dass Milo plötzlich so ruhig und sanft wurde? Das habe ich bei ihm fast noch nie erlebt!?" Sie setzte ein Lächeln auf, hinter dem sie ihre Müdigkeit zu verbergen suchte. „Ich weiß nicht", erwiderte

Lennard, „ich habe kaum je mit kleinen Kindern zu tun. Aber", setzte er nach kurzem Zögern fort, „ich hatte zwei jüngere Geschwister, auf die ich oft aufpassen musste. Und damals merkte ich, dass es bei den ganz Kleinen nicht hilft, wenn man ungeduldig ist, sondern dass man Ruhe ausstrahlen muss, die dann das Kind beruhigen kann." Linda nickte stumm und Lennard bemerkte, dass ihr Tränen in den Augen standen.

„Leben Sie hier allein mit Milo?", versuchte er das Gespräch fortzusetzen. „Und: Können Sie ihn auch mal von jemand anderem betreuen lassen?"

Es war in diesem Moment, das bemerkte er erst später, dass er sich unwiderruflich auf sie eingelassen hatte. Wäre er damals zu diesem Zeitpunkt mit dem Ausdruck des Bedauerns aufgestanden und gegangen, wären die folgenden Jahre seines Lebens anders verlaufen.

***

Lennard stand regungslos in der Küche und schaute sich um. Einsam stand seine Kaffeetasse in der Spüle, auf dem Herd zwei Töpfe, von denen er wusste, dass sie einen Rest Reis und eine kleine Menge Brokkoli enthielten. Er drehte sich um und nahm sein Sakko von der Garderobe. Sorgsam schloss er die Haustür ab und ging zu seinem Wagen, den er in der Einfahrt geparkt hatte. Eigentlich gehört der fast schon ins Museum, dachte er, und musterte den alten Volvo, dessen Grün unter dem Staub, der ihn bedeckte, nur matt glänzte. Aber er läuft, wenn ich ihn weiter gut behandle wie einen Freund, sinnierte Lennard weiter und gab dem Wagen einen kleinen Klaps auf die Motorhaube.

85

Er brauchte gut zwanzig Minuten, bis er in der Nähe des Stadtzentrums anlangte. Dass er letztlich hier, in Freiburg, gelandet war, verdankte er Finia, die in dieser Stadt ihr Studium absolviert und sich heimisch gefühlt hatte. Ihm selbst gefielen das milde Klima und die Nähe zu Frankreich wie auch der Schweiz, zu den Bergen, auch wenn sie nicht gerade vor der Haustür lagen. Und damals, als sie beide hierher zogen, hatte er schon bald nach einem passenden Grundstück für das eigene Haus gesucht. Es sollte in einer ländlichen Gegend sein, doch nicht allzu weit von der Stadt entfernt. Und gemeinsam hatten sie die Pläne für das Haus besprochen, hatten zwei Kinderzimmer als unabdingbar angesehen und auch sonst darauf geachtet, dass im Haus und außerhalb des Hauses alles kindgerecht sein würde. Deshalb war die Geschichte mit dem Spielplatz in der Nachbarschaft so wichtig gewesen und der Kindergarten, der sich in Gehweite im Ort befand.

Ohne eigentliches Frühstück hatte Lennard den ganzen Vormittag gearbeitet und so suchte er ein Restaurant aus, das ihm, reichlich bürgerlich aussehend, ein sättigendes Mittag-essen versprach. Bis seine Mahlzeit gebracht wurde, blätterte er die Tageszeitung durch, dessen Abonnement er sich sparte. Viel zu wenig Substantielles war zu lesen, das stellte er jedes Mal fest. Um sich gründlich zu informieren, studierte er lieber im Internet die verschiedensten Quellen und es reichte ihm, dies ein- oder zweimal in der Woche zu tun.

Während er nach dem Essen noch einen Kaffee zu sich nahm, tippte er Milos Nummer ein. Es war jedoch nur dessen Mailbox zu erreichen und so bat er ihn um einen baldigen Rückruf. Sie hatten sich für diesen Tag vage einen

Besuch ausgemacht, doch Lennard war nicht klar, worum es ging, noch wusste er, wann Milo sich bei ihm einstellen wollte. Jetzt war es früher Nachmittag und Lennard hatte keine Lust, zu Hause auf Milos unbestimmte Ankunft zu warten. Er bestellte noch einen weiteren Espresso und schickte danach ein SMS an Milo, er solle nicht früher als 18 Uhr zu ihm nach

Hause kommen. Es war zunehmend sonnig geworden und Lennard beschloss, einen längeren Spaziergang zu unternehmen. Er setzte sich ins Auto und fuhr hinauf auf den Schauinsland, von wo er losging. Der Weg, den er nahm, war der übliche und führte ihn um die Kuppe des Berges herum.

***

„Warum ist Mami nicht da? Sie hat gesagt, sie erzählt mir eine Gute-Nacht-Geschichte, wenn ich brav war." Milo hatte sich neben Lennard an dessen Schreibtisch gestellt und suchte zu erkennen, was Lennard zeichnete. „Ist das ein Regal?" Lennard legte den Stift hin und stand auf: „Komm, Milo, heute erzähle ich dir die Geschichte, die Mama kommt etwas später nach Hause." „Hat sie das gesagt?" Milo schaute Lennard zweifelnd an, aber der schob ihn in Richtung seines Kinderzimmers. „Hast du deine Zähne geputzt oder gehen wir zuvor noch ins Bad?"

Als Milo unter der Decke lag, begann Lennard eine seiner Geschichten zu erzählen, die wie ein Märchen begannen, aber in der Gegenwart spielten und jedes Mal neue Gestalten hervorbrachten. Und wieder dauerte es nicht lange, bis Milo eingeschlafen war.

Bevor er sich wieder an den Schreibtisch setzte, holte sich Lennard ein Glas Mineralwasser und trank es auf einen Zug aus. Er hatte keine Ahnung, wo Linda war. Manchmal kam sie die ganze Nacht nicht nach Hause und er hatte keine Lust, sie danach zu fragen, wo sie mit wem gewesen war. Dennoch fühlte er sich nicht von ihr hintergangen, denn ihm war schon vor dem Entschluss zum gemeinsamen Wohnen klar gewesen, dass es wie ein Zwang war, der Linda gleichsam überfiel. Es falle ihr die Decke auf den Kopf, sie könne sich nicht andauernd mit Milo beschäftigen, er, Lennard, vernachlässige sie wegen seiner vielen Arbeit, und außerdem habe sie auch einen Job, einen, der ganz einfach beschissen sei.

Als er merkte, dass er Linda nicht aus seinen Gedanken vertreiben konnte, nahm Lennard ein Bier aus dem Kühlschrank und machte es sich in einem Sessel bequem. Nicht zum ersten Mal fragte er sich, was er mit ihr zu tun hatte.

Es war tatsächlich diese geheimnisvolle Beziehung zu Milo, die von Anfang an, vom ersten Augenblick im Supermarkt an bestand und über die Jahre nur fester und vertrauter wurde. Und Linda? Mit ihrer Spontaneität, ihrer luftigen Leichtigkeit konnte sie ihn immer wieder aus den Mühen seiner Alltagsarbeit herausholen. So verbrachten sie häufig Kurz-urlaube zu dritt, oft am Meer, manchmal auch in der einen oder anderen Großstadt. Beides liebte Linda, Milo nur das Meer, wo er am Ufer im Sand spielen und Muscheln sammeln konnte. Linda war eine gute Schwimmerin, aber ihr war vor allem wichtig, etwas für ihre Schönheit tun zu können. Sie meinte damit die Bräune, die sie sich beim Sonnenbaden holen konnte.

Lennard füllte sich zum zweiten Mal sein Glas und schaute versonnen zu, wie der Schaum langsam in sich zusammensank. Jetzt wäre Zeit gewesen, wieder einmal zu einem Buch zu greifen, sich über anderes Gedanken zu machen als über Linda und die Beziehung zu ihr.

Von Anfang an war – unausgesprochen – klar, dass sei keine übliche Zweierbeziehung miteinander haben wollten. Beide waren sie offen für andere Beziehungen, die bei Linda manchmal nur zwei oder drei Wochen dauerten, bei Lennard meist noch kürzer ausfielen. Sie schliefen getrennt, denn sie hatten recht unterschiedliche Arbeitsrhythmen. So sorgte Lennard meist dafür, dass Milo ein Frühstück bekam, und er brachte ihn auch zum Kindergarten, wo ihn Linda am späteren Nachmittag wieder abholte.

Manchmal schlüpfte sie nachts zu ihm und sie holten sich beide die Wärme und Befriedigung, die auf diese Art möglich war. Manchmal, wenn sie eingeschlafen war, lag er noch eine Weile wach neben ihr und betrachtete sie. Das lange blonde Haar lag wild und füllig um ihren Kopf, die schlanke Nase besaß kräftige Nasenflügel, der verhältnismäßig große Mund war leicht geöffnet und zeigte einige der vorderen Zähne. So ruhig, wie sie nun neben ihm lag, vermochte sie in wachem Zustand nie zu sein. Sie war, schien ihm, wie aufgezogen, wie getrieben oder gezogen von etwas, das er nicht benennen konnte. Wenn er sie daraufhin ansprach, fühlte sie sich in ihrem Sein kritisiert und begann ihn wüst zu beschimpfen. Er flüchtete dann meist aus der Wohnung und kam erst am folgenden Morgen zurück, um für Milo zu sorgen.

***

Milo meldete sich noch so rechtzeitig, dass Lennard genügend Zeit für die Rückfahrt hatte. Es war nun schon wieder Wochen her, dass er zuletzt für ein paar Tage bei ihm wohnte, als Urlaub, wie er sagte. Denn im kleinen Freiburg hatte er nur selten zu tun, anders als in Berlin, wo er seinen eigentlichen Wohnsitz hatte. Jetzt war er wieder einmal unterwegs und wollte irgendetwas von Lennard haben. Ein paar Tage würde er in Freiburg bleiben können.

Als er zu Hause angekommen war, schaute Lennard, ob Milos Zimmer, das auch als Gästezimmer diente, in Ordnung war. Er hatte unterwegs noch verschiedenes eingekauft, das für drei, vier Tage reichen würde. Überrascht war er dann aber doch, als nicht nur Milo aus dessen luxuriösem Wagen stieg, sondern auch eine Begleiterin, die ihn lächelnd musterte. Milo umarmte ihn und stellte sie Lennard vor: „Vivi, eigentlich Vivien, sie ist die Frau für alles, beruflich und privat."

Sie begrüßten sich förmlich und Lennard lud das Paar ins Haus ein, nachdem Milo das Gepäck aus dem Wagen geholt hatte. „Du kennst den Weg zu deinem Zimmer. Richtet euch ein und kommt runter, wenn ihr soweit seid. Ihr bleibt doch hoffentlich ein paar Tage."

Lennard schaute den beiden nach und ihm war plötzlich klar, an wen ihn Vivien erinnerte. Sofort hatte er ihr Bild vor Augen, den kleinen Milo neben ihr, der ihn mit großen Augen anblickte. Ob Milo die Ähnlichkeit seiner Freundin mit seiner Mutter bewusst ist, fragte er sich, während er Kaffee richtete und zur Sicherheit auch ein paar Flaschen Bier kalt stellte.

Er hatte Mühe, sich zu konzentrieren und zu überlegen, was noch an Vorbereitungen zu treffen waren. Linda war durch Viviens Erscheinen so lebendig in seiner Erinnerung erschienen, dass er innehalten musste. Wie viele Jahre waren es gewesen, die sie zusammen verbracht hatten? Er rechnete nach und kam auf fünfzehn. Fünfzehn Jahre, die Milo fast erwachsen werden ließen, fünfzehn Jahre, während der er seine erste Firma aufbaute und während der seine Eltern starben, sein Vater zuerst.

Lennard fragte sich, wie es Linda wohl gehe; er würde Milo nach ihr fragen und hoffte insgeheim, es gehe ihr zumindest nicht schlechter als früher. Ob sie einen festen Partner habe, das würde er ebenfalls fragen oder ob sie vielleicht sogar verheiratet sei. Womöglich hat er sogar ein Foto von ihr, überlegte er, als er Milo und Vivien die Treppe herunter-kommen hörte.

Nach dem Begrüßungskaffee und einem ausführlichen Rundgang durch den Garten, wo Vivien erstaunt die großdimensionierten Plastiken musterte, setzten sie sich ins Wohnzimmer, dessen gläserne Front ins Grüne wies. Lennards Fragen nach Linda beantwortete Milo mit gelassenem Schmunzeln. „Mir ist eigentlich erst spät richtig klar geworden, wie euer Verhältnis damals war", meinte er. „Du warst meistens bei uns, aber du hattest auch deine eigene Wohnung. Ihr hattet getrennte Schlafzimmer, aber nicht selten habt ihr die Nacht gemeinsam verbracht. Dafür war Linda immer mal wieder tageweise verschwunden und du hast mir, als ich noch klein war, erzählt, sie sei auf einer Reise und bald wieder zurück." Er besann sich. „Aber manchmal brachte sie auch einen Kerl mit nach Hause, da warst du dann nicht zu sehen." Vivien rückte auf ihrem

Sessel zurecht und es war deutlich, dass ihr dieses Gespräch unangenehm war.

Bevor eine peinliche Pause eintreten konnte, erwiderte Lennard: „Milos Mutter war eine ganz besondere Frau, die nicht mit üblichen Maßstäben zu messen ist. Heute würde man sie ganz einfach eine emanzipierte Frau nennen, die als Alleinerzieherin sich selbst zugunsten ihres Kindes nicht vergessen und in ihren Bedürfnissen vernachlässigen wollte. Damals erregte sie in ihrer Bekanntschaft und Nachbarschaft natürlich Stoff für so mancherlei Gossip, sozusagen." „Und Sie waren gleichsam Vaterfigur für Milo?"

Lennard blickte zu Milo hinüber, der entspannt in seinem Sessel saß und amüsiert lächelte. „Hätte keinen besseren haben können!" „Danke", war Lennards spontane Antwort und er fuhr fort: „Wollen wir nicht ‚du' zueinander sagen, Vivien?"

Vor dem Abendessen fuhren Milo und Vivien ins Zentrum von Freiburg, wo sie noch nie gewesen war. „Bringt noch was zu essen oder zu trinken mit, falls euch was fehlt", rief ihnen Lennard nach. „Vielleicht Wein, vielleicht noch irgendeinen Leckerbissen."

Milo hatte noch immer nicht erzählt, was er eigentlich von ihm wollte. Und er selbst hatte sich noch nicht eingehend nach Linda und ihrem Ergehen erkundigt. Dafür wunderte er sich darüber, wie er vor Vivien über Linda, die frühere Linda zumindest, gesprochen hatte. Das Gerede der Nachbarn hatte ihn damals nie gestört oder gar beeindruckt, obschon er Linda deswegen bisweilen trösten musste. Er hatte sie aber auch nicht als so selbstbewusst erlebt, wie er sie nun dargestellt hatte.

Ja, Milo war wie sein eigener Sohn, sonst hatte er ja keine Kinder. Linda wäre vermutlich nicht mit ihm zurechtgekommen, spätestens während Milos Pubertät nicht, als er sich häufig abfällig über sie äußerte, als er durchschaute, wie sie ihr Leben führte. In dieser Zeit wohnte er zeitweise auch bei Lennard, der ihm manchmal sogar für ein, zwei Tage die Wohnung überließ. Einmal, ein einziges Mal, war es geschehen, dass nach einer Party die Wohnung übel aussah, Lennard ihm Vertrauensbruch vorwarf und eine Standpauke hielt. Von da an hielt sich Milo seiner Mutter gegenüber mit Beschimpfungen zurück, lebte aber sein eigenes Leben. Dass er vorzeitig die Schule verließ, konnte und wollte Lennard nicht verhindern. Zu diesem Zeitpunkt hatte er sich schon von Linda getrennt und konnte sich durchaus vorstellen, dass Milo auf eigenen Füßen zu stehen vermochte.

Bevor man sich zum Abendessen setzte, zeigte Lennard Vivien das Haus, während sich Milo mit seinem ‚Bürokram', wie er sagte, beschäftigte. Sie schaute sich immer wieder verwundert um, denn kaum etwas entsprach dem, wie Häuser üblicherweise aussahen. „Es sieht alles anders aus, wie kommt das?", fragte sie. „Es ist ein Fachwerkbau, auch wenn man das nicht sieht. Das Fachwerk ist gefüllt und verputzt mit Lehm." „Und es ist kaum ein rechter Winkel zu sehen, nicht von außen, auch nicht hier innen!"

Sie blieben stehen und Lennard sah die kleine Falte, die sich zwischen ihren Brauen gebildet hatte. Ihre Blicke trafen sich und plötzlich sagte Vivien: „Milo hat Sie, ich meine dich, wirklich sehr gern. Du hast ihn sehr geprägt, auch wenn er nun ein ganz anderes Leben führt." Lennard überlegte und fragte: „Hast du seine Mutter kennengelernt?" „Ja, ich wohne auch in Berlin, ganz in der Nähe von ihr."

Lennard nickte nur und führte Vivien durch das ganze Haus, das er auch künstlerisch schön auszustatten versucht hatte. Er brauchte sie nicht darauf aufmerksam zu machen, denn sie blieb bei einigen der Bilder, Fotos oder Skulpturen stehen, die sie auf dem Weg durch das Haus sah. „Was machst du eigentlich beruflich? Bist du Milos Assistentin?" Vivien lachte und erwiderte: „Das hat sich heute Nachmittag wohl so angehört. Milo macht gerne solche Späße, es stimmt nicht alles, was er sagt. Nein, ich habe Innenarchitektur studiert und habe vor, mich bei verschiedenen Büros überall in Deutschland zu bewerben."

Sie musste stehenbleiben, denn Lennard schüttelte verblüfft den Kopf: „Das hätte ich nun überhaupt nicht vermutet! Da musst du ja recht vielseitig sein in deinen Talenten! Respekt!"

„Schade, dass du kein Büro mehr führst, das hätte ich mir gerne angesehen." Vivi lächelte charmant und Lennard beeilte sich zu sagen: „Es war ein kleines

Unternehmen, das ich geführt habe. Hier in Freiburg gab es kaum Aufträge, die mich hätten groß und berühmt machen können. Es waren hauptsächlich Bürogebäude, Einfamilienhäuser und ein paar größere Wohnanlagen, die ich konzipiert habe. Ich kann ich dir gerne Fotos zeigen, wenn du möchtest. Aber sag: Wie gefällt dir, abgesehen von den Bildern und so, die Einrichtung?" Vivien blickte ihn lächelnd an: „Soll ich Komplimente machen oder ehrlich sein?" „Ehrlich natürlich, vielleicht magst du mir ja auch Verschönerungsvorschläge machen."

Während sie ihren Weg durch das Haus fortsetzten, beschrieb Vivien, was ihr gefiel und wo sie Möglichkeiten sah, wie Lennard sein Zuhause verschönern konnte. Einigen ihrer Vorschläge konnte Lennard sofort zustimmen und meinte: „Ich sehe, du hast Geschmack, Ideen und Fantasie. Deiner Karriere wird nichts im Wege stehen. Soll ich dich mit ein paar meiner früheren Kolleginnen und Kollegen bekannt machen?"

Es war schon früher Abend geworden, als sie sich zum Abendessen setzten. „Schön, dass ihr gekommen seid! Ich hatte ja nur Milo erwartet, aber jetzt euch beide hier zu haben, freut mich besonders. Ihr passt gut zueinander." Milo grinste und Vivien lächelte. „Ich sagte ja schon, wir sind ein kongeniales Paar, nicht wahr, Vivi?" Sie wehrte kopfschüttelnd ab. „Milo, du

übertreibst mal wieder. Aber dass wir gut zusammen-
passen – da stimme ich dir zu."

Beide lachten unbeschwert und Lennard lachte mit. Er
fühlte sich so glücklich, wie lange nicht mehr und sagte
schließlich, als sie wieder zu Atem gekommen waren:
„Gebt mir bitte, bitte Bescheid, wenn oder falls ihr
irgendwann heiraten solltet. Da möchte ich dabei
sein."

Milo schaute nachdenklich auf den Teller vor sich,
dann blickte er spitzbübisch zu Vivi: „Also, ich möchte
jetzt ja kein Spielverderber sein, aber ich glaube, ich
bin noch nicht so weit, dass ich mich dich heiraten
getraue." „Einen Heiratsantrag hast du mir ja auch
noch nie gemacht, damit rechne ich gar nicht erst. Und
wenn ihn jemals irgendjemand machen sollte, wäre ich
das!" Sie sagte das in einer Bestimmtheit, dass Lennard
sie ganz betroffen anschaute. Doch in diesem
Augenblick lachte sie, lachte Milo mit und Lennard
schloss sich ihnen kopfschüttelnd an.

„Lennard, du weißt, ich bin jetzt vierundvierzig und
war noch nie verheiratet. Und Vivi ist beträchtlich
jünger, sie könnte ja fast meine Tochter sein." Lennard
wagte in diesem Augenblick weder Vivien anzuschauen
noch sie nach ihrem Alter zu fragen. Aber auf keinen
Fall ist sie älter als fünfundzwanzig, dachte er.

Sie waren gerade bei der Nachspeise angelangt, als
Milo sein Besteck hinlegte und sagte: „Ich muss für ein

paar Tage nach Basel, geschäftlich. Würdest du Vivi ein paar Tage hier beherbergen, bis ich wieder zurück bin?" Als Lennard fragend zu Vivien hinüberschaute, versicherte sie: „Ich bin informiert. Und im Übrigen: Ich würde gerne hier sein, solange Milo weg ist – wenn du einverstanden bist, natürlich."

Später, sie tranken noch etwas und plauderten, bemerkte Milo plötzlich: „Lennard, du hast dich heute Abend in Schale geworfen, anders als heute Nachmittag." Vivien griff verlegen zu ihrem Glas, Milo grinste erwartungsvoll und Lennard musste kurz schlucken. „Du hast natürlich recht, mein Lieber, du kennst mich fast nur in ausgebeulten Jeans und löchrigem Pullover. Aber du hast schon verstanden und weißt selbst: Wenn man beruflich nur im Anzug daherkommen darf, erlaubt man sich – spätestens als Rentner - auch mal, solche Klamotten zu tragen. Aber", jetzt machte er eine lange Pause und schaute zu Vivien, „wenn eine schöne junge Dame ins Haus schneit, ist das natürlich eine Situation, wo ‚mann' sich von einer ansehnlicheren Seite zeigen möchte, zumindest wenn man nicht mehr so vorzeigbar ist wie du." Jetzt grinste Lennard fröhlich und hob sein Glas: „Auf uns und das Leben!"

***

Am folgenden Tag war noch Zeit für ein ausgiebiges gemeinsames Frühstück, bevor sich Milo nach Basel aufmachte. „Ich hab' noch eine Bitte, Lennard. Du hast doch viele meiner Dokumente, aber auch alte Fotos für mich aufbewahrt. Würdest du bitte mal schauen, vielleicht auch mit Vivi zusammen, wo sie sind? Ihr könnte sie auch gerne durchsehen und Unwichtiges wegwerfen. Aber ich kann mir vorstellen, Vivi würde gerne mal einen Blick darauf werfen."

Als sie Milo verabschiedet hatten, fragte Lennard: „Wie hat es dir denn in der Stadt gefallen, in Freiburg, meine ich? Hättest du Lust, nochmal hinzufahren?" Vivien zögerte und Lennard fuhr fort: „Heute ist Markttag und vielleicht sollten wir überlegen, ob wir für die nächsten Tage noch etwas zum Kochen brauchen." Mit einem Lächeln entschuldigte sich Vivien: „Leider bin ich keine besonders gute Köchin." „Aber du wirst bestimmt wissen, was du gerne isst, nicht wahr?!"

Auf der Fahrt ins Zentrum blieb Vivien recht schweigsam, so dass Lennard die Konversation aufrechtzuerhalten suchte. „Ich weiß nicht, wie lange du Milo schon kennst, aber vielleicht hat er dir schon ein wenig über mich erzählt. Er war ja noch ganz klein, als ich ihn und seine Mutter kennenlernte, es war in einem Supermarkt. Linda, seine Mutter, war mit dem Einkauf und dem kleinen munteren Kerlchen etwas überfordert und so habe ich mich eingemischt und Milo, kaum dass ich mit ihm sprach, war so verwandelt, dass ich mich sofort in ihn verliebte. Mit seiner Mutter war ich ja jahrelang zusammen, ohne dass wir heirateten. Aber ich war wie ein Vater für Milo und zeitweise war er häufiger mit mir als mit seiner Mutter zusammen."

Als Lennard merkte, dass Vivien aufmerksam zuhörte, fuhr er fort: „Wer uns drei gesehen, aber nicht gekannt hätte, der hätte eine kleine nette Familie vermutet. Aber das waren wir gewiss nicht. Wie soll ich es formulieren? Was hielt mich ganze fünfzehn Jahre bei ihnen – das habe ich mich oft gefragt." Lennard verstummte und Vivien schaute ihn fragend an. Schließlich sagte sie: „Du warst gar nicht verliebt in Linda, hast sie gar nicht geliebt?" Lennard hob nachdenklich die Schultern, bevor er antwortete: „Wie soll ich es ausdrücken? Ich war immer wieder in sie verliebt, konnte ohne Probleme mit ihren Verrücktheiten umgehen, war manchmal für sie auch väterliche Schulter zum Anlehnen und, das muss ich auch sagen, im Bett verstanden wir uns gut."

Der Verkehr nahm zu, je näher sie dem Zentrum der Stadt kamen und Lennard wies stumm darauf hin, dass er dem Verkehr nun seine ganze Aufmerksamkeit widmen musste. Erst als er einen Parkplatz gefunden hatte und sie ausgestiegen waren, suchte er den Faden wiederzufinden. „Ob ich sie geliebt habe, hast du gefragt. Vielleicht sollte ich es so sagen: Immer wieder, mit Erholungspausen dazwischen, sozusagen." „Das heißt, sie war anstrengend, für dich zumindest." Vivien kommentierte seine Worte in einer solch nüchternen

Weise, dass Lennard nur stumm zustimmen konnte. „Wie würdest du sie als Mensch beschreiben?", setzte sie nach kurzer Pause fort. Jetzt blieb Lennard stehen: „Lass uns irgendwo etwas trinken, meinetwegen in einem Café. Das kann ich jetzt nicht so einfach sagen."

Nahe am Münsterplatz fanden sie ein nettes Café und darin auch eine ruhige Ecke. Lennard blickte versonnen hinaus und Vivien hütete sich, ihn zu drängen. Vielmehr sagte sie: „Wenn ich Milo richtig verstanden habe, konnte Linda die liebste und beste Mutter sein. Aber sie war nicht beständig, war nicht verlässlich; und das ist ja wohl für ein Kind ein enormes Problem."

Lennard nickte zustimmend: „So erschien sie mir ja auch. Sie konnte die patenteste Partnerin sein, wir hatten gute Gespräche, gemeinsame Interessen; aber dann war es, wie wenn ein Schalter umgelegt wurde und sie war plötzlich distanziert, schnell beleidigt, einfach unleidlich, auch ihrem Kind gegenüber. Ich habe sie so akzeptiert, sie war ja nicht, wie soll ich sagen, meine große Liebe, das war mir damals klar. Es war wirklich Milo, der mir am Herzen lag und mit dem ich bestimmt mehr Zeit verbrachte als mit ihr."

„Fünfzehn Jahre sind eine lange Zeit." Vivien blickte nachdenklich auf ihre Hände, die mit dem Teelöffel spielten. „Ich kann mir das gar nicht vorstellen, das, was du jetzt geschildert hast."

Nach einer Pause gemeinsamer Schweigsamkeit, fuhr sie fort: „Du hast Linda seitdem nie mehr wiedergesehen, das hat Milo jedenfalls gesagt." Lennard rückte auf seinem Sessel zurecht und erwiderte: „Milo hat mich ein bisschen auf dem Laufenden gehalten, wie es ihr geht. Aber, ja, gesehen habe ich sie seitdem nicht wieder, auch gesprochen habe ich mit ihr nicht mehr seitdem. Aber, weißt du", fuhr er nach kurzem Überlegen fort, „wir sollten jetzt auf den Markt gehen, sonst ist alles ausverkauft und wir finden nichts Ordentliches mehr."

Es war nicht sehr viel, was Vivien noch empfahl einzukaufen und so machten sie sich nach einem kurzen Rundgang durch das Zentrum der Stadt auf den Rückweg. Sie waren noch nicht bei Lennards Haus angelangt, als er meinte: „Eigentlich sollten wir das schöne Wetter nutzen und uns, nachdem wir den Einkauf eingeräumt haben, die Zeit nehmen für eine kleine Wanderung. Hättest du Lust dazu?"

Lennard wollte wie am Vortag wieder hinauf zum Schauinsland, von wo der Ausblick auf die Stadt besonders schön ist. Aber diesmal stiegen sie beim Parkplatz der Talstation der Schauinsland Bahn aus und fuhren langsam hinauf auf die Höhe, von wo der Blick in die Rheinebene zwar etwas verhangen, aber doch noch gut genug war, um in der Ferne Freiburgs Dächer zu erkennen. Es gab eine Vielzahl von

Wanderwegen und Lennard suchte, nach einem Blick auf Viviens Schuhwerk, einen gut geebneten Weg aus.

Eine ganze Weile gingen sie schweigsam nebeneinander her, bis Lennard begann: „Früher, als ich in Berlin wohnte – ich bin ja auch wie du dort aufgewachsen -, vermisste ich keine Berge; ich kannte sie ja nur von wenigen Ferienfahrten. Meine Eltern zogen es meist vor, ans Meer zu fahren, mein Vater war ein passionierter Segler. Wahrscheinlich hätte ich mich fürs Wandern damals auch kaum begeistern können, welches Kind tut das schon! Aber seitdem ich hier in Freiburg wohne, brauche ich im wahrsten Sinn ‚Höhenluft‘, sonst wird mir eng ums Herz.“

In gemächlichem Tempo gingen sie an einzelnen Fichten und Tannen vorbei, an Wiesen, die als Weiden für die Kühe abgesperrt waren, und Lennard wartete mit Ungeduld auf Viviens Erwiderung. „Ich bin nicht oft aus Berlin rausgekommen. Meine Mutter ist, wie die von Milo, Alleinerzieherin und verdiente gerade so viel, dass es für uns beide reichte. Aber sobald ich eine Stelle habe, wird sich das hoffentlich ändern. Von der Landschaft rundherum werde ich aber nicht abhängig machen, wo ich fürs erste leben werde.“

Lennard überlegte, ob er Vivien nach ihrem Verhältnis zu Milo fragen sollte, aber er ließ es und meinte: „Ja, da hast du wahrscheinlich recht, man muss erst einmal flexibel sein.“

Es war schon mittlerer Nachmittag, als sie für die Talfahrt die Gondel der Seilbahn bestiegen. „Herrlich, mal wieder einen klaren Kopf zu kriegen, den Wind um die Nase wehen zu lassen. Obwohl, den haben wir in Berlin natürlich oft auch, aber dann ist da eine Menge Staub dabei, das ist mitunter recht unangenehm. Aber wie unangenehm das wirklich ist, merkt man ja erst in Gegenden wie hier." „Wo und wie hast du denn in Berlin studiert?" Ohne Lennard ihren Blick zuzuwenden, erwiderte Vivien: „An der ,International University of Applied Sciences'. Unterrichtssprache war übrigens Englisch und es ging auch wirklich international zu." „Dann wären auch England oder gar die USA mögliche Länder, wo du dich bewerben könntest!" Sie lächelte: „Daran dachte ich auch schon; aber ich glaube, ich sollte erst einmal noch im Land bleiben, meiner Mutter geht es nicht allzu gut, da möchte ich nicht auf einem anderen Kontinent leben und arbeiten." „Sie kann noch nicht so furchtbar alt sein, oder?" Jetzt wandte sich Vivien Lennard zu und erwiderte: „Nein, sie ist erst dreiundsechzig, aber gesundheitlich ist sie fünfzehn Jahre älter. Sie hatte einfach viel Pech in ihrem Leben." „Hat sie keine ordentliche Berufsausbildung?" Vivien schüttelte nur den Kopf und Lennard spürte, dass es nicht ratsam war, sie weiter auszufragen.

***

„Wenn ich dir helfen kann, sag' es. Ich würde allerdings gerne deine Fachbücher durchsehen, du hast da offenbar einiges beisammen." Vivien stand im Türrahmen zur Küche und schaute Lennard zu, der verschiedene Gemüse in Stückchen schnitt und in eine Pfanne gab. „Zwiebeln wären zu schneiden", grinste Lennard, „aber geh nur, du weißt ja, wo du die Bücher findest."

Er schaute ihr nach, als sie in seinem Arbeitszimmer verschwand, und beschloss, sie beim Essen noch etwas auszufragen. Außerdem, fiel ihm ein, könnte er Holger fragen, ob er nicht eine Stelle wüsste für eine begabte Anfängerin mit Fantasie und einer hervorragenden Ausbildung. Vielleicht wäre ein international agierendes Architekturbüro das richtige für sie. Er würde ihn anrufen, am nächsten Vormittag am besten.

Lennard hatte den Tisch auf der Terrasse gedeckt, denn es war ein warmer Frühsommerabend. Vivien ließ es sich schmecken und er freute sich. „In deinem Alter kann man ja so viel essen, wie man mag. Das ist bei mir schon ein wenig anders." Sie nickte bestätigend: „Ich weiß, manchmal bin ich richtig verfressen, aber es gibt auch Zeiten, wo ich mich wohler fühle, wenn ich nur Obst und Gemüse zu mir nehme und Wasser dazu." Sie schaute ihn fröhlich an und Lennard lag eine Frage auf der Zunge, die er dann doch nicht stellte. „Was ist?", fragte Vivien, „was willst du wissen?"

Lennard zögerte. „Ich möchte nicht indiskret und gar zu neugierig sein." „Nur zu, ich muss die Frage ja nicht beantworten." Lennard überlegte noch einmal, bevor er sagte: „Dein Vater, kennst du ihn überhaupt?" Vivien legte ihr Besteck zur Seite und schaute an Lennard vorbei in die Weite des Gartens. „Ich wollte ihn immer kennenlernen, aber es war nie die Gelegenheit dazu da. Aber ich denke, bald wird es soweit sein."

Jetzt lächelte sie wieder, aber Lennard konnte nicht anders als nachzufragen: „Heißt das, du gehst davon aus, dass du ihn bald treffen wirst und du weißt, wo er lebt?" „Milo hat mir geholfen, ihn ausfindig zu machen. Meine Mutter hat wenig Interesse daran, ihn wiederzusehen, obwohl sie ihm lange Zeit nachtrauerte." Vivien nahm ihr Besteck wieder zur Hand, aber sagte, bevor sie weiter aß: „Den Büchern nach zu schließen, hat dich Innen-architektur auch interessiert. Aber du wolltest dich nie darauf spezialisieren." Es klang weniger nach einer Frage als einer Feststellung und so bestätigte Lennard stumm ihre Annahme. „Übrigens, Vivien, wenn du einverstanden bist, telefoniere ich morgen mit einem Freund, der gute Kontakte in der Szene hat und mir bzw. dir jemand empfehlen kann als Adresse für deine Bewerbung."

Am Abend, als es kühler wurde, nahmen sie im geräumigen Wohnzimmer Platz, Lennard in seinem

Lieblingssessel und Vivien auf dem Sofa, mit einem Bildband über Architektur in der Hand. „Wenn du nichts dagegen hast, lege ich eine Platte auf, eine von den ganz alten, vor deiner Zeit." Vivien lächelte ihm zustimmend zu.

Lennard kam mit einer Flasche Wein zurück und zwei Gläsern. „Oder nimmst du lieber Saft?" „Ein Glas werde ich wohl vertragen", antwortete sie gutgelaunt und nahm, nachdem er eingeschenkt hatte, einen Schluck. „Was hören wir jetzt?" „Earth, Wind and Fire, eine Band aus den Siebzigern. Sag, wenn's dir nicht gefällt."

Als Lennard sich wieder gesetzt hatte und zu ihr, die sich wieder in das Buch vertieft hatte, hinüberschaute, sah er sie an die Seitenlehne des Sofas gerückt sitzend, die Beine hochgelegt, das rechte angezogen und über das gestreckte linke gestellt; das Buch hatte sie auf dem Bauch abgestützt. „Sitzt du bequem so oder willst du noch ein festes Kissen im Rücken haben?" „Ist OK so", antwortete sie, ohne ihre Lektüre zu unterbrechen.

Als Vivien das Buch zur Seite legte und einen weiteren kleinen Schluck nahm, sagte Lennard: „Könnte es sein, dass du auf deinem Smartphone Bilder von deinen Arbeiten hast, von Modellen, von Projekten und so?" Sie stand prompt auf, holte ihr Gerät und zeigte Lennard eine Reihe von Fotos. „Ich habe Verschiedenes entworfen, aber auch Möbelmodelle gebaut. Und hier, das ist eine virtuell eingerichtete Wohnung. Oder das hier: die Lobby für ein noch zu bauendes Hotel." Lennard gefiel, was er sah. „Es scheint, als hättest du schon deinen eigenen Stil gefunden: klar, farblich prägnant, originelle Details."

„Schön, wenn's dir gefällt." Vivien ließ den Stolz über sein Lob kaum erkennen und fuhr fort: „Ich bin noch dabei, eine neue Präsentation für meine Bewerbung zusammenzustellen. Heutzutage ist das etwas aufwendiger als früher, nehme ich an." „Das glaube ich dir gerne, Vivien." Lennard schien zu überlegen: „Es könnte sein, dass ich meine alten Unterlagen noch irgendwo aufbewahrt habe, allerdings müsste ich stöbern." Vivien hakte sofort nach: „Die Dokumentationen alter Projekte von dir, die würden mich auch interessieren. Und außerdem: Milo wollte seine Papiere, die du für ihn aufbewahrst, nach Berlin mitnehmen!" Sie hatte sich aufgesetzt und schaute Lennard erwartungsvoll an. „Wann wollen wir daran gehen?"

Lennard musste Viviens Eifer wegen schmunzeln: „Heute nicht mehr und morgen nicht sofort. Wie gesagt: Ich muss zuerst kramen, obwohl ich ja ein ordentlicher Mensch bin und alles säuberlich aufgehoben habe."

Er wechselte einen Blick des humorvollen Einverständnisses mit ihr. „Machen wir das morgen Nachmittag. Im Untergeschoß habe ich einen Tischtennistisch stehen, darauf können wir alles ausbreiten und dann sichten. Denn jetzt", er stand auf und holte die TV-Fernbedienung, „möchte ich eine Sendung sehen, es geht um den Westen der USA, Grand Canyon und so."

Vivien verließ Lennard nach einer halben Stunde. „Ich will noch mit Milo telefonieren und", sie hob entschuldigend die Hände, „bin ausgesprochen müde. Der Klimawechsel, nehme ich an - und die Höhenluft." Sie lachte und winkte ihm zu. Dann war sie verschwunden. Lennard schaute weiter fern, aber etwas ließ ihn an anderes denken. Ihre ganze Erscheinung, zumal ihr Gesicht, und dann noch diese Sitzhaltung – Lennard schloss die Augen und suchte sich zu erinnern. Er hatte nie ein Foto von Linda machen dürfen, sie hatte es ihm strikt verboten: Ich will nicht, dass du mich in deiner Geldbörse spazieren trägst, womöglich zerknittert und zerknautscht. Und irgendwann lande ich in einem Papierkorb! Milo dagegen hatte er oft fotografiert, von ihm müssten dutzende Aufnahmen existieren. Jetzt, wo er ihn vor Augen hatte, konnte er sich auch an Lindas Aussehen genau erinnern, daran, wie sie sich bewegte, wie sie lachte oder schmollte, wie sie – ja, wie sie dasaß, ein Bein ausgestreckt, das andere darüber gewinkelt.

Lennard stand auf, schaltete das Fernsehgerät aus und wanderte durch den Raum. Es konnte nicht anders sein, als dass Vivien Lindas Tochter war, alles was er sah, sprach dafür. Aber war sie, er blieb stehen, war sie auch seine Tochter?

Es wurde Lennard klar, dass es nur Milo sein konnte, der die Antwort auf seine Frage wusste. Wenn Vivien Lindas Tochter war, dann reichte diese Tatsache aus, dass er sie einmal zu ihm mitbringen würde, damit er sie kennenlernen konnte. Aber warum hatte er das nicht von vornherein gesagt?

In Lennard stieg Ärger auf. Er hatte keine Lust, Milo anzurufen, er hatte Scheu, Vivien direkt auf seine Vermutungen anzusprechen und musste deshalb mit dieser Ungewissheit leben, bis Milo wieder aus Basel zurückgekehrt sein würde.

Nachdem er sich sein Glas noch einmal gefüllt und es in einem Zug geleert hatte, nahm Lennard seine Wanderung wieder auf. Er beschloss, sich Vivien gegenüber nichts anmerken zu lassen und am folgenden Tag wie verabredet alte Papiere, Unterlagen und auch Fotos zu sichten. Vielleicht war ja doch ein Foto von Linda dazwischengeraten, dann würde er die auffallende Ähnlichkeit mit Vivien ansprechen und sie würde sich outen müssen. Aber er brauchte Zeit, um alles vorzubereiten. Am besten wäre es, dachte er, wenn Vivien am folgenden Tag eine Zeitlang außer Haus sein könnte.

Als Lennard am nächsten Tag früh aufstand und gerade dabei war, sich in der Küche eine Kanne Tee vorzubereiten, fiel ihm ein, was er Vivien vorschlagen könnte. Er würde ihr sein Auto leihen und sie könnte einen Teil des Vormittages im Schwimmbad verbringen. Hoffentlich kann sie Auto fahren und hoffentlich hat sie einen Bikini oder einen Badeanzug dabei, überlegte er, sonst müsste er sich etwas anderes einfallen lassen. Er stieg in das untere Stockwerk hinunter und suchte nach den Kartons, in denen er all seine Pläne, Projektdokumente oder auch die Unterlagen gelagert hatte, mit denen er sich bei Architekturwettbewerben beworben hatte.

Mit einem Lappen wischte er den Staub von den Ordnern und trug sie in die Küche hinauf. Jetzt würde Vivien entscheiden können, was sie lieber täte. In der Zwischenzeit würde er Milos Sachen auf dem Tischtennistisch ausbreiten und vorsortieren. Und wenn er eine Fotografie von Linda fände, könnte er Vivien auf ihre überraschte Reaktion ansprechen.

Er bereitete das Frühstück vor und weil er versäumte hatte, sie nach ihren Vorlieben zu fragen, deckte er auf, was er an Vorräten zur Verfügung hatte, und kochte sowohl Tee als auch Kaffee. Als er fertig war, setzte er sich und goss sich Kaffee ein.

***

Nachdem er sich von Linda getrennt hatte, zu Milo allerdings weiterhin Kontakt hielt, hatte er das Gefühl, nun für eine Familie und für eigene Kinder bereit zu sein. Linda zu heiraten, war ihm nie in den Sinn gekommen. Als Frau seiner Kinder stellte er sich jemand Beständiges vor, eine Frau, die Ruhe und Geborgenheit ausstrahlte und die auch seine zeitweilige Unruhe, seine Stimmungsschwankungen würde ausgleichen können.

Es war ihm bewusst, dass er damit keine geringen Ansprüche stellte; doch zugleich war er sicher, dass es diese Frau gab und er ihr begegnen würde. Ihr Aussehen würde ihm egal sein, allerdings: hässlich dürfte sie nicht sein, ungewöhnlich aussehend schon.

Als er Finia das erste Mal sah, war es keine Liebe auf den ersten Blick, und doch wusste er, dass er auf sie gewartet hatte. Es war in Berlin gewesen, wo er sie in einer Galerie traf, an der er zufällig vorbeikam. Zuerst sah er nur die in den Schaufenstern ausgestellten Bilder; dann erst bemerkte er die Frau, die langsam durch den Raum schritt. Er sah sie im Profil, er sah sie von hinten, aber es war vor allem ihr Gang, bei dem sie kaum den Boden zu berühren schien, der ihn faszinierte. Und doch, da war er sich sicher, stand sie fest im Leben und würde nicht so leicht aus der Fassung zu bringen sein.

Lennard betrat die Galerie, ohne zu wissen, wie er die Frau ansprechen sollte. Er vertraute seiner Intuition und wusste, dass er mit seinem sicheren Auftreten und einem gewinnenden Lächeln noch nie einen Misserfolg verbuchen musste. Während er langsam an den

Bildern vorbeiging, hier und da stehen blieb, behielt er die Frau im Blick, deren Gesicht er allerdings noch immer nicht gesehen hatte. Ihr glattes braunes Haar reichte bis zum Nacken, schulterfrei war das tiefblaue Kleid, schwarz die schmalen Schuhe. Obschon es erst Frühsommer war, hatte ihre Haut schon eine rechte Sonnenbräune angenommen.

Jetzt blieb sie vor einem der wenigen realistischen Bilder stehen, das eine einsame Küstenlandschaft darstellte, bewachsen mit einzelnen Kiefern, im Sand hier und dort gerundete Felsen, das Meer schiefergrau, silbrig spiegelnd an manchen Stellen.

„Was für ein Mensch wäre diese Landschaft wohl?", fragte Lennard, der neben die Frau getreten war. Sie wandte ihren Blick nicht von dem Gemälde und schwieg. Lennard wartete, bis sie schließlich sagte: „Ein einsamer, ein melancholischer, ein künstlerischer Mensch vielleicht." Jetzt wandte sie den Kopf und sah Lennard an. Das braune Haar umrahmte ein gebräuntes Gesicht mit hellblauen Augen, fein gezeichneten Brauen, einer schlanken Nase und einem Mund, dessen Lippen sich zu einem unsichtbaren Lächeln formten. „Ein Mensch – weiblich, männlich?" Sie blickte ihm direkt in die Augen und schien zu überlegen. „Eine männliche Frau oder ein weiblicher Mann." Jetzt blitzen ihre Augen und ihr Mund öffnete sich zu einem ansteckenden Lächeln.

Lennard war versucht, das Fragespiel fortzusetzen, aber das hätte ihre Aufmerksamkeit von ihm abgelenkt. „Darf ich Sie zu einem Kaffee oder Tee einladen? Dann hätten wir Zeit, einander ein wenig kennenzulernen." Sie behielt ihr Lächeln, aber die Antwort ließ auf sich warten. Lennard war sich ihrer Zusage sicher und so blickte er sie in völliger Ruhe und in größter Sympathie an, bis sie schließlich zustimmte.

Sie schaute beim Verlassen der Galerie auf ihre Uhr und sagte: „Eine halbe Stunde habe ich Zeit. Wissen Sie, wohin?"

Zum Überqueren der belebten Straße fasste er sie unter dem Arm. Wieder spürte er die Leichtigkeit ihres Ganges, als ob sie selbst kaum Gewicht besäße. Sie betraten eines der alten Cafés, die es in Berlin an manchen Straßenecken noch gibt.

***

Lennard hatte dieses Bild noch genau vor Augen, auch den Tisch, den er damals wählte, am Fenster, wo es hell war und man ungestört reden konnte. Er nahm einen Schluck Kaffee, der allerdings in der Zwischenzeit etwas abgekühlt war.

In diesem Augenblick trat Vivien in den Raum und Lennard stand auf. „Ich hoffe, du hast gut geschlafen." Sie trug nicht die Hose des Vortages, sondern ein Kleid, das luftig ihre Figur umhüllte. „Danke, fast noch besser als die vorige Nacht. - Übrigens", fuhr sie nach einem langen Gähnen, das Lennard amüsiert zur Kenntnis nahm, fort, „lässt Milo dich grüßen. Es geht mit den Gesprächen voran, aber er weiß noch nicht, wann er zurückkommt."

Sie setzte sich und schaute sich all die Speisen an, die Lennard aufgetischt hatte. „Hältst du mich für wahnsinnig verfressen oder erwartest du noch eine ausgehungerte Fußballmannschaft?" Lennard grinste und fragte: „Kaffee oder Tee? Schwarztee ist fertig, anderer lässt sich zubereiten." Wortlos reichte sie ihm ihre Tasse hin, die er mit Kaffee füllte.

Lennard erzählte von seiner Idee, die er für sie überlegt hatte. „Dein Auto, sagst du, könnte ich nehmen?" Sie schüttelte den Kopf: „Es ist zwar alt und nicht mehr makellos, aber an einen so großen Wagen bin ich nicht gewöhnt, wie soll ich da wissen, wo er überhaupt anfängt und aufhört. Ich ziehe es vor, deine Unterlagen durchzusehen, schwimmen kann ich morgen bestimmt auch noch, wenn du mitfährst."

Belustigt nahm Lennard zur Kenntnis, dass Vivien sich von allem nahm, was er auf den Tisch gestellt hatte, bis sie plötzlich realisierte, dass sie einen großartigen Appetit entwickelte. „Tut mir leid, es schmeckt einfach so gut. Es muss tatsächlich die Luftveränderung sein." „Kein Problem, zum essen stehen die Sachen ja auf dem Tisch!"

Nach dem Frühstück dauerte es allerdings nicht mehr lange und Vivien konnte Lennards Ordner auf dem Tisch ausbreiten und sichten. Im unteren Geschoß machte sich Lennard derweil zu schaffen, um die Übersicht über den Inhalt der fünf Kartons zu gewinnen, in denen Milos Unterlagen vermutlich zu finden waren. Er sortierte Fotos, Dokumente und andere Dingen. So fand er auch kleine Spielzeugautos und Kinderbilder, die Milo für ihn gemalt und gezeichnet hatte.

Die Bilder schaute Lennard flüchtig durch, um welche von Linda zu finden. Er musste lächeln, als er sich beim Betrachten der Fotos an die Situationen erinnerte, in denen sie gemacht wurden. Ein Bild von Linda fand er nirgends.

Als sie sich beim ersten Mal, als er sie fotografieren wollte, weigerte und sich umwandte, hatte er noch versucht, sie zu überreden. Aber die Vehemenz, mit der sie damals antwortete, hatte ihn davon abgehalten, es noch einmal zu versuchen. Damals hatte er es auch nicht gewagt, sie heimlich zu fotografieren, und er fragte sich jetzt, warum nicht. War es ihm nicht so wichtig gewesen, war es die Scheu, sie noch einmal so heftig zu erleben? Oder war sie ihm einfach nicht wichtig genug?

Lennard stützte sich mit beiden Händen auf der Tischplatte ab und blickte über die Ansammlung von all dem, was einen großen Zeitabschnitt seiner

Vergangenheit wiederauferstehen ließ. Da waren auch viele Fotos aus seiner Zeit mit Finia dabei, Urlaubsfotos vor allen Dingen, denn gereist waren sie häufig, wenn auch oft nur für wenige Tage. Sie hatten die Fotos nie in Foto-alben eingeklebt, meist fehlte die Zeit dafür und beider Einstellung war, sich mehr um Gegenwart und Zukunft zu kümmern als um Vergangenes.

Gerade war er dabei, diese Fotografien zur Seite zu räumen, als Vivien die Treppe herunterkam und sich verblüfft umschaute.

„Da ist ja eine Menge zusammengekommen, gesammelte Vergangenheit, sozusagen." Lennard zeigte mit ausgebreiteten Armen auf die aufgetischte Sammlung: „Ich glaube, wir müssen es Milo überlassen zu entscheiden, was er davon braucht und was nicht, was er mitnehmen will und was wegzuwerfen ist." Vivien stimmte zu, aber sie fragte sofort: „Darf ich es trotzdem jetzt schon anschauen, die Fotos zumindest?"

Im selben Augenblick, als Lennard sich einverstanden erklärte, fiel ihm sein Arzttermin ein. Sicherheitshalber schaute er auf seinen elektronischen Terminkalender, um Vivien zu erklären: „Ich muss ziemlich bald das Haus verlassen, ich habe um 11 Uhr einen Termin in Freiburg. Kann ich dich hier alleine lassen?" „Kein Problem, es gibt ja genug, was ich mir hier anschauen kann. Es geht ja nicht darum, das alles jetzt noch weiter zu sortieren, oder?"

Erst als er schon im Wagen saß, dachte Lennard an die Fotos, die aus der Zeit mit Finia stammten. Soll sie die halt auch anschauen, überlegte er, sie wird mich nach ihr fragen und ich antworte knapp und klar.

***

Sie lehnte sich gelassen auf ihrem Sessel zurück und wartete auf seine Initiative. Er war ihr nicht unsympathisch, auf jeden Fall originell in der Art, wie er sie angesprochen hatte. Seine lässige Eleganz, die er in seinem Auftreten zeigte, gefiel ihr, denn sie legte selbst Wert auf eine gepflegte Erscheinung. Als Journalistin vermochte sie Menschen auf Anhieb und meist recht treffend einzuschätzen.

Er wird kein völlig unkünstlerischer Mensch sein, vermutete sie, sonst wäre er nicht auf die Idee des Vergleichs mit einem Menschen gekommen. Aber für einen Künstler war er zu konventionell gekleidet. Dass er keinen Ehering trug, hatte sie sich noch vor ihrer Zusage vergewissert und so war sie durchaus bereit, sich nicht nur in ein Gespräch mit ihm einzulassen.

„Es waren nicht die ausgestellten Bilder, die mich in die Galerie eintreten ließen, sondern Ihr Gang." Lennard schaute ihr in die Augen, die unbewegt auf ihn gerichtet waren. „Ich suche nach Worten, ihn zu beschreiben. Er ist leicht, nahezu schwerelos, als trüge Sie etwas, das der Schwerkraft erfolgreich trotzt." Jetzt lächelten die Augen und Lennard fuhr fort: „Können

Sie mir sagen, was Ihr Geheimnis ist?" „Bevor ich Geheimnisse verrate, muss ich erst einmal wissen, wer mein Gegenüber ist." Lennard stimmte amüsiert zu und erwiderte: „Lennard Weiser, Architekt, wohnhaft in Freiburg, nicht verheiratet, kinderlos; charakterliche Eigenschaften: humorvoll, diskussions-freudig, fantasievoll, zielgerichtet, ergebnisorientiert, ästhetisch anspruchsvoll, empathisch, in Maßen frustrationstolerant, beziehungsgeübt."

Jetzt war es Finia, die leise lachte und erwiderte: „Ich bin beeindruckt über die Prägnanz Ihrer Antwort, das bin ich als Journalistin nicht unbedingt gewohnt. Sie wären ein vortrefflicher Interviewpartner." Sie sagte es mit einem Unterton von Spott, den sich Lennard gerne gefallen ließ. „Lassen Sie mich raten: Ressort Politik oder Wirtschaft? Oder doch vom Ressort für Kultur und Sport?"

„Ersteres, wobei meine Interviewpartner – meist sind es gerade die männlichen - immer versuchen, mir wie ein glitschiger Fisch durch meine Fragen zu schlüpfen, ohne sie wirklich zu beantworten." „Sie werden dann wohl einen Käscher verwenden, vermute ich, einen reißfesten am besten." Wieder lächelte sie amüsiert und Lennard fuhr fort: „Sollte Ihr Name mir in der hiesigen Zeitung schon begegnet sein oder arbeiten Sie für ein überregionales Blatt?" „Falls Sie wirklich Zeitungsleser sind, könnte es sein, dass Ihnen mein Name nicht unbekannt ist."

Sie machte eine Pause, um zu registrieren, dass Lennard auf weitere Informationen wartete. „Finia Fischer, freischaffende Journalistin, mal für den ‚Stern‘, mal für den ‚Spiegel‘ unterwegs, nicht selten auch für internationale Blätter. Allerdings nie über Europa hinaus reisend, da gibt es abenteuerlustigere Kolleginnen und Kollegen.“ Lennard hatte aufmerksam zugehört und fragte: „Und was führte Sie in die badische Provinz?“

Finia beeilte sich nicht mit einer Antwort, sondern griff zu ihrer Kaffeetasse. Lennard schaute ihr freundlich zu, bis sie fortfuhr: „Es ist eine kleine Auszeit, die ich mir nehme. Hier in Freiburg war es, wo ich meine ersten Semester verbrachte, damals noch als Germanistik- und Geschichtsstudentin. Ein wenig Nostalgie darf in unserem Alter doch wohl sein, meinen Sie nicht?“ Den kurzen Moment der Verlegenheit vermochte Lennard unbemerkt zu überstehen. „Darf oder soll ich das nun als Kompliment verstehen, wenn Sie uns zur selben Altersklasse zählen? Sie sind doch mindestens zehn Jahr jünger als ich.“ „Dann müssen Sie mir ihr Alter schon verraten, damit ich nicht völlig danebenliege.“

Lennard fühlte sich mit seinen dreiundvierzig Jahren zwar wie in den Dreißigern, aber sein Gegenüber war eindeutig jünger; er schätzte sie auf Anfang dreißig, was, wie er später erfuhr, auch den Tatsachen entsprach.

„Nun, ich habe letztes Jahr mein sechstes Jahrsiebt begonnen, eine Altersphase, die, so sagt man, den Menschen zugleich tatkräftig wie besonnen sein lässt." Finia entging Lennards ironische Färbung seiner Aussage nicht und sie entgegnete: „Ja, ich weiß, diese schönen Eigenschaften eignet sich ein Mann im besten Fall jenseits der vierzig an; bei Frauen ist das gewöhnlich zehn Jahre früher der Fall."

Jetzt lachten beide und Lennard fragte ohne weitere Umstände: „Wie wollen wir den angebrochenen Tag weiter gemeinsam verbringen? Ich könnte mir vorstellen, nach einem Bummel durchs Zentrum schauen wir nach Ihrer früheren Studienstätte, Sie erzählen mir von Ihren Lieblingsdichtern und -dichterinnen, danach gehen wir essen und dann lade ich Sie zu mir nach Hause ein."

Dass sie beim Verlassen des Cafés nach seiner Hand griff, wunderte Lennard keineswegs. Gut gelaunt ließ er sich von ihr führen und aus ihrer Studienzeit erzählen, bis sie sich in der Mittagszeit im Schlossbergrestaurant einen Platz mit schönster Aussicht zuweisen ließen.

✳✳✳

Als Lennard nach einer dreiviertel Stunde die Arztpraxis verließ, atmete er zuerst einmal tief durch. Die Wochen der Behandlung waren komplikationslos verlaufen, jetzt war die Nachsorge im Gang, auch sie, zumindest bisher, für beste Hoffnungen Anlass gebend.

Trotzdem blieb er vorsichtig, plante nicht mehr wie früher über Jahre hinweg, sondern versuchte, aus der ungewiss langen Zeit, die ihm zur Verfügung stand, das Beste zu machen. Anders als früher konnte er sich für die Natur, für Pflanzen, aber auch Landschaften interessieren; er vermochte auch für Menschen Interesse aufbringen, die er früher als langweilig abgetan hätte. Und er hatte seine frühere Initiativkraft wiederentdeckt, die er in den vorausgegangenen Monaten fast verloren hätte.

Die Möglichkeit eines dramatischen Wechsels seiner Lebensperspektive veranlasste ihn schon seit Wochen zurückzuschauen, mit welchen Aufgaben und Menschen er sein bisheriges Leben verbracht hatte. Er kannte sich so gut, dass er wusste, wann und mit wem er Zeit verschwendet hatte, doch er war nicht der Typ, der gar zu streng mit sich war. Sein Privatleben so durchzuplanen, wie es bei seinen geschäftlichen Unternehmungen nötig war, hatte er nie die Absicht gehabt. Es gab da spielerische Momente und die Lust auf Risiko, die ihn nie verlassen hatte und die er nun auf neue Art wiederaufgreifen wollte.

Jetzt, mit dem Auftreten von Vivien, war etwas geschehen, das seinem Leben eine neue Wendung zu geben schien, die er nicht verschlafen wollte. Kurz entschlossen machte er sich nicht auf den Heimweg, sondern beschloss, bei einem Gang durch die Stadt seine Gedanken zu sammeln.

Sein Weg führte ihn zur Dreisam, wo er eine ganze Weile am Fluss entlangging. Er überlegte, wie er mit der Möglichkeit umgehen wollte, dass er plötzlich eine Tochter hatte, eine erwachsene Tochter, die ihm imponierte mit ihrem Auftreten, ganz abgesehen davon, dass er sie enorm hübsch fand. Er hatte keine Lust, das Versteckspiel viel länger fortzusetzen; aber vor Milos Rückkehr Vivien daraufhin anzusprechen, würde er nicht wagen. Milo anzurufen hatte er keine Lust, er musste ihn für ein Gespräch vor sich sehen.

Als er an einer Bank angelangt war, setzte Lennard sich und schloss die Augen. Er hörte Vogelgezwitscher, den gedämpften Lärm des Verkehrs, Schritte und manchmal Wortwetzen von Vorbeigehenden. Eine Freude stieg plötzlich in ihm auf, wie er sie schon lange nicht mehr gefühlt hatte. Er wusste, Vivien mochte ihn und vielleicht würde sie ihn auch als Vater lieben können. Seinen Freund Holger sollte er unbedingt bald anrufen, vielleicht wüsste er sogar eine Stelle für sie in Freiburg oder zumindest in nicht allzu weiter Entfernung. Irgendwie war sie ja wohl in seine, Lennards, Fußstapfen getreten - konnte das Zufall sein?

Mit der Überlegung, Vivien vielleicht doch zu befragen, stand er auf. Nachdenklich machte er sich auf den Weg zu seinem Auto. Als er die Ausfallstraße entlangfuhr, überlegte er noch immer. Aber er war zu keinem Entschluss gekommen, als er aus dem Wagen stieg.

Sie stand in der Küche, wo sie, wie Lennard verblüfft feststellte, schon einiges für ein Mittagessen vorbereitet hatte. Eine volle Salatschüssel stand auf dem Tisch, auf dem Herd schmorte irgendetwas Wohlriechendes und nun schien sie dabei zu sein, eine Nachspeise zuzubereiten. „Hallo, Vivien, ist es denn schon so spät?" Sie drehte sich nach ihm um und meinte leichthin: „Ich dachte mir, wenn du kommst, wirst du hungrig sein. Oder hast du in einem Café ein zweites Frühstück eingenommen?" „Du bist ein Schatz!", sagte Lennard, bemüht, nicht sentimental zu klingen. Sie lachte hell auf und meinte: „Wie soll ich das verstehen? Morgen wieder kochen oder so?"

Lennard räusperte sich und sagte: „Vivien, bist du Lindas Tochter?" Sie rührte gerade in der Pfanne, doch in diesem Moment hielt sie inne. „Bist du mein Vater?"

Nun erst drehte sie sich um und sie standen sich gegenüber, den Esstisch zwischen sich, als müsse eine vorzeitige Annäherung verhindert werden. „Das weißt du vielleicht besser als ich", sagte Lennard leise. Er hätte sich gerne gesetzt, aber jetzt suchte er sich so gut es ging, aufrecht zu halten. „Beantwortest du bitte meine Frage?", sagte er noch leiser. „Ich wurde acht Monate nach deinem Weggehen von Linda geboren. Sie hat mir nie gesagt, wer mein Vater ist." Sie griff nach der Stuhllehne vor sich und schaute Lennard mit traurigen Augen an. „Sie hat mich nie davon benachrichtigt", beeilte sich Lennard zu sagen. „Telefonanrufe hat sie so oft abgeblockt, bis ich keine Lust mehr hatte, sie anzurufen. Mit Milo habe ich in größeren Abständen telefoniert, aber auch er hat mir nie etwas von seiner Schwester, von dir, erzählt."

Er musste sich setzen, während Vivien sich wieder dem Herd zuwendete. „Es geht ihr nicht gut, musst du wissen. Sie ist eigentlich krank, aber will es nicht wahrhaben." „Wie alt ist sie jetzt genau?" „Dreiundsechzig, aber sie fühle sich wie siebzig, sagte sie kürzlich." „Was hat sie?"

Tief einatmend hob Vivien die Schultern: „Irgendwas mit der Lunge. Aber sie sagt nichts Genaues und geht nur zum Arzt, wenn sie zu große Schmerzen hat. Treppen-steigen ermüdet sie enorm, lange Spaziergänge ebenso. Außerdem hat sie zugenommen, mindestens zwanzig Kilo. Sie geht aber auch kaum noch aus dem Haus und lässt sich alles bringen."

Wieder wandte sie sich um und Lennard konnte die Tränen in ihren Augen erkennen. Er stand auf und trat neben sie: „Darf ich?" Sie nickte und er umfasste ihre Schultern, so dass sie den Kopf an ihn lehnen konnte. „Bist du ihretwegen hierhergekommen oder um mich zu sehen?" Abrupt befreite sie sich von seinen Armen und sagte heftig: „Beides natürlich war der Grund, das ist doch klar!" Sie griff wieder zum hölzernen

Kochlöffel und rührte in der Pfanne. „Deckst du bitte den Tisch?", sagte sie mit belegter Stimme.

Eine ganze Weile aßen sie stumm, bis Vivien sagte: „Linda hatte es Milo verboten, dir von mir zu erzählen. Und weil er wusste, dass sie sich furchtbar aufregen würde, wenn er es doch täte, tat er es eben nicht." „Dann weiß sie jetzt nichts von deiner Fahrt zu mir?" Vivien schüttelte den Kopf: „Sie weiß nur, dass Milo immer mal wieder hierherkommt, aber er darf nichts von ihr erzählen. Deshalb tue ich das jetzt."

Lennard ließ sein Besteck ruhen und sagte: „Dann geht es ihr richtig schlecht, folgere ich aus deinen Äußerungen, nicht wahr?" „Manchmal hat sie sogar Erstickungsanfälle. Aber mit dem Rauchen hat sie noch immer nicht aufgehört." „Und der Alkohol, wie steht es damit?" „Als ich noch bei ihr wohnte, trank sie nicht. Aber seitdem ich weg bin, hat sie wieder angefangen. Milo erzählte mir von der Zeit, als sie davon nicht loskam. Das war wohl, als er vierzehn und älter war."

Jetzt legte auch Vivien ihr Besteck hin und sie blickten sich an. Eine unausgesprochene Bitte meinte Lennard in ihren Augen zu erkennen, eine Bitte, die er nicht hören wollte. „Milo kommt heute Abend zurück, wir könnten morgen gemeinsam nach Berlin fahren." Erst nach langem Schweigen erwiderte Lennard: „Sie hat nicht nach mir gefragt, also fahre ich nicht zu ihr." „Natürlich hat sie nicht nach dir gefragt, noch liegt sie nicht im Sterben. Aber ich bin sicher, und Milo übrigens auch, dass ihr wirklich eine Last von der Seele genommen würde, wenn ihr euch seht und klärt, was zwischen euch schiefgelaufen ist."

Sein Glas, das er gerade ausgetrunken hatte, setze Lennard hart auf die Tischplatte. „Da ist nichts schiefgelaufen, es war, wie es war. Ich kann und will das nicht bewerten!" Jetzt bemerkte er erst Viviens Erschrecken, aber er hatte keine Lust, etwas zurückzunehmen. „Ich weiß nicht, ob du das verstehen kannst, es klingt wenig schön. Aber unsere Beziehung war eine reine Zweckgemeinschaft, wobei es eine ganze Reihe von Zwecken gab, für sie welche, für mich welche, die sich nicht unbedingt deckten, aber zumindest ergänzten."

Vivien schwieg, aber etwas arbeitete in ihr, bis sie schließlich murmelte: „Dann bin ich womöglich das Ergebnis einer Zweckgemeinschaft, keiner von euch beiden hat mich gewollt und ich kann froh sein, dass ich überhaupt geboren wurde statt ..." Lennard senkte den Kopf, stützte die Ellenbogen auf den Tisch und dachte nach. „Ich habe dir doch erzählt", begann er, „von dem ersten Treffen im Supermarkt, wo ich Linda und Milo traf. Es war er, in den ich mich quasi verliebte, und nicht sie. Ihn konnte ich nicht im Stich lassen all die folgenden Jahre und natürlich ergab es sich, allein durch die häufige Nähe, ich wohnte ja auch oft bei den beiden, dass wir uns ...." Lennard brach ab und blickte auf. „Dass ihr euch gegenseitig getröstet habt, dass ihr Lust aufeinander hattet, dass ihr miteinander geschlafen habt. Zweckgemeinschaft, wie du es treffend nanntest."

Vivien hielt inne, dann fuhr sie fort: „Was hättest du getan, wenn du gewusst hättest, dass Linda schwanger war? Wärst du geblieben?" Lennard vergrub sein Gesicht in seinen Händen und versuchte eine Antwort zu finden. „Ich weiß es nicht, ich war ja bald darauf mit Finia zusammen, wir haben ziemlich schnell, nachdem wir uns kennenlernten, geheiratet. Wenn ich es gewusst hätte", er machte eine lange Pause, bis er weitersprach, „wenn ich von dir gewusst hätte, dann hätte ich Linda auf jeden Fall unterstützt, hätte mich um dich gekümmert." Er brach ab, wusste nicht weiter. Doch dann setzte er fort: „Aber wir wissen doch gar nicht, ob du von mir bist, Linda hatte immer wieder andere Männer, auch im Bett." „Milo hat mir erst vor ein paar Jahren davon erzählt. Ich habe davon nie etwas bemerkt, vielleicht hatte sie dann Schluss gemacht mit solchen ... solchen Geschichten."

Sie wussten beide nicht weiter, bis Lennard schließlich aufstand und sagte: „Lassen wir uns von Milo erzählen, was er weiß und was er, zumindest mir, noch nicht erzählt hat." Gemeinsam deckten sie den Tisch ab und dann entschuldigte sich Lennard: „Ich muss jetzt einmal für mich sein und über das Ganze nachdenken. Ruft mich bitte, sobald Milo zurückgekehrt ist."

***

„Wie lange sind wir jetzt zusammen, vierzehn Jahre, fünfzehn Jahre? Und nun sagst du einfach: Es war schön mit dir, aber jetzt heirate ich eine andere. Es kotzt mich an, du kotzt mich an, Lenni!" „Bitte, Linda, nenne mich nicht Lenni, das habe ich dir schon tausendmal gesagt. Und außerdem: Von Heiraten war bei uns nie die Rede. Du hattest andere Männer, ich manchmal auch jemand anderen, aber niemand von uns beiden hat das gestört. Es war wirklich schön mit dir, so wie es war. Und außerdem, das weißt du genau, war es Milo, weswegen ich geblieben bin. Er ist nun fast schon erwachsen, ich habe jemanden kennengelernt und ....." Sie fiel ihm ins Wort: „Und jetzt hab' ich keine Lust mehr, wo Milo sowieso auf seine Mutter scheißt und vor kurzem ausgezogen ist. Mit mir allein hältst du es nicht aus, das ist jetzt klar geworden." Lennard verdrehte die Augen: „Wir haben es immer nur zeitweise miteinander ausgehalten, dann wohnte ich wieder in meiner Wohnung, bis ...." Wieder nahm sie ihm das Wort aus dem Mund: „Bis du dich einsam gefühlt hast, Lust auf eine Frau hattest und ich die nächstbeste war, die du nur zu besuchen brauchtest, ich weiß."

Lennard entschloss sich, das Gespräch zu beenden. „Linda, ehrlich, es überrascht mich, dass du dich jetzt so aufregst. Ruf mich an, wenn du wieder runtergekommen bist. Mit Milo bleibe ich auf jeden Fall in Kontakt." Er wollte noch auf sie zugehen, aber sie wehrte ab: „Bleib mir vom Leib, du Mistkerl, ich will nichts mehr mit dir zu tun haben!"

Es war diese Szene, die Lennard vor Augen hatte, als er sich hinlegte. Vor seinem inneren Auge verfloss Linda mit Vivien, die ihm traurig gegenübersaß. Er musste Milo fragen, wie Linda all die Jahre verbracht hatte, zuerst mit Vivien, später alleine. Sie hat wahrscheinlich nicht viel Geld zur Verfügung. Damals hatte sie immer als Verkäuferin irgendwo gearbeitet, hatte oft die Stelle gewechselt, weil sie es nie besonders lange irgendwo aushielt oder weil sie Ärger mit dem Chef oder der Chefin bekam.

Er hatte ihr immer wieder Geld zugesteckt, es später auch Milo gegeben, der es für die Haushaltskasse verwendete. Dann waren da die Phasen, wo sie trank und er Milo zu sich nahm. Erstaunlicherweise hatte sie es immer wieder geschafft, eine neue Stelle zu bekommen, hatte nicht mehr so viel getrunken, er war mit Milo wieder eingezogen und die Geschichte begann irgendwann wieder von vorne.

Lennard war sich sicher: Es war wegen Milo, dass er sie nicht früher verlassen hatte. Er war so lange bei ihr geblieben, bis Milo auszog aus der Wohnung. Und gleichzeitig hatte er Finia kennengelernt, so war es gewesen.

Ein leises Klopfen an der Zimmertür weckte ihn. Es war Milo, der seinen Kopf durch den Türspalt steckte und leise fragte: „Bist du wach?" Lennard hob seinen rechten Arm und winkte damit durch die Luft. „Du bist wieder zurück? Wie spät ist es denn?"

Vivien hatte das Abendessen vorbereitet, es war schon gegen zehn Uhr, und Milo erzählte von seinen Verhandlungen. „Es ist gut gelaufen, nun habe ich auch in Basel jemanden, mit dem ich bei Konzerten, Großveranstaltungen und Ausstellungen zusammen-arbeiten kann. Im Herbst wird die erste Gelegenheit dazu sein, eine große Tagung von Arzneimittel-herstellern steht auf dem Programm." Zufrieden nahm er eine Gabel voll von dem Kartoffelauflauf, den Vivien fabriziert hatte – so nannte sie es selbst. „Du solltest nicht so bescheiden von deinen Kochkünsten reden", meinte Lennard, „sie sind, ich würde mal sagen, entwicklungsfähig, ausbaufähig, aber es schmeckt uns doch, nicht wahr, Milo?" Der stimmte mit gefüllten

Backen kauend zu, so dass Lennard, sein Statement bestätigt sehend, aufmunternd zu Vivien blickte.

Als sein Mund wieder leer war, fragte Milo: „Und, habt ihr meine Unterlagen gesichtet und gesammelt?" Lennard und Vivien schauten sich an, so dass Milo gleich wusste: „Also nicht. Aber gefunden hast du sie doch, oder?" „Du kannst sie dir gerne sofort anschauen, sie liegen schön ausgebreitet unten auf dem Tischtennistisch."

„Ich hatte eigentlich vor, morgen wieder zurück nach Berlin zu fahren." Milo überlegte und fuhr fort: „Dann nehme ich eben alles unsortiert mit und schaue die Dokumente zu Hause durch." Lennard blickte zu ihm hinüber: „Es sind einige Fotos von dir dabei, ich glaube, Vivien hat sie sich schon angesehen. Aber keines von deiner Mutter."

Es wurde plötzlich still im Raum, bis Lennard sagte: „Milo, ich weiß, dass Vivien Lindas Tochter ist. Wer ist ihr Vater, hat es dir Linda gesagt?" Milo blickte zuerst zu Vivien, die ihm mit einem kurzen Blick ihr Einverständnis gab. „Ja, sie ist Lindas Tochter. Bald nach deinem Weggang wurde sie geboren. Ich war ja auch schon ausgezogen und sah sie erst Monate danach. Linda hatte mir nichts von meiner Schwester erzählt. Und als ich sie fragte, ob sie deine Tochter sei, zuckte sie mit den Achseln. Weißt du, sagte sie, es ist mir egal, wer der Vater ist. Lennard ist weg, er weiß von nichts und soll es auch nicht wissen. Du hältst den Mund, ist das klar? - Du, Vivien, du hast sie doch irgendwann auch gefragt, wer dein Vater ist."

Gerade aufgerichtet saß sie am Tisch und blickte vor sich hin. Leise sagte sie: „Nicht nur einmal fragte ich sie und sie sagte entweder nichts dazu oder meinte wie beiläufig, sie wisse es selbst nicht." „Also", sprach Milo in das nun wieder drohende Schweigen hinein, „wenn wir es wissen wollen, können wir es untersuchen lassen, per Genanalyse meine ich. Es wird etwas kosten, es wird eine Weile dauern, aber machbar ist es allemal." Er blickte Lennard an, der wiederum zu Vivien schaute. Dann sagte Lennard: „Von mir aus. Was meinst du, Vivien?" Sie lächelte ihm dankbar zu und sagte leise: „Es wäre schön, wenn du es wärst, Lennard."

Vivien entschied sich am nächsten Tag, mit Milo wieder zurück nach Berlin zu fahren. Lennard gab ihr für die Genanalyse einige Haare von sich mit und machte mit ihr aus, dass er die Untersuchung zahlen würde. „Ich würde mich ebenfalls freuen, wenn aus unserer Wahlverwandtschaft eine echte Verwandtschaft werden würde", sagte er zum Abschied. „Und: Lasst Linda erst einmal aus dem Spiel, lasst uns nach dem Ergebnis gemeinsam überlegen, was wir ihr sagen wollen, egal was bei der Analyse herauskommt."

Milo und Vivien saßen schon im Auto, als Lennard noch hinzufügte: „Haltet mich bitte auf dem Laufenden, wie es Linda geht, sowohl gesundheitlich wie finanziell. Bitte!"

Er sah ihnen nach und wusste zugleich, dass, was die Analyse ergeben mochte, eine neue Phase, vielleicht die letzte seines Lebens eingetreten war.

Zurück im Haus beschloss er zu versuchen, Altes aufzuarbeiten, solange es ihm noch möglich war. Die Fotos, die er außer den Unterlagen für Milo im Keller gefunden hatte, würden es ihm ermöglichen, seine Erinnerungen aus dem Dunkel des Vergessenen wieder heraufzuholen.

* * *

In den folgenden Tagen und Wochen sammelte Lennard alles, was er aufbewahrt hatte, und ordnete es so, dass die Chronologie hergestellt war. Alles Berufliche konnte er ohne Schwierigkeiten sortieren, dafür gab es genügend Materialien und auch seine Erinnerung erwies sich als nahezu lückenlos.

Weniger leicht war es, private Briefe, Fotos und andere Erinnerungsstücke, die er zum Beispiel auf Reisen gesammelt oder gekauft hatte, in die richtige zeitliche Reihenfolge zu bringen. Er bemerkte, dass alle die Jahre, die er mit Finia zusammen gewesen war, zu einem schier undurchdringlichen Ganzen verschmolzen war, von dem er nur noch einzelne unzusammenhängende Bilder im Gedächtnis hatte.

Lennard wusste, es würde Beharrlichkeit erfordern, um dieses Knäuel aufzulösen und es in die Erinnerung heraufzuholen. Aber nach der Begegnung mit Vivien fühlte er sich verpflichtet sich zu erinnern, sich Klarheit darüber zu verschaffen, was seine Taten waren, womit er die Jahre mit Finia eigentlich verbracht hatte. Und er hatte das Bedürfnis, dadurch herauszufinden, wer er wirklich war, abgesehen von seiner Existenz als Sohn, als Architekt, als Bürger. In Vivien hatte er etwas von sich selbst erkannt wie in einem verschwommenen Spiegel, der ihn nur ahnen ließ, womit er ins Leben getreten war.

***

„Du bist sicher, dass du nicht Journalist werden willst, Lennard." Die Frage war keineswegs unwillig oder gar entrüstet gestellt, vielmehr sprach ehrliches Interesse aus den Worten. „Herbert, lass ihn doch, er will ja auch nicht Fotograf werden wie ich." Lennards Mutter sah mit freundlicher Neugier zu ihrem Sohn, der, wie sie fand, allmählich flügge zu werden schien. „Ich will etwas machen, etwas schaffen, was Bestand hat, was nicht so schnell vergessen wird wie die Artikel in deiner Zeitung oder die Fotos, die in irgendeinem Bildband oder Journal verschwinden, nachdem man sie einmal und dann nie mehr angeschaut oder womöglich sogar überblättert hat."

Noch immer lächelte sie, während sein Vater leichthin meinte: „Dann solltest du Gebäude errichten, falls du nicht vorhast, Heldentaten zu vollbringen, die im kollektiven Menschheitsgedächtnis für immer aufbewahrt bleiben, so wie Hannibals Zug über die Alpen." Er lachte freundschaftlich seinem Sohn zu, der verlegen mitlachte, dann aber erwiderte: „Vielleicht sollte ich wirklich Architekt werden, Papa, daran habe ich manchmal schon gedacht. Du lässt dann Artikel über meine Bauten schreiben und Mama fotografiert sie, dann haben wir alle etwas damit zu tun."

Damals hatte er seine eigenen Worte nicht so ernst gemeint, wie sie klangen; doch es war nicht viel später, dass er mit dem Studium begann, das ihm zunehmend mehr Freude machte. Er entdeckte damals sein visuelles Vorstellungsvermögen, sein untrügliches Gefühl für Statik und Dynamik. Dass er in ästhetischen Dingen ein hervorragendes Urteilsvermögen besaß, hatte er zuvor schon erkannt: Es waren die mütterlichen Gene, die ihm dazu verhalfen.

Seit damals, seit der Studienzeit kannte er Holger, den er anrufen wollte, wie er Vivien versprochen hatte. Ohne ihn hätte er vielleicht nicht durchgehalten, aber Holger hatte ihn immer wieder aufgemuntert, wenn ihm Zweifel an seinen Fähigkeiten überfielen. „Wir machen ein gemeinsames Büro auf und wir werden Erfolg haben!" Holger war so überzeugt von dem, was er sagte, dass auch Lennard sich mitreißen ließ. Aber ihre Wege hatten sich getrennt. Denn während Lennard in Berlin blieb, war Holger in die USA gegangen, um dort, wie er sagte, einer der Großen zu werden.

Nach vier Jahren war er zurückgekommen, mit einem großen Schatz an Erfahrungen, aber ohne den Erfolg erreicht zu haben, den er angestrebt hatte. „Weißt du, der andauernde Stress war mir auf Dauer nun doch zu viel. Und nachdem die Sache mit Dorothy zu Ende gegangen war, hatte ich keinen Grund mehr, in New York zu bleiben. Immerhin, bei ‚White&Lancer' hab' ich 'ne Stange Geld verdient. Wollen wir nicht ein gemeinsames Büro aufmachen? Davon haben wir doch immer geträumt!"

Die gemeinsamen Pläne hatten sich bald zerschlagen, die Wege spätestens zu dem Zeitpunkt getrennt, als er Finia kennenlernte und sie Berlin verließen. Über Jahre aber hatten sie Kontakt zueinander gehalten, meist nur telefonisch. Jetzt lebte Holger in Stuttgart und hatte tatsächlich sein eigenes, nicht gerade kleines Architekturbüro, das prächtig funktionierte. Und Kontakte hatte er bestimmt jede Menge.

Als Lennard ihn anrief, war Holger zwar sehr beschäftigt, nahm sich aber doch Zeit für ihn. „Eine junge Innenarchitektin, sagtest du? Ok, ich kann es gerne versuchen. Ist sie flexibel, ortsungebunden, ledig, keine Kinder? Optimale Voraussetzungen, würde ich mal sagen. Ich melde mich!"

Bevor er etwas von Holger hörte, rief ihn Milo an: „Was wünschst du dir: Vivien als deine Tochter oder doch lieber nicht?" Er lachte und konnte sich kaum fassen. „Das kann doch nicht die Frage sein! Ist sie es oder ist sie es nicht?!" Milo lachte noch immer und Lennard hätte am liebsten das Gespräch beendet. „Nun sag' schon, Milo!" Eine Pause entstand, endlos, wie es Lennard schien. Dann sagte Milo verschwörerisch: „Sie ist es – nicht."

Lennard fühlte Enttäuschung und Erleichterung zugleich. Er schwieg. „Und was machen wir jetzt?" Milo war wieder vollkommen ernst geworden. „Sollen wir es Linda sagen?" Lennard versuchte, seine Präsenz wiederzugewinnen. „Wie hat Vivien denn reagiert?" „Was soll ich sagen? Ich glaube, sie war einigermaßen traurig, hätte dich wohl wirklich gerne als Vater gehabt. So weiß sie natürlich immer noch nicht, wer es ist."

Als Lennard sich endlich gefasst hatte, bat er Milo, Linda vorerst nichts zu sagen. „Ich hoffe, ich kann mich bald mit einer positiven Nachricht melden, was Viviens Interesse an einer Stelle in einem Architekturbüro betrifft. Versuche, ihr über die Enttäuschung hinweg zu helfen, wenn es denn wirklich so war." Milo kannte Lennard zu gut, als dass er sich über dessen Bemerkung geärgert hätte. „Lass bald von dir hören, Lennard. Und: Gräm' du dich nicht auch noch!"

Es war Nachmittag geworden und Lennard bemerkte jetzt erst, wie hungrig er war. Ohne lange überlegen zu müssen, setzte er sich ins Auto und fuhr hinauf zum Schauinsland, wo die Bergstation ein Restaurant beherbergte, das zwar keine drei Sterne besaß, aber, neben der Aussicht hinaus auf die Rheinebene, eine akzeptable Karte anbot.

Nach dem Essen - er bestellte sich neben dem Kaffee ein Stück Apfel-Nuss-Kuchen - war er wieder in der Lage, vernünftig nachdenken zu können. Da auch Milo nicht wusste, wer sein Vater war, würde Vivien sich vielleicht von dieser Tatsache trösten lassen. Er, Lennard, würde trotzdem wie ein Vater für sie da sein können, wie er es auch bei Milo getan hatte. Und ein, ja, sozusagen ein Einstandsgeschenk könnte der Job sein, wenn Holger in seiner Vermittlungsaufgabe erfolgreich war.

Der Spaziergang, den Lennard unternahm, verschaffte ihm Zeit und Muße, weiter nachzudenken. Er sollte Linda besuchen, vielleicht würde sie ihm verraten, wer Viviens Vater war oder zumindest, wer es sein könnte. Und er könnte sich ein Bild machen von den Umständen, unter denen sie jetzt lebte. Dass es ihr gesundheitlich schlecht ging, hatte ihn betroffen gemacht. Aber gesund hatte sie schon damals nicht gelebt, das war ihr selbst klar gewesen. Wahrscheinlich waren zeitweise auch Drogen im Spiel, er hatte immer darüber hinweggesehen, wollte es nicht sehen. Sie hätte sich wahrscheinlich auch nichts sagen, geschweige etwas verbieten lassen. Doch offensichtlich hatte sie es in den Schwangerschaften mit Milo und mit Vivien fertiggebracht, abstinent zu bleiben; jedenfalls hatten die beiden keinen offensichtlichen gesundheitlichen Schaden davongetragen.

Am späten Nachmittag, Lennard war wieder nach Hause zurückgekehrt, rief Holger an: „Hör mal, ein Freund von mir, er wohnt in München, sucht jemanden, da könnte sich deine Vivien vielleicht melden, das heißt, nicht sofort, sondern nächste Woche. Fabian, also Fabian Neumeister, ist derzeit im Ausland, kommt dann erst wieder zurück. Ich ruf' dich wieder an, sobald er mir Bescheid gegeben hat. In Ordnung?"

Lennard freute und bedankte sich und schickte bald darauf ein SMS an Vivien mit der entsprechenden

Mitteilung. München wäre nicht schlecht, dachte er, das liegt nicht so furchtbar weit weg von Freiburg. Aber dann schickte er ein zweites SMS an Vivien, sie solle trotzdem ihre Vorstellungsunterlagen an weitere Büros schicken, Holger sei manchmal gar zu optimistisch. Kurz überlegte er noch, dann fügte er ein ‚Ganz herzliche Grüße' hinzu.

***

Als er am nächsten Morgen erwachte, wurde Lennard bewusst, dass er seine Vergangenheit nicht einfach ruhen lassen und vergessen konnte. Die Geschichte mit Vivien und Linda war eine Sache, die mit Finia eine andere. Es würde nicht leicht sein, sie zu finden. Aber er kannte ihren neuen Nachnamen und forschte im Internet nach ihr. Glücklicherweise war ihr Vorname so selten, so dass er, mit dem Zusatz Journalistin, hoffte, sie zu finden. Offenbar wohnte sie nun in München und er konnte auch ihre Telefonnummer eruieren.

Kinder, Kinder wollte Finia immer haben, beide wollten sie damals Kinder haben. Das Haus, das Auto – alles war dafür vorgesehen, geplant und auch realisiert. Aber die Kinder hatten sich nicht eingestellt, was immer sie auch versuchten. In den ersten Jahren, als sie noch optimistisch waren, hatten sie halbe Wochenenden im Bett verbracht, hatten sich eingearbeitet in den weiblichen Zyklus, hatten alle möglichen Tipps, die sie im Internet fanden, ernst genommen und ausprobiert. Später hatten sie Ärzte konsultiert, zuerst gemeinsam, dann nur noch Finia allein.

Woran es lag, konnte ihnen keiner mit Sicherheit sagen. „Haben Sie schon an Adoption gedacht?", war nicht selten einer der Ratschläge gewesen, den sie aber - und da waren sie sich einig gewesen - nicht in Betracht zogen. Auch auf künstlichem Weg eine Befruchtung zu probieren, wollten sie beide nicht.

Dass sie ihn damals verließ, war für ihn völlig überraschend gekommen. Sicher, die Sache mit den zahllosen vergeblichen Versuchen, ein Kind zu bekommen, hatte ihr mehr zugesetzt als ihm. Aber gemeinsam hatten sie all die Jahre zusammengehalten, waren sich immer einig gewesen, keiner hatte den anderen verantwortlich für die Kinderlosigkeit gemacht.

Lennard fragte sich, warum er die Trennung, die für Finia anscheinend zwingend notwendig geworden war, damals nicht vorausgesehen hatte. Sie könne nicht anders, hatte sie gesagt, sie müsse einen anderen Weg suchen, noch sei es nicht zu spät. Das war ihre Begründung gewesen und er fühlte sich hilflos, musste sie stumm gehen zu lassen. Offenbar war die Liebe zu ihm nicht groß genug, als dass sie auf Kinder verzichtet hätte.

Die Scheidung war rasch über die Bühne gegangen, man hatte sich schnell auf die nötigen Abmachungen einigen können. Er solle nicht versuchen, sie anzurufen, sie werde ihre Telefonnummer ändern und außerdem werde sie bestimmt nicht in Freiburg bleiben. Lennard fürchtete, sie würde Wort halten und falls er versuchen würde, sie zu erreichen, würde sie ihn womöglich abblocken.

Aber seitdem waren zehn Jahre vergangen, in denen er selten mehr als wenige Minuten an Finia gedacht hatte. Erst jetzt empfand er es als Demütigung, dass sie ihn damals verlassen hatte. Und er musste wissen, ob sie doch noch ein Kind bekommen, ein Kind geboren hatte.

Es war mehr Zufall, dass er den Termin auf seinem Mobiltelefon entdeckte: die Einladung von Roman und Lea zum Abendessen. Sie waren zuerst über Jahre die Ärzte ihres Vertrauens gewesen und schließlich, als sie ihm und Finia zu einer Adoption rieten und sie baten, ihre Funktion als Ärzte zurücklegen zu dürfen, Freunde geworden. In größeren Abständen hatte Lennard sie auch nach der Trennung von Finia gesehen, man hatte sich gegenseitig eingeladen, sich in einem Restaurant getroffen oder hatte gemeinsam eine Theaterauf-führung, immer wieder einmal ein Konzert besucht.

***

Als Lennard sich mit einer Flasche Wein unter dem Arm und einem Strauß Blumen in der Hand bei der kleinen Villa im ruhigen Wiehre einstellte, wurde er von Roman in Empfang genommen. „Du hast dich schick gemacht, mein Lieber, das wäre nicht nötig gewesen. Aber komm' doch herein, Lea steht noch in der Küche." Er nahm die Flasche in Empfang und führte ihn in die Küche, wo Lea den Blumenstrauß überreicht bekam. „Ich freue mich immer über Blumen, ich kann gar nicht genug davon im Haus haben." Sie streifte mit einem Seitenblick ihren Mann, der sich nichts anmerken ließ. „Lennard, wie wär's mit einem kleinen Aperitif?"

Als sie beim Essen saßen, das Lennard gebührend lobte, erkundigte sich Lea nach seinem Befinden. Er brauchte nicht lange, bis er auf die Begegnung mit Vivien kam und darauf, wie er, sich eine Zeitlang als Vater fühlend, gefreut hatte. „Und jetzt, wo sich herausgestellt hat, dass sie doch nicht deine Tochter ist, wie geht es dir damit?" Lennard atmete tief durch und sagte: „Ich glaube, ich könnte, wie bei Milo, auch bei ihr sozusagen stellvertretender Vater sein. Gedanken mache ich mir jetzt vor allem um Linda, ihr scheint es nicht gerade gut zu gehen, gesundheitlich meine ich."

Im Verlauf des Gesprächs erzählte Lennard von seiner Zeit mit Linda, denn davon hatte er aus Rücksicht auf Finia selten etwas verlauten lassen. Roman zeigte sich verblüfft: „So viele Jahre hast du mit jemandem verbracht, den du nicht wirklich liebtest? Und das sollen wir glauben, dass es der Kleine, ihr Sohn, war, weswegen du bei ihr geblieben bist?" Roman konnte es nicht fassen. Lea schaltete sich ein: „Es gibt Menschen, die haben andere Werte als du. Das müssen nicht die schlechteren sein." Roman zuckte mit den Schultern und Lea fuhr fort: „Hast du vor, Linda zu besuchen in nächster Zeit?" Lennard besann sich, bis er antwortete: „Vorerst nicht; ich versuche gerade, Vivien eine Stelle in einem Architekturbüro zu vermitteln, vielleicht in Stuttgart, vielleicht in München."

Roman blickte von seinem Teller auf, sah zu Lea hinüber und wandte sich dann an Lennard: „In München lebt Finia, weißt du das?" Lennard nickte: „Ja, seit kurzem. Gerade gestern habe ich es herausgefunden. Allerdings", er zögerte einen Moment, „allerdings habe ich noch nicht den Mut gefunden sie anzurufen." „Hast du etwas mit ihr zu besprechen, zu regeln?"

Wieder ließ Lennards Antwort auf sich warten: „Ich habe einfach das Gefühl, ich muss erfahren, warum sie mich damals so plötzlich verlassen hat. Ich meine, was ihre wahren Gründe dafür waren. Ihre Entscheidung kam einfach völlig überraschend." Wieder blickten sich Lea und Roman an, was Lennard nicht verborgen blieb. „Was ist? Habe ich damals etwas nicht mitgekriegt?"

Roman stand auf: „Ich hole noch eine Flasche Wein und dann setzen wir uns mal rüber, da lässt es sich besser reden." Lennard half Lea beim Abräumen und wurde dann von ihr ins Wohnzimmer geschickt, wo Roman schon die Gläser füllte. „Ich bin mit dem Auto da, hast du nicht Saft oder Wasser für mich?"

Als Lea kam und Lennard mit einem Glas Mineralwasser versorgt war, nahm Roman das Thema wieder auf. „Ich glaube, für uns war Finias Entschluss nicht so überraschend wie für dich. Was sagst du, Lea?" Offensichtlich überrascht von der Äußerung ihres Mannes besann sich Lea, bis sie antwortete: „Ich würde es nicht ganz so formulieren, Roman." Lea schloss die Augen, um sich besser konzentrieren zu können. Langsam begann sie zu sprechen und Lennard beugte sich vor, um nichts von ihren Worten zu verpassen.

„Zuerst war es ja Finia, die zu mir kam. Ich glaube, ihr wart da schon mindestens zwei Jahre zusammen. Mir wurde bald klar, dass ihr eigentlich eine gute Beziehung habt und euch liebt. Also entschloss ich mich, sie zu beruhigen und sagte ihr, sie solle sich und dich nicht stressen. Irgendwann, nicht viel später, bist du, Lennard, zu Roman gekommen und der sagte dir praktisch das Gleiche wie ich zu Finia. Wieder ein halbes Jahr später seid ihr zusammen zu uns beiden gekommen und wir haben alle möglichen Tests durchgeführt, das hat das nächste halbe, dreiviertel

Jahr gedauert. Es zeigte sich, dass keine organischen Probleme vorhanden waren, die eine Zeugung verhindert hätten. Ihr habt das beide akzeptiert, habt euch, zumindest sah das so aus, damit zufriedengegeben, aber weiter die Hoffnung auf Kinder behalten."

An dieser Stelle unterbrach sie Lennard, sichtlich erregt: „Ja, eben, da war doch nichts, wir haben beide beschlossen, uns damit abzufinden, keine Kinder zu bekommen, und wollten es aber auf der anderen Seite nie ausschließen. Wieso hat sich da irgendwann was geändert bei Finia?" Es war offensichtlich, dass er zurückgekehrt war in die Vergangenheit und alles noch einmal nacherlebte. Plötzlich brach es aus ihm heraus: „Dann muss sie einen anderen Mann kennengelernt haben!" Er war aufgestanden und so erregt, wie Lea und Roman ihn noch nie gesehen hatten.

„Nein, das war es nicht, Lennard. Beruhige dich, setz dich!" Roman war neben ihn getreten, fasste ihn um die Schultern und drückte ihn auf seinen Sessel zurück. „Was war es dann? Warum ist sie weg?" Lennard schaute von Roman zu Lea, fragend, fast verzweifelt. „Ihr wisst doch was, sagt schon!"

Lea räusperte sich und versuchte die richtigen Worte zu finden. „Hat dir Finia jemals etwas von einem Johan erzählt?" Lennard versuchte vergeblich sich zu erinnern. „Nein? Johan, er stammte aus den

Niederlanden, Finia hatte ihn als junge Frau in den Ferien kennengelernt, da war sie ungefähr einundzwanzig. Sie lebte damals in Hamburg und sie besuchten sich ab und zu. Allerdings trennte er sich nach einigen Monaten von ihr, warum, das wollte Finia mir nicht erzählen. Danach hatte sie verschiedene Beziehungen, bis sie dich, Lennard, traf. Du hast ihr sofort gefallen, das sagte sie mir und ich merkte an der Art, wie sie davon erzählte, dass es stimmte." Lennard versuchte ruhig zuzuhören, was ihm kaum gelingen wollte. „Ja und, warum ist das wichtig?"

„Hör zu", fuhr Lea fort, „ihr wart im Grunde genommen ein glückliches Paar, wenn auch ohne Kinder." Sie machte eine Pause, während Roman Lennard im Blick behielt. „Jedenfalls, wenige Wochen, bevor dich Finia verließ, kam sie zu mir und erzählte mir die Geschichte mit Johan. Ich fragte sie, warum sie mir davon erzählte. Und jetzt, sie war total aufgeregt, sagte sie: Ich habe ihn gesehen, bin ihm nachgegangen und habe ihn auch getroffen. Ich war mit ihm in seinem Hotel. Mehr wollte sie nicht erzählen, nur noch, dass sie ihn auf einem Plakat gesehen habe und dass er in der Stadt sei für ein Konzert. Sie war total aufgewühlt, aber kam danach nicht mehr zu uns. Und nicht viel später hast du uns berichtet, dass sie sich trennen wolle."

Lea schwieg und beobachtete Lennard, der vollkommen aufgewühlt seine Hände knetete. „Dann ist sie mit ihm weg", sagte er schließlich leise. „Nein, ich glaube nicht, denn etwas sagte Finia noch, bevor sie ging: Er ist und bleibt ein Junggeselle, ein Reisender ohne Heimat."

Lennard blickte auf, schaute sie durchdringend an: „Du meinst, er war nur der Anlass, aber nicht der Grund dafür, dass sie mich verlassen hat?" Leas unbestimmte Geste schien mehr Zustimmung als Verneinung zu bedeuten. „Weißt du, Lennard, ich habe natürlich, als Finia plötzlich weg war, nachgeforscht nach diesem Johan. Er war ja anscheinend Musiker, wohl kein berühmter, aber dennoch: Er musste zu finden sein. Und tatsächlich, in diesen Tagen, von denen Finia gesprochen hatte, war ein Streichquartett in der Stadt, gab ein Konzert. Und dabei war ein Johan de Groot, Cellist, ungefähr in Finias Alter. Die Konzertpläne des Quartetts zeigten, dass es andauernd unterwegs ist, meist, aber nicht nur in Europa."

Sie hielt inne, um Lennard Zeit für eine Erwiderung zu geben. Doch da ergriff Roman das Wort: „Das heißt wohl, Finia war klar, er ist nicht zu haben, das ist die einzige Schlussfolgerung, die möglich ist." Lea sah ihn verärgert an: „Ich glaube nicht, dass Finia hinter ihm her war; sie war aber verändert durch das Zusammentreffen mit ihrer früheren Liebe, das kann man sich doch vorstellen."

Lennards Aufregung legte sich allmählich und er gewann seine Fassung wieder. „Ein bisschen verändert kam sie mir damals schon vor, aber das war nicht ungewöhnlich. Sie konnte wochenlang heiter und lustig sein, dann wieder wirkte sie wie gedämpft, gebremst. Ja, die letzten Wochen war sie locker, ohne irgendeinen Anflug von Melancholie."

Nach einer kurzen Pause des Besinnens fragte er: „Und du hast sie gegoogelt, Roman? Oder woher wisst ihr, wo sie jetzt wohnt?" Lea, war es, die antwortete: „Sie hat uns vor nicht allzu langer Zeit ein SMS geschrieben, sie wohne seit langem in München, es gehe ihr gut. Und sie hat sich nach dir erkundigt, Lennard, aber Grüße sollten wir ausdrücklich nicht ausrichten. Wir haben uns dann näher informiert, sie arbeitet freiberuflich für verschiedene Zeitungen, hat eine eigene Homepage. Dass sie nun zehn Jahre älter ist, sieht man ihr übrigens kaum an."

„Jetzt brauche ich was Stärkeres, Roman." Fragend schaute Lennard ihn und Lea an: „Kann ich heute Nacht bei euch übernachten?" Roman grinste, schenkte ihm einen Whisky ein und meinte: „Trinken gerne, aber bitte nicht betrinken. Du bist zu schwer, als dass wir dich ins Bett tragen könnten."

Lea war aufgestanden und sagte nach ein paar Schritten: „Du wolltest Kontakt zu ihr aufnehmen, Lennard?" Der hatte gerade einen ersten Schluck genommen und erwiderte nachdenklich: „Ich würde die Geschichte gerne von ihr selbst hören. Aber", er nahm noch einen Schluck, „ich trau' mich, ehrlich gesagt, nicht." Jetzt leerte er das Glas und hielt es Roman hin. Lea lächelte fein und meinte: „Soll ich es für dich tun?"

Sie überlegten gemeinsam, was Lea schreiben sollte. Schließlich sandte sie eine Nachricht mit der Bitte, Finia solle ihr schreiben, wann sie wieder einmal in der Nähe sei, in Freiburg, Straßburg oder Basel. Sie sei herzlich bei ihnen eingeladen. „Da können wir nun lange warten", sagte Lennard zweifelnd. Jetzt lachte Lea: „Zehn Jahre war sie dir nicht wichtig, da kommt es auf ein paar Tage auch nicht an, oder?"

Es dauerte nur eine gute halbe Stunde, bis Finias Antwort erfolgte. Sie danke für die Einladung, die sie gerne annehme. Im folgenden Monat könne sie es einrichten aufzutauchen, sie werde sich rechtzeitig davor melden. „Siehst du, geht doch!" Roman klopfte Lennard aufmunternd auf die Schulter, „das ist jetzt noch einen Drink wert!"

***

Zum Frühstück war er noch geblieben, um dann, nicht lange danach, ohne Umwege nach Hause zu fahren.

Lennard hatte das Bedürfnis, zur Ruhe zu kommen, sich selbst wieder zu finden. Denn all das, was er von

Milo, Vivien, von Lea und Roman erfahren hatte, war etwas, das ihn verunsichert, ihn aus dem Lot gebracht hatte.

Die letzten Jahre waren in angenehmem Gleichmaß vorübergezogen, wohingegen sein Berufsleben, aber auch das Zusammenleben mit Finia, ja, später auch das mit Livia, geprägt war von Hektik, von emotionalen Achterbahnen. Und jetzt fand er sich wieder in Gefühlswogen, wie er sie schon lange nicht mehr erlebt hatte.

Nachts lag er wach, während tausend Bilder an ihm vorüberzogen. Manche konnte er für eine kurze Weile festhalten, konnte sich erinnern, sie sogar erweitern zu der Geschichte, von der sie erzählten. Oft aber waren es Bilderfetzen, die ihn bedrückten, verwirrten und von denen er nicht wusste, ob sie eine alte, aber vergessene Wahrheit enthielten. Dass er selten Tagebuch geführt hatte, bereute er jetzt. Damals war es Finia gewesen, die die Aufzeichnungen machte und ihn immer einmal wieder an Ereignisse erinnerte, die sie gemeinsam erlebt hatten.

Verblüffend häufig war es geschehen, dass sich Erlebnisse in der einen oder anderen Form Jahre später, sogar am selben Tag in gleicher oder ähnlicher Form wiederholten: Gesprächsthemen zum Beispiel, Telefonate, Ausflüge oder Besuche, die sie gemacht oder erhalten hatten. Und Lennard fragte sich, was von dem, das er vergessen hatte, sich womöglich ebenfalls wiederholt hatte, ohne dass er es bemerkte.

Auch an Livia musste er jetzt häufiger denken. An Livia, die ihn damals gleichsam eroberte aus Gründen, die er nie verstanden hatte. Sie waren beide nicht mehr die jüngsten gewesen, sie neun Jahre jünger als er, der damals bereits dreiundsechzig war.

Schon die Situation, als er ihr zum ersten Mal bewusst begegnete, war so absurd, dass er nur mit Schrecken daran dachte. Die Trennung, das heißt ihr Abgang war nicht weniger denkwürdig. Auch jetzt, Jahre danach, konnte Lennard nur den Kopf schütteln.

Sie musste ihn damals schon länger im Auge gehabt haben, anders war es nicht möglich, dass sie ihn auf der Herrentoilette seiner Stamm-Bar aufsuchte. Er war betrunken, hatte sich übergeben und war gerade - über das Waschbecken gebeugt - dabei sich das Gesicht zu trocknen, als sie die Toilette betrat und ihn ansprach: „Lennard, ich wollte Sie schon länger kennenlernen. Gut, dass ich Sie jetzt alleine antreffe, das ist gar nicht so leicht."

Sie war an der Toilettentür stehen geblieben und hatte gewartet, bis er fertig war. Es war ihm nichts als Erwiderung eingefallen, er hatte sie nur mit glasigen Augen anschauen können. Und dann setzte sie ihn in ein Taxi, gab seine Adresse an und kam mit ihm in seine Wohnung.

Sie erbot sich, Kaffee zu kochen, und er war unter die Dusche gegangen, wo er wieder einigermaßen nüchtern wurde. Jetzt endlich fühlte er sich halbwegs in der Lage, ihr gewachsen zu sein. Er bedankte sich für den Kaffee und fragte: „Woher kennen wir uns, oder besser: Woher kennen Sie mich, Frau … ?" Sie lächelte und begann zu erzählen: „Livia, Livia Tönning, vierundfünfzig Jahre alt, Mitarbeiterin im Amt für Bauordnung und Hochbau hier in Freiburg. Persönlich sind wir uns im Amt begegnet, allerdings werden Sie sich nicht an die Dame hinter dem Schreibtisch erinnern. Es war ja auch nur ein oder zwei Mal, dass Sie persönlich kamen. Aber Sie fielen mir sofort auf."

In der Pause, die nun eintrat, versuchte sich Lennard vergeblich zu erinnern. Aber da fuhr sie schon fort: „Ihre Pläne wanderten über meinen Schreibtisch und ich fand sie originell, besonders, bemerkenswert – ich kann das durchaus beurteilen. Und weil Sie mir auch persönlich gefielen, kannte ich bald auch Ihre Stammkneipe. Allerdings hatte ich nicht erwartet, dass ich schon heute Abend die Gelegenheit bekommen würde, Sie privat kennenzulernen."

Lennard war viel zu verblüfft über Livias Benehmen und immer noch zu benommen, als dass er ihr hätte Paroli bieten können. So konnte er nur wenig charmant erwidern, er bedanke sich für ihre Unterstützung und werde sich bei Gelegenheit erkenntlich erweisen. Sie ließ ihm ihre Telefonnummer zurück und bat um einen baldigen Rückruf. „Darüber würde ich mich sehr freuen, Lennard."

Am nächsten Tag hatte er Mühe, sich die Ereignisse des Vortages präzise in Erinnerung zu rufen. Und wieder war er verblüfft über die Chuzpe, mit der die Dame vorgegangen war. Er schaute in seinen Unterlagen nach, um den Wahrheitsgehalt ihrer Behauptung zu überprüfen. Lange musste er nicht suchen, bis er ihre Unterschrift auf einem der Papiere fand. Und jetzt erinnerte er sich, wie er ihr in ihrem Büro begegnet und einen überlangen Moment irritiert gewesen war, weil sie nicht das übliche amtlich-neutrale Verhalten an den Tag legte. Es war ihr Blick gewesen, der ihn einen kurzen Moment aus der Fassung gebracht hatte. Diese Situation musste es gewesen sein, die sie zum Anlass genommen hatte, um ihn zu stalken, ja, das war es wohl.

Ein paar Tage hatte er sich verboten, an Livia zu denken. Aber sein Ehrgefühl gebot ihm, sich bei ihr zu melden. Und sie brachte es fertig, ein Treffen mit ihm auszumachen, bei dem sie so vollkommen anders auftrat als zuvor. Nachdem sie sich für ihr voriges Auftreten entschuldigt und von ihrer vorigen Ehe und ihren Kindern erzählt hatte, war Lennard bereit, Privates auch von sich zu erzählen. Und allmählich fand er zu seiner Form zurück, war charmant und verbindlich, so dass sie bald in ein intensives Gespräch verwickelt waren. Beim Verabschieden fragte sie, ob sie sich bei ihm melden dürfe, was er nicht ablehnen konnte.

***

Als Milo anrief, war Lennard gerade dabei, sein Abendessen zuzubereiten. Nicht häufig, aber hin und wieder stellte er sich an den Herd, um nur für sich selbst ein vollständiges Menü samt Vor- und Nachspeise zuzubereiten. Er nahm den Anruf deshalb nicht entgegen, sondern ließ Milo auf die Sprachbox sprechen, der um einen Rückruf bat. Erst später, als er, zufrieden mit sich selbst und mit einem Glas Wein ausgestattet in seinem Sessel saß, griff er zum Telefon. „Was gibt's, Milo? Hast du in der Zwischenzeit mal deine Mutter gesehen?" Das kurze Schweigen von Milo ließ Lennard schlechte Nachrichten erwarten. „Nun sag' schon, geht es ihr nicht gut?"

Linda sei ins Krankenhaus gebracht worden, weil sich eine schwere Lungenentzündung entwickelt habe. Nun sei sie unter ständiger Beobachtung und müsse endlich auch das Rauchen lassen, was sie bisher nicht geschafft habe. „Und ihr, könnt ihr sie besuchen, du und Vivien?" „Nicht so oft, wie wir's gerne täten. Ich habe gerade mächtig viel am Hals und Vivien – was soll ich sagen, sie hat solch einen Zorn auf ihre Mutter, dass sie lieber nicht zu ihr geht. Der Besuch bei dir – sie hätte dich am liebsten als Vater adoptiert, und nun bist du es doch nicht." „Dann sag' ihr doch bitte, dass sie mich, wie du, als Vaterersatz betrachten kann, wenn sie will." Milo lachte, was Lennard nicht zu deuten wusste. „Lennard, das habe ich ihr auch gesagt. Aber ich glaube, da braucht es noch ein paar Begegnungen, bis sie das von dir annehmen kann. Hast du übrigens etwas erfahren, was deine Kontakte betrifft?"

Lennard berichtete von seinen Gesprächen mit Holger. „Vivien müsste kurzfristig bereit und parat sein, nach Stuttgart zu kommen, falls sie einen Gesprächstermin bekommen sollte, sag' ihr das bitte. Und, was mich betrifft: Sie kann mich immer, jederzeit anrufen – falls sie das überhaupt möchte", fügte er nach kurzem Zögern hinzu. „Mach' ich", erwiderte Milo und mit einem ‚Ciao' verabschiedete er sich kurzerhand, ehe Lennard noch etwas hinzufügen konnte.

An diesem Abend vermied es Lennard, mehr als ein Glas Wein zu trinken, und entschloss sich, nur Musik zu hören. Noch einmal hatte er Vivien vor Augen, die so sehr ihrer Mutter glich und doch ganz anders war. Selbstdisziplin hat Linda immer gefehlt, dachte er, sie war allein von ihren Gefühlen und Stimmungen getragen. Selten hatten sie beide wirkliche Gespräche geführt mit Ausnahme von solchen über Milo und sein Ergehen. Die allerdings endeten oft genug im Dissens oder im lauten Streit. Linda erwies sich immer wieder als unfähig, ihre Rolle als Mutter verlässlich und verbindlich auszuführen. Milo hatte das selbst mit zwölf, dreizehn Jahren erkannt und seine Mutter nicht mehr ernst genommen, wenn sie ihm, was sowieso allzu selten geschah, irgendwelche Vorschriften machen wollte. Auch in dieser Zeit, so erinnerte sich Lennard, war es ihm gelungen, den Draht zu Milo intakt zu halten und damals war er nicht wenig stolz darauf gewesen. Milo hatte ihm manches erzählt, was er seiner Mutter verschwieg, die ersten Erfahrungen mit Alkohol, Mädchen, Drogen. Doch jetzt war er gelassen und vermochte mit Verständnis auf seine Mutter einzugehen, vorausgesetzt, er konnte für einige Tage oder Wochen Abstand von ihr nehmen. Und Lennard war sicher, Milo würde Vivien weiterhin beistehen, würde ihren Ärger auf Linda verstehen und sie nach und nach wieder beruhigen können.

***

Als Lennard am folgenden Morgen erwachte, war er froh, am Vorabend nur wenig getrunken zu haben, denn seine üblichen Kopfschmerzen schienen ihn ausnahmsweise im Stich gelassen zu haben. Kaffee trinkend sann er darüber nach, wie es vor dem Eintreffen von Milo und Vivien gewesen war, vor diesem Ereignis einer Fast-Vaterschaft. Fast beneidete er Milo darum, dass er sich jahrelang hatte um Vivien kümmern können; aber vielleicht sollte er sich freuen, weil seine Ersatzvaterschaft Milo vielleicht ein nachahmenswertes Vorbild gewesen war.

157

Lennard versuchte, sich Linda, Milo und Vivien im Zusammensein vorzustellen, aber es gelang ihm nicht. Und dann hatte er Lindas Bild vor Augen, die junge Linda, wie sie lachte, sich und die anderen nicht richtig ernst nahm, bis sich verlässlich Katzenjammer einstellte, bei dem sie entweder alle Welt beschimpfte oder bei ihm, Lennard, Trost suchte. Sie ist wohl ungeheuer stolz auf ihre Kinder, dachte er, auf Vivien wahrscheinlich besonders. Und doch hatte sie Vivien nicht gesagt, wer ihr Vater war.

Ein Anruf schreckte Lennard auf, die Arztpraxis meldete sich. „Herr Weiser? Ja? Wir machen am besten einen baldigen Termin aus, Ihre neuesten Werte möchten wir noch einmal überprüfen, es könnte nämlich sein, dass da eine Verwechselung mit den Blutproben passierte. Tut uns aufrichtig leid, Herr Weiser. Ginge es bei Ihnen noch diese Woche, Freitag um 10.30 Uhr?" Lennard war nahe an einem Wutanfall, aber er beherrschte sich und brummte seine Zustimmung. „Dann um halb elf am kommenden Freitag, Herr Weiser."

In seiner Werkstatt hätte Lennard am liebsten alle Skulpturen kurz und klein geschlagen, um seinen Zorn abzureagieren. Doch das wäre angesichts des Materials nicht gerade einfach gewesen. Zudem überfiel ihn plötzlich eine ungeheure Müdigkeit, so dass er sich kraftlos hinsetzte und sich vollkommen leer fühlte. Nicht dass er Angst hatte vor der Krankheit, aber davor, dass er in der Zukunft etwas versäumen würde und dass er vielleicht nicht mehr die Möglichkeit haben würde, alte Irrtümer, alte Fehler erkennen und vielleicht wiedergutmachen zu können.

Ja, dachte er, ich bin alt und sentimental geworden. Was geschehen ist, ist vorbei, ist abgehakt, ist gegessen! Keiner geht ohne Fehler durchs Leben, keiner bleibt schuldlos, keiner behält eine reine Weste.

***

Warum er in diesem Augenblick der Schwäche ausgerechnet an Livia denken musste, konnte er sich selbst nicht erklären. Livia, bei der er von Anfang an das Gefühl gehabt hatte, etwas stimme nicht, sei nicht richtig; und in die er sich trotzdem verliebt hatte, trotz der zunächst unerfreulichen ersten Begegnung und Livias Forschheit, die ihm anfänglich äußerst unangenehm gewesen war.

Gedankenverloren saß Lennard da und erinnerte sich, wie sie ihn damals wiederholt anrief, wie es ihr gelang, ihn zu gemeinsamen Unternehmungen zu überreden und sie sich schließlich seine Sympathie geradezu erkämpfte. Er hatte sich seltsam hilflos ihr gegenüber gefühlt und zugleich tat es ihm gut, gleichsam umworben zu werden, obwohl er sich lange Zeit unnahbar gab. Aber sie strahlte eine solche Lebensfreude aus, dass er sich davon anstecken ließ. Irgendwann zog sie bei ihm ein und blieb, zwei Jahre lang.

Wie um seine Gedanken zu vertreiben, strich sich Lennard über die Stirn, stand auf und ging zur Küche hinauf, wo er Pfanne, Eier, Mehl, Milch und zwei Tomaten nahm und sich ein Omelette zubereitete, das er viel zu schnell aufaß und grimmig darauf wartete, dass sein Magen sich bald darauf beleidigt melden würde.

Verärgert über sich selbst ging er in den Garten, um dort den Rasen zu mähen, nichts anderes gab es gerade zu tun. Gründlich und umständlich säuberte er danach den Mäher und stellte ihn in den Geräteschuppen zurück, den er vor Jahren selbst gebaut hatte. Die Sträucher im Garten, der Apfelbaum und die Kirsche, die er bald nach dem Einzug gepflanzt hatte, waren nun schon um einiges größer geworden als er selbst, sie wuchsen und gediehen mit einer Kraft, um die er sie beneidete.

Nur das Haus selbst war unverändert so geblieben, wie es vor Jahren gebaut war, mit großen Fenstern im Untergeschoß, hinter der sich die Werkstatt befand, mit dem Balkon darüber und den rot gerahmten Fenstern, die dem Haus einen fröhlichen Ausdruck verliehen. Noch jeder und jede, die ein paar Stunden hier verbrachten, fühlte sich wohl und heimelig in ihm wie in einer Hülle, die einen sanft und unaufdringlich umgibt.

Langsam ging Lennard wieder in seine Werkstatt zurück. Er setzte sich und mit raschen Strichen skizzierte er Viviens Portrait, in das sich Züge von Linda mischten, so dass ihm beide zugleich in der Zeichnung erschienen.

**

Auf dem Weg zur Arztpraxis erinnerte er sich an die Fahrt mit Livia, als sie, konfrontiert mit der ersten, wenig erbaulichen Nachricht, völlig aufgelöst im Wagen saß und nur heulte. Er war hilflos, konnte sie weder trösten noch beruhigen und fuhr irgendwann los, durch die Stadt, hinauf zum Schauinsland, wo er auf dem Parkplatz stehen blieb und hinunterschaute auf die Stadt, die einen Teil seiner Vergangenheit erlebt hatte und vielleicht noch ein Stück seiner ungewissen Zukunft. Obschon auch er sich niedergeschmettert fühlte, fragte er sich dennoch, ob ihre Reaktion Liebe zu ihm bedeutete oder einfach von ihrer Impulsivität zeugte.

Schließlich hatte er sie in den Arm genommen, sie weinen lassen, bis sie sich wieder gefasst hatte. „Weißt du, so ein Test und so ein Wert haben noch nicht allzu viel zu sagen. Du hast doch gehört, da sind jetzt noch weitere Tests fällig und dann kann man erst allmählich und mit größerer Sicherheit feststellen, ob wirklich etwas ist."

Sie waren ausgestiegen und hatten diesen langen Spaziergang gemacht, die meiste Zeit schweigend, was selten bei ihr war. Das hatte ihn gerührt und er versuchte, sie aufzumuntern, machte Scherze, bis sie nicht anders konnte, als zu lachen. Im Café hatten sie sich übermäßig viel Torte servieren lassen, die sie nur zu einem kleinen Teil hatten essen können. Aber so waren sie wieder einigermaßen ins Gleichgewicht gekommen und auf der Rückfahrt hatte Livia sich wieder gefasst.

Als Lennard die Praxis verließ, war ihm klar, dass die nächsten Wochen entscheidend sein würden. Diese Zeit würde er nutzen müssen für das, was noch zu erledigen war. Was danach sein würde, wusste auch der Arzt nicht zu sagen.

Lennard fühlte große Ruhe in sich. Und auf eine neue Art fühlte er sich lebendig und bereit, sich von seiner Intuition, seinen Empfindungen leiten zu lassen. Und er fragte sich, wie er anders gehandelt hätte, früher, wenn er auch damals und all die Jahrzehnte lang offener gewesen wäre für die Gegenwart, empfindungsgenauer für das Gegenüber, geistesgegenwärtiger für die Chancen und Möglichkeiten des Augenblicks.

Nachdenklich saß er im Wagen, schloss die Augen und spürte seinen Herzschlag so stark und so laut wie selten zuvor. Kommt jetzt erst die Angst, die er womöglich schon nach der ersten Diagnose hatte, ohne sie zu bemerken? Oder ist es eine Aufgeregtheit wie vor einem Abenteuer, das man noch nicht recht einzuschätzen vermag? Vielleicht ist es auch beides zugleich, dachte er, und fing an zu lachen. Er lachte über sich selbst, seine Unfähigkeiten, seine Ängste, seine Hoffnungen, seine Fehler, über alles, was in seinem Leben geschehen war, ohne dass er es wirklich gewollt und beabsichtigt hatte. So vieles hatte sich einfach ergeben, wie zwangsläufig, eines aus dem anderen entstehend. Und selten hatte er Zeit gefunden oder die Gelegenheit gesucht, sich klar darüber zu werden, ob das, was geschah, wirklich zu ihm gehörte, seine Wahl war, seiner eigenen Entscheidung entsprungen.

Als er an diesem Tag zu Hause ankam, schaltete er das Telefon aus und legte sich hin. Um ihn herum herrschte die Ruhe des Nachmittags, die er oft nicht hatte aushalten können und die ihn zur Arbeit getrieben hatte. Jetzt lauschte er in die Stille des Hauses und sie mutete ihn an wie die Aufforderung, loszulassen und offen zu sein für das, was die Zukunft von ihm erwartete.

***

Erst nach Stunden erwachte Lennard und er brauchte lange, um sich in seinem Körper wieder heimisch zu fühlen. Ihm war, als müsse er sich in einen Anzug zwängen, der ihm nicht passte, nicht der seine war und den er nun gegen seinen Willen würde tragen müssen. Er ächzte, als er sich auf die Bettkante setzte und spürte, als er aufstand, sein Gewicht, das ihm nun fremd und unnütz vorkam. Was zu viel daran war, hing an ihm wie all die Erinnerungen, die er mitschleppte, ohne dass sie bearbeitet, bewältigt und in sein Leben eingearbeitet waren.

Lennard reckte und dehnte sich, um wieder in Gang zu kommen, und ging langsam zur Küche. Während er Kaffee kochte, merkte er, dass er hungrig war, und überlegte, was zu essen bekömmlich wäre. Aber nichts von dem, was er im Kühlschrank und der Vorratskammer fand, schien ihm zu seinem Appetit zu passen.

Es war später Nachmittag geworden, die Wärme des Frühsommers war auch im Inneren des Hauses spürbar und Lennard fühlte sich plötzlich wie aus der Zeit gerückt, sah sich selbst unbewegt verharren, als müsse er warten und erfühlen, was er tun solle. Ohne es recht zu bedenken, nahm er seine Jacke, verließ das Haus und machte sich zu Fuß zum benachbarten Ort auf.

Langsam wanderte er den staubigen Weg entlang, der einem kleinen Bach folgte. Selten war er hier unterwegs, meist hatte er es zu eilig gehabt und war mit dem Auto gefahren, um möglichst rasch voran zu kommen. Im Nachbarort angelangt, sah er sich am Eingang des Gebäudes die Speisekarte des einzigen Gasthofes an und nahm im Gastgarten auf der Rückseite des Hauses Platz.

Als ihn die Wirtin begrüßte und nach seinen Wünschen fragte, wurde ihm nicht zum ersten Mal wieder bewusst, wie wenig er den Dialekt der kleinen Orte in der Umgebung beherrschte, obwohl es schon Jahrzehnte waren, die er hier lebte. Sein Hochdeutsch war zwar ein wenig weicher geworden, aber noch immer war er eindeutig als Berliner zu erkennen.

Lennard bestellte sich ein Fischgericht und einen Roten dazu, wobei er die von der Wirtin vorgeschlagene Suppenvorspeise dankend, und so freundlich er konnte, ablehnte. „Wissen Sie, ich muss einfach auf mein Gewicht achten, es ist sowieso schon zu viel." Sie lachte nur und winkte ab: „Was meinet Sie, wenn Sie meinen Mann sehet, der isch stolz auf sein G'wicht. Mir ischt's egal, Hauptsach', er fühlt sich wohl."

Die Mahlzeit hatte ihm gutgetan, auch wenn er sich vorwarf, wieder einmal zu viel gegessen zu haben, denn einer Nachspeise, Schwarzwälder Kirschtorte, hatte er nicht widerstehen können. „Machet' Sie mir die Freud'", hatte die Wirtin gesagt, „Sie brauchet noch was Süßes, das seh' ich Ihna an." Er hatte gelächelt, fühlte sich durch ihre mütterliche Art, irgendwie getröstet, obwohl sie um Jahre jünger war als er selbst. „Und kommet Sie bald amol wieder!"

Langsam spazierte Lennard den Weg zurück. Er beobachtete das Sprudeln des Baches, der ihm nun entgegenfloss, und seine Lebhaftigkeit empfand er als

Sinnbild des Lebens selbst. Wie rasch zog es vorüber, wie schnell waren Menschen und Geschehnisse vergessen und damit verloren. Manches, von dem er wusste, dass es geschehen war, hatte er vergeblich in seinem Gedächtnis aufzufinden versucht. Zu gerne hätte er sich an die konkreten Umstände solcher Geschehnisse erinnert.

***

Lennard war unendlich froh, als er am nächsten Morgen unbeschwert und schmerzlos aufwachte, und er fragte sich, woher die Melancholie des Vortages gekommen war. Beim Frühstück überlegte er, ob er zuerst Holger oder Vivien anrufen sollte. Er trank seine Tasse leer, nahm noch einen Bissen und rief Holger an. Nach ein paar Sätzen Smalltalk fragte er: „Wie steht es denn eigentlich mit der Stelle, von der du gesprochen hast? Ist da was zu machen?" „Nun, Fabian ist länger aufgehalten worden, er ist noch einige Zeit im Ausland. Aber wenn du willst, nehme ich deinen Schützling mal in Augenschein, dann geht es wenigstens einen Schritt voran. Sie müsste nach Stuttgart kommen, das ginge doch, oder?" Lennard versicherte ihm, dass Vivien kommen könne, und machte zwei mögliche Vorstellungstermine mit Holger aus. „Ruf mich nochmal an, wann es denn sein soll. Ich bin gespannt auf die junge Dame!"

Nachdem er das Gespräch beendet hatte und gerade im Begriff war, Vivien anzurufen, spürte Lennard plötzlich das Herzklopfen wieder. Er fragte sich, wie er Vivien von dem Termin berichten sollte, ohne dass sie sich bevormundet vorkommen musste. Fast hätte er Milo angerufen, um ihn zu bitten, mit Vivien zu sprechen. Doch der hätte ihn womöglich ausgelacht und gefragt, warum er es nicht selbst tun wolle. Lennard atmete tief durch und drückte die Wähltasten. Als er überraschend schnell Viviens Stimme hörte, brauchte er einen Moment, um sich zu fassen. „Hier ist Lennard. Ich habe eine gute Nachricht."

Das Herzklopfen beruhigte sich während des Gesprächs wieder, wie Lennard erleichtert feststellte. Vivien bedankte sich sofort für die Terminvereinbarung und wählte, nach einem Blick auf ihren Terminkalender, den zweiten, etwas späteren Zeitpunkt. Sie werde mit dem Zug kommen, sagte sie und fragte, nach kurzem Zögern, ob er, Lennard, sie zu seinem Freund begleiten könne. „Wenn du mich danach fragst, gerne; ich wäre sonst gar nicht auf diese Idee gekommen." „Dann können wir uns doch auch wieder einmal sehen", erwiderte sie leise, als sei ihr Wunsch eine Zumutung.

Lennard war glücklich, das machte er sich, nachdem sie das Gespräch beendet hatten, ausdrücklich bewusst. Egal, ob ich ihr Vater bin oder nicht, sie hat mich akzeptiert und mag mich, dachte er. Es war, als ob er sich ein wenig verliebt hätte, so fühlte es sich an. Und weil es ihm gut ging, belohnte er sich selbst mit einem Glas, das er zwei Finger hoch füllte und langsam austrank.

***

Einige Tage vor der Begegnung mit Vivien rief Milo ihn an: „Ich glaube, es wäre sinnvoll, wenn du kämst. Linda geht es überhaupt nicht gut. Es heißt, sie hat ein Lungenemphysem, das führt früher oder später zum Tod, sagen die Ärzte." Lennard fragte ohne Zögern: „Aber hat sie mich überhaupt zu sich gebeten? Ich kann mir das gar nicht vorstellen!" „Lennard, das kannst du dir doch denken, dass sie das nicht direkt gesagt hat; ich habe es von mir aus angesprochen und bin mir ziemlich sicher, dass es richtig ist, wenn du kommst."

Milo gab sich alle Mühe, Lennard zur Reise nach Berlin und zum Besuch von Linda zu bewegen. Am Ende des Gesprächs bat sich Lennard Bedenkzeit aus, die Milo auf den Abend desselben Tages begrenzte. Ihm war klar, dass Lennard nicht sofort zusagen konnte, so gut kannte er ihn. Als Lennard Stunden später zustimmte, hatte er schon eine passende Zugverbindung für ihn herausgesucht.

***

Obschon er während der Zugfahrt, die er am nächsten Tag hinter sich brachte, genug Zeit gehabt hatte nachzudenken und sich auf den Besuch bei Linda innerlich einzustimmen, trat Lennard unvorbereitet in das Krankenhauszimmer. Blass lag sie in den Kissen und schien zu schlafen. Lennard zögerte, wollte den Raum fast schon wieder verlassen, als sie die Augen öffnete und ihn erkannte. Sie sprach kein Wort, sondern schaute ihn nur an mit einem Blick, den er nicht zu deuten wusste. Langsam ging er weiter, um das Fußende des Bettes herum und blieb mit dem Rücken zum Fenster stehen. Noch immer schaute Linda ihn wortlos an und Lennard, der nicht wusste, was er sagen sollte, ergriff vorsichtig ihre Hand. Sie entzog sie ihm nicht, sondern sagte leise: „Setz dich doch!"

Es war offensichtlich, dass sie, es war früher Abend, müde war. Lennard fühlte sich nicht abgewiesen und so erzählte er ein wenig von seinem Leben in Freiburg. Er beschrieb sein Haus, den Garten, erzählte von der Stadt und dem Schauinsland. Erst nach einer Weile bemerkte er, dass Linda eingeschlafen war. Sie atmete schwer und Lennard hatte Zeit, ihr Gesicht zu betrachten, das nur noch wenig von dem erkennen ließ, wie es vierzig Jahre zuvor ausgesehen hatte. Aber er fand in den Linien der Augenbrauen, in der Form der Nase und des Mundes das, was sie Vivien mitgegeben hatte. Oft genug hatte er früher Linda schlafend neben sich betrachtet, ihr Profil studiert; und er hätte es jederzeit zeichnen können. Jetzt sah er nur noch die Spuren früherer Schönheit.

Leise verließ er das Zimmer und trat auf den Flur, wo Milo auf ihn wartete. „Ich habe noch einmal mit ihrem Arzt gesprochen, ganz so schlecht schaut es offenbar doch nicht aus. Allerdings wollte er nichts versprechen, es sei einfach zu früh für irgendwelche Prognosen.

Während der Autofahrt erzählte Milo von seinen beruflichen Aufgaben und Plänen. Und Lennard freute sich für ihn und seine beruflichen Erfolge. „Linda hältst du auf dem Laufenden, was deine beruflichen Dinge betrifft?" Milo grinste: „Manchmal interessiert es sie, manchmal nicht. Ich sag' ihr halt, wenn ich eine Zeit lang im Ausland bin und sie für eine Weile nicht besuchen kann. Anrufe machen bei ihr keinen Sinn."

In Milos Wohnung empfing sie Vivien, was Lennard insgeheim gehofft hatte. Er fand sie schüchtern, als sie ihm entgegentrat, ohne Umarmung, ihm nur ihre Hand gebend. Sie wird schon auftauen, dachte er, und war von einem auf den anderen Moment wie aufgekratzt. Vivien hatte ein Abendessen vorbereitet, worauf Lennard vom Besuch im Gasthaus im Nachbarort berichtete. „Ich weiß nicht, wann ich jemals wieder ein paar Kilo abnehmen werde", erzählte er vergnügt, „denn jetzt schmeckt es wieder so gut, dass Fasten keine gute Wahl wäre." „Dafür machst du auch was her, mit deinen eins neunzig und wie viel Kilo?" Milo hob sein Glas: „Auf uns und auf Linda!"

***

Als Lennard am nächsten Vormittag mit einem Strauß Blumen das Krankenzimmer betrat, fand er Linda lesend vor. „Wie geht's?", fragte er mit einem heiteren Gesicht, das seine Befangenheit verbergen sollte. „Das weißt und siehst du doch!" Lennard erschrak über ihre raue Stimme und die Heftigkeit, mir der sie antwortete. Er wusste nicht, was er mit dem Strauß anfangen sollte und schaute sich hilflos um. „Leg sie ins Waschbecken, dann verdursten sie wenigstens nicht."

Lennard versuchte aus der Defensive herauszukommen: „Ich hab' mir wirklich Sorgen um dich gemacht, als ich hörte, du bist im Krankenhaus. Und jetzt bin ich froh, dass es dir wenigstens einigermaßen gut geht. Immerhin hast du mich nicht wieder rausgeschmissen." Er grinste bei seinen Worten, um ihnen ein wenig ihres Gewichts zu nehmen, während Linda ihn skeptisch musterte. „Dass es dir gut geht, sehe ich auf den ersten Blick. Auseinandergegangen wie eine Dampfnudel bist du. Ich hab' dich schlank in Erinnerung!" Lennard hob entschuldigend die Hände: „Wir sind alle nicht hübscher geworden."

„Schätze, du vergleichst mich jetzt mit Vivien, die schaut natürlich makellos aus." Linda blickte ihn herausfordernd an: „Hab' ich nicht recht?" Lennard nickte nur, um sich um eine Antwort zu drücken, so dass Linda fortfuhr: „Früher, da hast du mich kaum je angeschaut, egal ob ich gerade gut aussah oder nicht. Das war dir völlig egal, ich war dir völlig egal." Linda musste abbrechen, denn ein Hustenanfall erstickte ihre Stimme. Danach lag sie erschöpft in den Kissen und Lennard suchte nach einer Erwiderung. „Du warst früher auch so schön wie Vivien jetzt, das habe ich durchaus gesehen. Vielleicht hab' ich dir das nicht oder nur selten gesagt, aber ..", er zögerte, „aber wir waren doch auch kein Liebespaar."

Linda machte Anstalten, sich aufzusetzen, und Lennard versuchte ihr behilflich zu sein. Er richtete ihr Kopfkissen so, dass sie sich sitzend daran lehnen konnte. Sie schöpfte Atem und dachte offensichtlich nach. „Wenn du schon da bist, können wir Klarschiff machen, hörst du?" „Was meinst du?", fragte Lennard, der sich auf alles gefasst machte. „Du weißt nicht, was das heißen soll?" Lindas Augen blitzten ihn an. „Wir waren kein Liebespaar, aber wir lebten verdammt lange zusammen und manchmal, nein, immer wieder liebten wir uns auch." „Im Bett, meinst du?" „Ja, im Bett, sonst hättest du es ja nicht bemerkt." Linda schloss die Augen und Lennard wartete ab, bis sie leise weitersprach. „Ich hab' dich geliebt, Lennard, aber du hast es nicht bemerkt, wolltest es nicht bemerken, hast den kleinen Milo immer zwischen uns geschoben, so dass ich nicht an dich ran konnte. Oder du hast deine Arbeit vorgeschoben, deine Termine und Projekte. Und mich hast du überhaupt nicht gesehen, nicht gesehen hast du mich!" Die letzten Worte flüsterte sie in die Decke hinein, mit der sie ihre Tränen wegwischte.

Betroffen suchte Lennard nach Worten: „Linda, ich versteh dich wirklich nicht. Du hast immer irgendwelche Lover gehabt und warst froh, dass ich mich um Milo kümmerte. Das ging doch über Jahre, die ganze Zeit so. Und überdies hast du getrunken, warst oft einfach nicht präsent. Gut, du hast immer wieder einen Job gehabt, hast auch was verdient. Aber da war keine Konstanz, keine Verlässlichkeit, wie es ein Kind braucht. Das hab' ich damals schon gewusst, obwohl ich keine Kinder hatte."

Linda hörte mit Tränen in den Augen zu und schüttelte den Kopf. „Du hast mich wie die letzte Mutter behandelt, die unfähig ist, sich um ihr Kind zu kümmern, davon bist du ja immer noch überzeugt. Aber was glaubst du, ist in mir vorgegangen?"

Jetzt blickte sie Lennard verzweifelt an, der die Arme vor der Brust verschränkte. „Du hast es damals nicht kapiert und kapierst es immer noch nicht. Dieser Typ, der so verdammt gut aussah, verliebt sich in 'nen Zweijährigen, nur weil der Bauklötze staunt, wie er angesprochen wird. Dieser Typ spielt Mutter und Vater in einem und drängt mich zur Seite, hält mich für unfähig und merkt jahrelang nicht, dass da eine Frau ist, die ihn bewundert, für die er der perfekte Mann wäre, wenn er sie nur einmal, nur einmal richtig gesehen hätte."

Lennard hielt es nicht mehr auf seinem Stuhl: „Jetzt erzähl' mir nicht, ich hätte dich nicht respektiert, hätte dir nicht zugehört. Ich habe dein absurdes Verhalten toleriert, habe dich nie bei Milo schlechtgemacht, habe stundenlange Diskussionen mit dir geführt, die zu nichts führten. Und irgendwann war ich es leid, hörst du, ich war es leid, weil es immer dieselbe Platte war, die du abgespielt hast!"

Er war lauter geworden, als er beabsichtigte, und entschuldigte sich für den Ton: „Tut mir leid, Linda, aber so war es doch." Lennard setzte sich wieder und hätte gern ihre Hand genommen, aber das wäre ein falscher Versöhnungsversuch gewesen.

Linda vergrub noch immer ihr Gesicht in der Decke und Lennard begann zu fürchten, dass sie bald wieder einen Hustenanfall bekommen würde. Er stand auf und füllte ein Wasserglas, falls sie etwas zu trinken brauchte.

Es dauerte mehrere Minuten, bis Linda sich wieder gefasst hatte. „Eines sag' ich dir, Lennard: Lass meine Vivien in Frieden, fass' sie nicht an! Du bist nicht ihr Vater, da kannst du sicher sein. Und deshalb: Spiel dich nicht wie ihr Vater auf, wie du es bei Milo gemacht hast! Und jetzt – geh einfach, ich will dich nie wieder sehen, hörst du!"

Ein verzweifelter Hass sprach aus ihren Augen, der Lennard erschreckte. Langsam erhob er sich und suchte nach einem Zeichen in ihrem Gesicht, das eine Erwiderung zugelassen hätte. Aber Linda schloss erschöpft die Augen und Lennard verließ leise den Raum.

Im Flur trat er ans Fenster und blickte hinaus auf den Vorplatz des Krankenhauses. Er fühlte in sich eine Leere, die ihn ratlos machte, und hatte Mühe, das eben Geschehene zu begreifen. Und doch musste er zur Kenntnis nehmen, dass Linda sich verletzt fühlte und dass Zorn und Enttäuschung sie all die Jahre nicht verlassen hatten. In Lennard kämpften widersprüchliche Empfindungen. Denn einerseits war er getroffen von Lindas Verbitterung, die er fast körperlich fühlte, andererseits wehrte sich etwas in ihm, das positive Bild, das er von sich selbst hatte, beschädigt zu sehen.

Er flüchtete geradezu aus dem Krankenhaus und suchte sich ein ruhiges Café, wo er eine ganze Weile vor seiner Tasse saß und sich noch einmal das Bild der jungen und das Bild der gegenwärtigen Linda vor Augen zu stellen suchte. Hatte er sie damals wirklich nicht ‚gesehen‘, wie sie es ausgedrückt hatte? Hatte er ihr keine Wertschätzung als junge und durchaus attraktive Frau entgegengebracht? Hatte er wirklich Milo vorgeschoben, um nicht allzu sehr in ihr Leben, in ihr Schicksal verstrickt zu werden?

Vergeblich versuchte Lennard sich Szenen in Erinnerung zu rufen, die vielleicht dem entsprachen, was Linda beschrieben hatte. Er bemerkte, dass er wohl vieles ausgeblendet, vieles vergessen hatte, was seinem Selbstbild als fürsorgliche väterliche Figur für Milo nicht entsprach, als unerschütterliches Gegenüber von Linda, der ihr immer eine Stütze war, wenn sie aus dem seelischen Gleichgewicht geraten war. Hatte er nicht immer Loyalität walten lassen, hatte er nicht immer zu ihr gehalten, hatte sie nicht fallen gelassen und alle ihre Verrücktheiten ignoriert?

Lennard bestellte sich ein süßes Gebäck und fühlte sich bald ein wenig gestärkt. Nach einem Espresso bezahlte er und machte sich auf den Rückweg, um Milo und Vivien zu berichten. Während der Fahrt versuchte er ein Resümee des Besuches zu ziehen und eine Geschichte zu formulieren, die Lindas Sichtweise nicht ignorierte, aber auch ihm selbst gerecht werden sollte.

Ohne erkennbare Reaktionen hörten sich Vivien und Milo seinen Bericht an, Milo interessiert, Vivien aber mit deutlicher Reserve und dem offensichtlichen Versuch, sich emotional nicht berühren zu lassen. Als Lennard geendet hatte, meinte Milo nachdenklich:

„Ein paar Mal hat Linda schon so etwas merken lassen wie Enttäuschung, manchmal auch Verbitterung darüber, dass du sie wie ein kleines verrücktes Mädchen behandelt hast, das man nicht ernst zu nehmen braucht." Lennard schaute ihn überrascht an: „Wann soll das gewesen sein?" Milo verschränkte die Arme vor der Brust: „Ich glaube, da warst du schon über alle Berge und sie wollte sowieso nichts mehr von dir wissen. Sie hat sich damals auch nicht mehr nach dir erkundigt, obwohl ihr klar war, dass wir beide noch in Verbindung geblieben sind."

„Jetzt muss ich doch etwas dazu sagen", schaltete sich Vivien in das Gespräch ein. „Mir gegenüber hat sie nie etwas erzählt von der Zeit mit dir, Lennard. Ich habe nur irgendwann mitgekriegt, dass sie wechselnde Freunde gehabt hat, aber das mit langen Zeiten dazwischen ohne einen Partner." „Hast du sie verbittert erlebt, Vivien?" Lennard blickte sie forschend an. Nachdenklich schaute Vivien ins Nirgendwo, bis sie antwortete: „Sie hatte natürlich ihre melancholischen Stunden, aber wenn ich mich recht erinnere, riss sie sich in meiner Gegenwart immer zusammen. Nein, Verbitterung habe ich bei ihr nicht erlebt." „Du hast sie nach deinem Auszug fast nicht mehr gesehen, Vivien. Erst seit du weg warst und sie erkrankte, als es ihr auch körperlich schlecht ging, da hat sie wirklich begonnen, die Enttäuschung, die sie

in früheren Jahren erlebte, aus sich rauszulassen",
widersprach Milo.

„Können wir heute nicht noch etwas Aufbauendes
erleben? Ich hätte Lust, ins Kino zu gehen." Lennards
plötzliche Munterkeit verblüffte die beiden und Vivien
fing an unkontrolliert zu lachen. Milo hingegen
überlegte und schlug einen Film vor, der ihm von
einem Freund empfohlen worden war. „Gehen wir
vorher oder nachher noch zusammen essen?", fragte
Lennard, „wir können ja nicht die ganze Zeit hier
rumhängen und grübeln."

Sehr zu seiner Befriedigung wurde es noch ein
unterhaltsamer, ja lustiger Abend, an dem sie spät
zurück in Milos Wohnung kamen und sich gegenseitig
bald eine ‚gute Nacht' wünschten. Lennard allerdings
überfielen Gedanken und Bilder, die er nicht von sich
weisen konnte: Linda mit dem Gesicht von Vivien;
Linda im Krankenbett; Linda betrunken durch die
Wohnung torkelnd; der weinende kleine Milo, am
Kleid seiner Mutter hängend; Milo und er vor der
Wohnungstür stehend, nicht wissend, wie sie Linda
vorfinden würden; Linda im Bett, sich über ihn
beugend, seine Hände an ihren Hüften. Lennard hörte
sie lautlos sprechen, flüstern, schreien, wüten; er sah
sich selbst im Krankenhaus an ihrem Bett, sie stand
auf, ging auf ihn zu, rasch, dass er erschrak, doch sie
ging an ihm vorüber, als ob er nicht vorhanden wäre,

verließ das Zimmer, und als er ihr folgen wollte, war es verschlossen, er rüttelte an der Türklinke, schrie.

Lennard wachte auf und brauchte einen Moment, um sich zurecht zu finden. Gleich darauf öffnete sich die Tür und Vivien trat ein: „Was ist los? Du hast geschrien!" Sie blieb an der Tür stehen in ihrem violetten Pyjama, den aufgelösten Haaren, die sie jetzt aus der Stirn strich. Wie ihre Mutter, dachte Lennard, der für einen winzigen Moment Linda vor sich gesehen hatte. „Es war ein Traum, ein schlechter Traum", sagte er. Sie blieb unschlüssig in der Tür stehen. „Hab' ich dich aufgeweckt?" Sie schüttelte den Kopf: „Ich konnte nicht einschlafen und war gerade auf dem Weg in die Küche, mir Tee kochen." Sie zögerte, schlang die Arme um den Oberkörper. „Magst du auch einen?"

Während Vivien in die Küche ging, zog sich Lennard etwas über und kam nach. Sie überbrühte schon den Tee und schaute sich nicht nach ihm um. „Das Geschirr ist hier oben im Hängeschrank." Gemeinsam warteten sie schweigend die Minuten ab, bis Vivien die Tassen füllen konnte. Sie standen sich gegenüber und Lennard war froh, etwas in den Händen zu haben, woran er sich halten konnte.

„Linda hat mir heute selbst bestätigt, dass ich nicht dein Vater bin. Habe ich das am Nachmittag erzählt?" Er wusste es in diesem Augenblick selbst nicht mehr. „Aber sie sagte nicht, wer es ist, oder?" Lennard schüttelte den Kopf. „Ich fürchte, sie wird es mit ins Grab nehmen. Aber, ehrlich gesagt, ich verstehe nicht, weshalb sie es nicht wenigstens dir sagt." Vivien blickte auf ihre Füße, auf den Boden zu ihren Füßen: „Vielleicht weiß sie es wirklich nicht?" „Möglich wäre es. Sie hat ja auch bei Milo ein Geheimnis daraus gemacht." Vivien nahm einen Schluck und fuhr fort: „Jedenfalls hat sie dadurch erreicht, dass wir beide, Milo und ich, auch dadurch an sie gebunden sind, dass wir immer noch hoffen, es eines Tages von ihr zu erfahren."

Lennard war versucht zu widersprechen, aber plötzlich wurde ihm klar, wie sehr sich Vivien wünschte zu wissen, wer ihr Vater war. „Ich schätze, dir ist es sehr wichtig, deinen Vater kennenzulernen. Bei Milo scheint es ja wohl anders zu sein." Betreten schaute er zu, wie langsam Träne für Träne über Viviens Wangen rollte. Er suchte nach einem Taschentuch, aber fand in seinem Morgenmantel keines. Sie wischte sich mit dem Handrücken übers Gesicht und Lennard trat einen Schritt auf sie zu. Lass deine Finger von Vivien, hörte er plötzlich Linda sagen. Er blieb wie gebannt stehen, aber Vivien kam auf ihn zu und ließ sich von ihm in den Arm nehmen. Lennard wagte nicht, die Augen zu schließen, aber strich ihr hauchzart übers Haar, das sich leichter, dünner anfühlte als Lindas. Jetzt sah er eine kleine Schachtel mit Papiertaschentüchern neben sich auf dem Küchentresen liegen, nahm eines heraus und gab es Vivien, als sie sich von ihm löste. Nachdem sie sich geschnäuzt hatte, sagte sie: „Ich habe sie schon als Jugendliche zugleich geliebt und gehasst. Und sie wusste das, sie hat es sogar genossen, mich zu provozieren."

Fragend blickte Lennard sie an. „Ja, sie konnte so schrecklich lieb und freundlich sein, mir immer mal wieder ein tolles Geschenk machen, dann wieder war sie ganz absichtlich so unausstehlich, dass sie mich zu Wutanfällen reizte, über die sie sich am Ende auch noch amüsierte. Irgendwann, Milo hat das auch einmal mitgekriegt, hat sie damit aufgehört, denn er hat sie dermaßen zusammengestaucht, dass sie Angst vor ihm gekriegt hat. Hinterher sagte er mir, dass er selbst es, wenn auch nur in Ansätzen, bei ihr auch schon so erlebt hatte." Vivien blickte Lennard mit verweinten Augen an: „Vielleicht war das ihre Art, mit ihren Verwundungen umzugehen."

Lennard schwieg und wartete darauf, dass sie fortfuhr. „Sie hat nie von dir gesprochen, aber sie wird oft an dich gedacht haben. Und dann war es die Wut auf dich, die sie an mir ausgelassen hat." „Ich hoffe nicht", erwiderte Lennard, aber er wusste, dass er unrecht hatte. „Aber wenn es so war, dann kann ich dich nur um Entschuldigung dafür bitten, dass es dich getroffen hat."

Vivien wischte sich noch einmal über die Augen und versuchte ein Lächeln: „Weißt du, ich hätte dich zwar gern als Vater gehabt; aber du und Linda zusammen – ich kann mir das gar nicht vorstellen, so viele Jahre lang wart ihr beieinander. Eigentlich passt ihr doch nicht so besonders gut zusammen, oder?" Lennard versuchte es erst gar nicht, noch einmal die Beziehung zwischen Linda und ihm zu erklären, sondern sagte: „Das ist lieb von dir, ich wäre auch gern dein Vater. Vielleicht finden wir auch so ein gutes Verhältnis zueinander."

Sie nickte, überlegte, aber blieb still. Lennard wurde es unbehaglich, doch jetzt fiel ihm Holger ein. „Ich kann, wenn du willst, morgen meinen Freund Holger anrufen, er bietet dir, stellvertretend für einen Geschäftspartner, der vielleicht an dir interessiert ist, einen Gesprächstermin an." Vivien runzelte die Stirn: „Das klingt ein bisschen umständlich, meinst du nicht auch?" „Gut, du hast schon recht, aber du kannst es auch so ansehen: Du kommst einen Schritt voran durch dieses Interview. Ich denke, dass Holger ganz gut einschätzen kann, ob du die richtige für den Job bist. Und wenn er das so beurteilt, hast du bei dem Münchner Büro sehr gute Chancen. Gibt es denn noch andere Vorstellungstermine? – Nein? Dann ist es gut, dass du den Termin bei Holger wahrnimmst. Du bekommst jedenfalls ein Gefühl für so eine Situation, nimm es als Trainingsstunde."

Vivien war es, die sich zuerst verabschiedete. Lennard sann noch eine Weile nach und bald war er alle schweren Gedanken wieder los. Er freute sich über seine Fast-Tochter, wie wenn sie seine wirkliche wäre.

***

Als Lennard nach Rücksprache mit Vivien den Termin mit Holger für den folgenden Tag bestätigt hatte, nahm Milo die rasche Abreise kommentarlos zur Kenntnis. „Halte uns bitte auf dem Laufenden, was Linda betrifft." Milo gab zu bedenken, dass er nicht immer in Berlin sein würde, aber „auf jeden Fall bin ich ab jetzt In telefonischem Kontakt mit ihr."

Die lange Zugfahrt nach Stuttgart nutzte Vivien, um Lennard nach seinem „Leben nach Linda", wie sie formulierte, auszufragen, worauf er bereitwillig einging. Er schilderte die Neugründung seines Büros in Freiburg, den Bau des eigenen Hauses, erzählte von Finia und den langjährigen Versuchen, ein Kind zu bekommen. „Und", frage Vivien sofort, „hat es dann schließlich auch geklappt?" Lennard verneinte und fuhr fort: „Wir konnten uns ein Leben auch ohne Kinder vorstellen, theoretisch, im Kopf; aber das Haus war für Kinder gebaut, Finia hatte sich innerlich völlig auf Kinder eingestellt und irgendwann wurde es zur fixen Idee: Das muss doch klappen, es muss! Sie hat die Hoffnung, besser gesagt: die Erwartung nie aufgegeben, bis sie plötzlich unsere Ehe beenden wollte." Lennard wusste nicht, wie er weitererzählen, wie er wiedergeben sollte, was er von Lea und Roman erfahren hatte. „Ach, das erzähle ich dir ein anderes Mal, wenn ich die Worte dafür gefunden habe."

„Und jetzt wohnst du allein in dem großen Haus, schweißt deine Skulpturen zusammen, gehst spazieren – ein richtiges Rentnerdasein." Lennard konnte nicht erkennen, ob Viviens Statement sachlich oder ironisch zu verstehen war. „Machst du dich jetzt über mich lustig?", fragte er und versuchte seine Unsicherheit zu verbergen. „Sicher", meinte sie mit einem Lächeln, das ihn versöhnte. „Nach Finia gab es übrigens noch eine Partnerin, das war Livia." Jetzt lachte Vivien und meinte: „Naja, während einiger Jahrzehnte bleibt ‚mann' ja nicht bei nur einer Frau, kann ich gut verstehen." „Wir können gerne mal von deinen Affären reden, Vivien, ich bin neugierig!" Sie schüttelte den Kopf: „Du bist dran. Also: Livia, erzähl!"

Während Lennard szenisch-gestisch-dramatisch die Szenen erzählte, wie sich Livia – es war ja in der Herrentoilette gewesen – in sein Leben geschlichen hatte, amüsierte sich Vivien köstlich und kam aus dem Lachen kaum mehr heraus. Lennard freute sich insgeheim und lief zu großer erzählerischer Form auf, bis er schließlich selbst vor Lachen nicht mehr weiterkonnte. Sie saßen glücklicherweise allein in einem kleinen Abteil, so dass sie keine ungewollten Zuhörer hatten.

„Wir waren dann oft gemeinsam unterwegs, Livia brachte wieder Schwung in mein Leben. Sie war ja noch berufstätig, aber wir nutzten jede Gelegenheit für Reisen, für Theaterbesuche; Konzerte waren allerdings nicht ihrs. Ja, zwei Jahre ging das so, ging es gut so, bis sie auf einem Empfang jemanden kennenlernte, der ihr mit Luxus und seinem beträchtlichen Vermögen imponierte. Sie konnte ihn, wie mich zuvor, mit Raffinesse und überfallsartig für sich einnehmen. Und jetzt braucht sie nicht mehr zu arbeiten, wohnt in einer Villa mit Bediensteten und lässt sich verwöhnen."

„Du bist ihr aber deshalb nicht böse, oder?" Lennard versuchte ein Lächeln: „Was soll ich sagen? Ich hätte mir durchaus vorstellen können, mit ihr zusammen meine Jahre, meine letzten Jahre zu verbringen. Aber ich glaube, ich wurde ihr irgendwann langweilig. Der andere ist jünger, ist sportlich und hat, wie gesagt, genug Geld, denn sie kommt aus einem kleinbürgerlichen Elternhaus. Ein beachtlicher sozialer Aufstieg also, den sie da hingelegt hat. Ich war da nur Zwischenetappe, sozusagen."

„Also, ich glaube nicht, dass ich dich deshalb bemitleiden muss." Vivien grinste und Lennard zuckte mit den Achseln: „Nein, musst du wirklich nicht. Sie hatte mich ja auch mit ihrer ‚Extravaganz' gehörig beeindruckt."

***

185

In Stuttgart trafen sie so rechtzeitig ein, dass Vivien ihren Vorstellungstermin pünktlich einhalten konnte. Lennard kündigte sie bei Holger telefonisch an und sie verabschiedeten sich vor dem Bürogebäude. „Ich drück' dir die Daumen! Lass dich von Holger nicht beeindrucken, er kann sehr charmant sein, aber dahinter ist er ein kühler Beobachter. Spiel' ihm nichts vor, zeig' ihm deine Mappe und erzähl von deinen Ideen. Ich bin ziemlich sicher, dass du einen sehr guten Eindruck bei ihm hinterlassen wirst. Ich kümmere ich mich um die Hotelzimmer, bringe unser Gepäck hin und wir treffen uns nachher, schau, dort drüben in dem Café, in Ordnung?"

***

Als Lennard das Café betrat, sah er Vivien schon dasitzen. „So besonders lang werdet ihr euch nicht unterhalten haben, war Holger sehr in Eile?" Forschend sah er Vivien an, die, ihr Kinn in die Hand gestützt, nachdenklich in ihrer Tasse rührte. Nachdem Lennard seine Bestellung aufgegeben hatte, fragte er noch einmal: „Nun, wie war's, erzähl!"

Vivien lehnte sich zurück und mit Verwunderung in der Stimme sagte sie: „Seltsam war es, sehr seltsam, schon vom ersten Augenblick an. Ich erwartete nach deiner Beschreibung einen charmant-forschen Auftritt von ihm, aber, kaum sieht er mich, kommt er ins Stottern und aus dem Konzept und statt ihm muss ich das

Gespräch führen. Ich hatte nicht den Eindruck, dass er konzentriert bei der Sache war. Irgendwas ging in seinem Kopf vor, so dass er einfach nicht präsent war, ich kann's nicht anders ausdrücken. Schließlich übergab ich ihm meine Mappe und sagte, er könne sie gerne auch an seinen Geschäftspartner weiterleiten." Vivien machte eine Pause, dachte nach und meinte: „Also, sympathisch war er mir überhaupt nicht, von ihm würde ich mich nicht anheuern lassen."

Schon bald nach den ersten Worten Viviens war in Lennard ein Verdacht aufgestiegen, den er erschrocken zur Seite schob. Und nachdem Vivien schwieg, sagte er: „So habe ich Holger noch nie erlebt, normalerweise ist er sehr selbstsicher und souverän. Vielleicht war gerade etwas vorgefallen, was er nicht aus seinem Kopf kriegen konnte." Mit abschätzigem Blick erwiderte Vivien: „Sehr professionell ist das aber nicht!" „Ich denke, ich rufe Holger morgen Vormittag an, solange wir noch in Stuttgart sind, falls er sich nicht schon selbst bei dir gemeldet hat. Was sind denn eigentlich deine weiteren Pläne, Vivien?"

Beim Abendessen im Hotelrestaurant kam Vivien auf Lennards Frage zurück: „Ich habe jetzt mal geschaut, was für ein Architekturbüro das ist, von dem dieser Holger sprach. Es schaut laut Homepage recht vielversprechend aus, einige Frauen sind auch im Team und die bisher realisierten Objekte gefallen mir." Lennard bemerkte ihren Eifer und freute sich für sie.

„Deshalb fahre ich morgen nach München und schaue mir die Stadt an, ich will ein Gefühl für ihre Atmosphäre bekommen. Ich war ja noch nie dort."

Im weiteren Gesprächsverlauf fragte Lennard nach ihren finanziellen Möglichkeiten und konnte Vivien überreden, etwas Geld von ihm anzunehmen. „Bleib' für ein paar Tage in München, sieh' dich gründlich um, auch auf dem Wohnungsmarkt, und überleg' dir gut, welche Gehaltsvorstellungen du einbringen willst. Verkaufe dich bloß nicht unter Wert!"

Amüsiert ließ Vivien seine Ermahnungen über sich ergehen. „Die Vaterrolle beherrschst du ja aus dem Stand – hätte ich gar nicht vermutet." Lennard ließ sich lächelnd veräppeln und meinte entschuldigend: „Ich hab' dich halt schon in mein Herz geschlossen, Vivien."

Den Abend verbummelten die beiden – es war mild im Freien – in der Innenstadt, besuchten die eine oder andere Kneipe und Lennard fühlte sich in ihrer Begleitung außerordentlich wohl. Nur einmal, als Viviens Blick ihn an Linda erinnerte, fiel ihm wieder ein, was bei Viviens Schilderung der Begegnung mit Holger als Vermutung in ihm aufgestiegen war.

Mit einer herzlichen Umarmung verabschiedeten sie sich im Flur des Hotels und verabredeten sich zum Frühstück. „Vielleicht hat heute ja schon dein neues Berufsleben begonnen", meinte Lennard. „Dann hoffe ich, sein weiterer Verlauf wird wesentlich erfreulicher sein", war Viviens Erwiderung.

***

Während des Frühstücks traf Holgers SMS bei Vivien ein: ‚Bin leider sehr in Eile. Ich leite Ihre Unterlagen mit besten Empfehlungen an das Büro in München weiter. Mit freundlichen Grüßen, Holger Unger.' „Auch nicht die feine Art", kommentierte Vivien die Nachricht, „wieder sehr seltsam." „Ja, ich wundere mich auch", bestätigte Lennard, „ich werde bald mal bei ihm nachfragen, warum er sich so seltsam benommen hat." „Du kennst das Architekturbüro in München nicht?", fragte Vivien. „Nur dem Namen nach, ich kenne niemanden persönlich dort. Sie spielen in einer anderen Liga als ich früher."

Der Abschied am Bahnhof war kurz und knapp, aber herzlich. „Lass von dir hören, Vivien, bitte!" Sie nickte lächelnd: „Milo erzählte mir nicht, wie väterlich du auch jetzt noch sein kannst." Und damit stieg sie in den Zug und winkte ihm noch einmal zu.

Bis zur eigenen Abfahrt hatte Lennard noch eine knappe Stunde Zeit, die er in einem der Bahnhofs-restaurants verbrachte. Sein erster Gedanke galt Holger und der Begegnung, die Vivien mit ihm hatte. Außer einem ihm unbekannten Ereignis, das Holger nicht hatte aus seinem Kopf kriegen können, gab es nur eine Erklärung für sein Verhalten. Er muss Linda gekannt haben und Viviens Ähnlichkeit mit ihr muss ihn völlig aus dem Konzept gebracht haben.

Und jetzt erst kam ihm der Gedanke, der ihn erstarren ließ: Was, wenn Holger der Vater von Vivien ist und er genauso ahnungslos war wie ich selbst, als ich Vivien zum ersten Mal sah?

Was wusste er eigentlich von Holger, außer dass sie sich während des Studiums getroffen und Zukunftspläne geschmiedet hatten, aus denen nicht geworden war? Er hatte Familie, zwei Kinder, eine geräuschlose Ehe. Dass er früher auch weniger solide unterwegs gewesen sein musste, traute Lennard ihm ohne weiteres zu. Und ob, wann und wie lange er in Berlin gewesen sein mochte, konnte Lennard nur vermuten. Er beschloss, ein, zwei Tage abzuwarten, vielleicht würde Holger sich bei ihm melden. Andernfalls, war er entschlossen, würde er ihn anrufen und die Sache aufzuklären versuchen.

***

Schon am Abend des folgenden Tages meldete sich Vivien bei ihm und erzählte gut gelaunt von ihren Münchner Erkundigungen. Die Stadt gefalle ihr und was sie Neues über das Architekturbüro heraus-gefunden habe, sei vielversprechend. Fabian Neumeister, der Chef, gefalle ihr, zumindest sein Foto. „Das klingt ja so, als wolltest du ihn mit deinem überwältigenden Charme einwickeln." Vivien kicherte vergnügt: „Jedenfalls gefällt er mir besser als dieser Unger, dein Freund. Hat der sich übrigens mal gemeldet bei dir? Nein? Dann richte ihm einen Gruß aus, er sei bei mir in Ungnade gefallen." „Da muss ich mir was überlegen, wie ich ihm das beibringe", meinte Lennard belustigt und versuchte das Thema zu wechseln. „Sag, wie lange bleibst du noch in München?"

***

Holger meldete sich tatsächlich nicht, so dass Lennard nichts übrigblieb, als selbst anzurufen. „Ach, du bist es, Lennard. Hör zu, wir müssen es kurz machen. Ich hab' wenig Zeit." Aber Lennard ließ sich nicht so rasch abweisen: „Wie war das Gespräch mit Vivien. Wird sie die Stelle bekommen?" „Ihre Unterlagen habe ich elektronisch an Fabian weitergeschickt, er dürfte morgen oder übermorgen wieder im Büro sein." Lennard bedankte sich im Namen von Vivien. „Etwas wollte ich noch erfahren, Holger. Vivien war sehr irritiert über dein Auftreten, du warst anscheinend etwas abwesend, zumindest nicht richtig bei der Sache, berichtete sie mir." Er hörte Holger tief Atem holen, bevor er sprach. „Es hätte mir ja auffallen müssen, wenn ich zuerst ihre Unterlagen vor mir gehabt hätte. Aber so hat es mich fast umgehauen, als ich sie sah. Sie sieht ja ihrer Mutter ähnlich wie aus dem Gesicht geschnitten."

„Moment, du kennst Linda? Du warst mit ihr zusammen?" „Hör zu, Lennard, ich erzähle dir, wie das war. Sie hat mich in einer Kneipe aufgegabelt, so muss man das eigentlich sagen. Ich stand am Tresen und sie setzte sich einfach neben mich, quatschte mich an. Sie war nicht mehr ganz nüchtern, aber auch nicht richtig betrunken und wir kamen ins Gespräch. Und irgendwann später gingen wir zu ihr nach Hause, ihr Sohn war offenbar über Nacht bei einem Freund. Ja, und das war's eigentlich schon, diese eine Nacht. Dass sie ‚deine' Linda war, von der du ja fast gar nichts erzählt hast, dämmerte mir erst viel später. Ja, und jetzt kommt Vivien daher und ich sehe Linda vor mir wie damals, das heißt, sie ist noch hübscher als ihre Mutter." „Du weißt, wie alt sie ist, Holger. Rechne mal nach!"

Eine Weile herrschte Stille, bis Holger sich gefasst hatte. „Du meinst, ich könnte ihr Vater sein?" Lennard erwiderte nichts. „Hör mal, das könntest du genauso sein, Lennard." „Ich weiß von Linda und durch eine DNA-Analyse, dass ich es nicht bin." Nach ein paar Sekunden Schweigen fragte Holger: „Und Linda hat bestätigt, dass ich der Vater von ihr bin?" Lennard merkte, wie erregt Holger inzwischen war. „Nein, das hat sie nicht. Sie weigert sich, es uns zu erzählen." „Dann gibt es immer noch die Möglichkeit, dass es ein dritter ist, ich meine, jemand anderes Viviens Vater ist, nicht wahr?" Lennard bestätigte ihm diese Möglichkeit.

„Aber", fuhr er fort, „es ließe sich ja wie bei mir prüfen, ob du es bist." „Aber was bringt denn das? Nur Unruhe, Probleme, viele Fragen!" Holger war laut geworden. „Holger, ich will ganz offen zu dir sein. Vivien würde sehr, sehr gerne wissen, wer ihr Vater ist und du kommst eben in Frage." Holger setzte an: „Das kann ja sein, aber .." Doch Lennard unterbrach ihn: „Lass mich ausreden. Das kann sein, aber – und jetzt kommt es – sie wäre gar nicht glücklich darüber, wenn du es wärst, hörst du? Sie mag dich nicht und wäre todunglücklich, wenn du wirklich ihr Vater wärst, verstehst du?"

Diesmal dauerte das Schweigen noch etwas länger, bis Holger schließlich sagte: „Du meinst, unter diesen Umständen ist es am besten, wir lassen die Frage ungeklärt, weil weder sie noch ich die Antwort wissen wollen?" „So kann man schlussfolgern, ja." „Und Vivien kann gar nicht auf die Idee kommen, was meine Rolle, meine mögliche Rolle, betrifft? - Nein!", bestätigte sich Holger selbst, „kann sie eigentlich nicht – wenn du es ihr nicht sagst, Lennard." „Ich habe überhaupt keinen Grund dazu", beendete Lennard das Gespräch. Er seufzte und genehmigte sich ein Glas. Besser, dachte er, konnte es gar nicht laufen. Vivien wird mit der Ungewissheit leben müssen.

Er schickte ihr die Mitteilung, sie solle noch zwei Tage in München bleiben, Fabian Neumeister werde sehr bald zurückkommen, das habe ihm sein Freund mitgeteilt. Dann wünschte er ihr noch alles Gute. Eine weitere Nachricht sandte er an Milo mit der Frage, wie es Linda gehe.

***

Dass sich Lea und Roman bei ihm melden wollten, sobald Finia sich ankündigte, fiel ihm erst wieder ein, als Lea am Telefon war: „Du kommst doch morgen Abend zu uns, Roman holt sie morgen in Basel am Flughafen ab." Lennard zögerte: „Ja, das hatte ich vor, aber du weißt doch, Lea, wir haben uns eigentlich nichts mehr zu sagen." „Du meinst, die Jahre nach der Trennung hast du nicht mehr über euer gemeinsames Leben nachgedacht?" „Natürlich habe ich das, was soll die Frage?"

Lea antwortete geduldig: „Dann wird sie das auch getan haben und ihr beide könntet, nein, solltet die Möglichkeit wahrnehmen, euch über die Ergebnisse eures Nachdenkens auszutauschen. Ich bin sicher, Finia hat noch etwas zu sagen, das solltest du dir anhören. Also, bis morgen, 18 Uhr."

Widerstrebende Empfindungen überfielen Lennard, die ihn unruhig und geradezu nervös die nächsten Stunden verbringen ließen. Er fragte sich, ob Finia ihm etwas vorzuwerfen hatte, ob sie Grund habe, ihn für etwas verantwortlich zu machen, von dem er nichts wusste. Er fragte sich sogar, ob er sich wieder eine Partnerschaft mit ihr vorstellen könne und versuchte sich genau an die letzten Ereignisse zu erinnern, nach denen sie ihn, das Haus, sein Leben verlassen hatte. Doch auf keine seiner Fragen fand er eine Antwort, mit der er etwas hätte anfangen können.

Er fühlte sich schlecht an diesem Tag, etwas lähmte und schwächte ihn. Finia sollte ihn auf keinen Fall so sehen, schlimmstenfalls würde er sich am folgenden Tag entschuldigen und sich gefallen lassen müssen, von ihr als Feigling angesehen zu werden. Lennard dachte an den letzten Arztbesuch zurück und den eigentümlichen Eindruck, der ihm erst danach aufgefallen war. Es werde sich in den nächsten Wochen entscheiden, war ihm gesagt worden. Er hätte nachfragen müssen, was sollte er mit dieser Aussage anfangen? War er richtiggehend krank, war er schwerkrank oder gar todkrank? Es war so viel in den letzten Tagen und Wochen geschehen, dass die Ansätze von Melancholie sich verflüchtigt hatten – bis jetzt. Er hätte nun gerne mit jemandem über seine Fragen gesprochen, aber da war niemand, der ihm einfiel und geeignet dazu erschien.

Irgendwann griff er zu einer Flasche, entschloss sich aber, mit Bier Vorlieb zu nehmen, und verbrachte den Abend mit einem Actionfilm, der ihn zumindest für zwei Stunden von seinem Ungemach ablenkte. Um schlafen zu können schluckte er eine Tablette mit dem Ergebnis, dass er die Nacht seltsam traumlos verbrachte und am folgenden Morgen mit schwerem Kopf erwachte.

Eine ganze Weile stand er gedankenleer in der Küche und starrte hinaus, hinüber zum Wald, den er nur selten alleine durchwandert hatte. Mit Finia war es anders gewesen; sie hatte ihn fast täglich hinausgelotst. Viele Stunden verbrachten sie auf diesen Gängen und erkundeten alle Wege. Jetzt erst wurde Lennard klar, dass es die dunkle Atmosphäre des Waldes war, die er bei diesen Wanderungen immer als bedrückend empfunden hatte. Kurz entschlossen nahm er seine Jacke und verließ das Haus, als wolle er sich und Finia beweisen, dass er genügend Widerstandskraft hatte, um dem Wald, aber auch ihr selbst standhalten zu können.

Mit Ingrimm stapfte er den Weg entlang und probte die Sätze, die er am Abend Finia gegenüber verwenden wollte. Sie wird versuchen, mich als Schuldigen hinzustellen für die Kinderlosigkeit, dachte er. Alles, was sie sich wünschte, habe ich getan, habe sie unterstützt, wenn sie niedergeschlagen war, habe ihre Stimmungsschwankungen ausgeglichen, wenn nötig auch ausgehalten. Hör zu, Finia, es hat nicht sein sollen! – Lennard schrie es hinaus, einmal, zweimal. Wenn jemand Grund hat, den anderen anzuklagen, dann ich! Du hast mich verlassen, einfach so. Nach so vielen Jahren, die wir gemeinsam verbracht haben. Warst du nicht auch glücklich mit mir, ohne Kinder? Haben wir nicht unsere Zeit froh und glücklich zusammen verbracht?

Schwer atmend blieb Lennard stehen und blickte um sich. Die Umgebung kam ihm unbekannt vor und das alte Gefühl der Beklemmung überfiel ihn wieder. Oben auf dem Schauinsland, wo der Blick frei in die Ebene wandern konnte, war ihm immer wohler gewesen. Mit nicht wenig Zorn im Leib machte er sich auf den Rückweg, griff sich immer wieder einen Stock, den er nur kurz als Wanderstab benutzte, um ihn dann an einem Stein oder Baumstamm zu zerschlagen.

Lennard brachte es fertig, den ganzen Tag in seiner grantig-grimmigen Stimmung zu verbringen. Um die Stunden möglichst bald hinter sich zu bringen, suchte er sich im Kino einen Film, der unterhalten und ablenken konnte. Zuvor hatte er sich in der Stadt viel Zeit für ein Mittagessen genommen und einen ausgedehnten Spaziergang durch das Zentrum der Stadt gemacht. Mit Absicht erschien er vor der vereinbarten Zeit bei Lea und Roman, der sich gerade bereit machte, um Finia vom Flughafen abzuholen. Es würde mindestens noch zwei Stunden dauern, bis er wieder mit ihr zurückgekehrt sein würde.

„Du musst dich jetzt alleine vergnügen", meinte Roman, „Lea hat noch einiges zu tun für heute Abend". Er verabschiedete sich und Lea nahm Lennard in

Empfang. „Was kann ich dir anbieten, Tee, Kaffee, ein Bier vielleicht?" Lennard entschied sich für Kaffee und entschloss sich, bei Lea in der Küche zu bleiben. Sie lächelte, als er ihr anbot ihr zu helfen. „Lass mal, ich schaff' das schon." Sie zeigte ihm die Zeitungen und Zeitschriften, die sie abonniert hatten. „Ich hoffe, du findest Artikel, die dich interessieren. Setz dich in den Garten, wenn du magst."

Finia und er waren nicht selten bei den beiden zu Gast gewesen, nachdem aus der ärztlichen eine private und freundschaftliche Beziehung geworden war. Im Sommer saß man hier im Garten bis zum Abend, man schätzte einander, lachte miteinander, teilte einander Freuden und Sorgen mit. Irgendwann hatte man das Thema Kinderkriegen ausgeklammert, auch wenn es unausgesprochen immer wieder bewusst umschifft werden musste. Und jedes Mal waren Finia und er ausgesprochen fröhlich nach Hause gefahren, was auch ihrer Ehe ausnehmend guttat.

Lennard fühlte einen Teil der Spannung, die ihn gefangen genommen hatte, von sich abfallen. Er ging, als er seinen Kaffee getrunken hatte, zurück zu Lea in die Küche und ließ sich ein Bier geben. „Ihr habt euch die ganzen Jahre seit der Trennung nicht wiedergesehen, sagtest du?" „Weder gesehen noch gesprochen", brummte Lennard. Lea meinte leichthin: „Sie wird dir gefallen, so wie früher. Du liebtest sie doch, nicht wahr?" Sein Stöhnen nahm sie mit einem

Lächeln zur Kenntnis: „Und wie geht es dir jetzt? Ich hatte fast befürchtet, du drückst dich vor dem Treffen mit ihr." Lennard gelang ein schiefes Grinsen: „So ganz liegst du nicht daneben. Gestern ging es mir schlecht, ich musste mich richtig aufputschen, damit ich für heute fit bin." „Du hast Aufputschtabletten genommen?"

Lennard schilderte den Vormittag, so dass Lea lachen musste. „Aber, bitte, du erzählst es auf keinen Fall Finia, ich komme sonst nie wieder her!" Lea hob beschwichtigend die Hände. „Und jetzt bist fit und gelassen, hoffe ich. Das Aufeinandertreffen wird für euch beide nicht einfach sein, schätze ich. Aber als Freundin kann ich dir versichern, es wird euch beiden guttun, euch auszusprechen."

Lea überlegte einen Augenblick und blickte Lennard in die Augen: „Was macht übrigens deine Gesundheit. Du hast da mal was angedeutet." Er zuckte mit den Achseln: „Ich war ein paar Mal beim Arzt, die Blutwerte sind nicht so, wie sie sein sollen. Ich muss sie bald noch einmal feststellen lassen." „Und wie fühlst du dich, körperlich, meine ich?" Lennard musste überlegen: „Mal hier, mal da ein Wehwehchen, wie's so halt ist in meinem Alter."

Lea fragte nicht weiter nach und Lennard ging mit der Flasche in der Hand wieder nach draußen in den Garten. Leas fürsorgliche Nachfrage war zwar lieb gemeint, das war ihm klar, aber jetzt war seine halbwegs gute Laune wieder dahin. Er überlegte schon, ob er einfach nach Hause fahren sollte, als er die Mitteilung von Roman erhielt, sie würden in einer knappen halben Stunde eintreffen, er möge es bitte Lea weitersagen.

***

Als Roman mit Finia ins Haus trat, blieb Lennard im Hintergrund und machte sich auf Finias Auftritt bereit. Den nämlich erwartete er mit gemischten Gefühlen. Umso überraschter war er, sie ruhig und mit freundlichem Gesicht ins Zimmer treten zu sehen. Sie ging auf ihn zu, um ihn zu begrüßen. Er fühlte ihre Wange, roch ihr Parfum, das ein anderes geworden war. Ihrem prüfenden Blick folgte die Frage: „Geht es dir nicht gut, Lennard? Ein wenig müde schaust du aus." „Danke für die Blumen", erwiderte er lahm und ärgerte sich, dass er von vorn herein in die Defensive geraten war. Lea schaltete sich sofort ein: „Finia, magst du dich im Bad frisch machen, ich brauche sowieso noch ein paar Minuten."

Lächelnd wandte sich Finia von Lennard ab und verschwand aus dem Raum. „Sie ist von Anfang an auf Angriff gebürstet", ließ er sich vernehmen. „Was soll ich denn noch hier?" Roman nahm ihn bei der Schulter und schob ihn ins Esszimmer. „Sie ist mindestens genauso nervös wie du, mein Alter. Sei ein bisschen nachsichtig und locker; ich glaube nicht, dass es ihr zurzeit super geht." Auf Lennard fragenden Blick hin zuckte er nur mit den Achseln. „Genaues hat sie mir nicht erzählt, aber sie ließ durchblicken, dass ihr ein Tapetenwechsel derzeit guttut. Übrigens, Lea, was macht nochmal ihr Ehemann?"

Er sei in der Werbebranche eine große Nummer, Glockner Marketing & Design. Das Unternehmen habe alle Großkunden im Raum Bayern unter Vertrag. Dass er vermögend sei, könne man sich natürlich denken. „Wenn schon keine Kinder, dann wenigstens einen reichen Gatten", lästerte Lennard, bevor Roman laut vernehmlich sagte: „Immerhin hatte der Flieger heute keine Verspätung, nicht wahr, Finia?" Er hatte sich zu ihr umgedreht, denn sie trat gerade in den Raum.

Während Finia und Lennard beim Essen versuchten, sich unauffällig zu beäugen, hielten Lea und Roman das Gespräch aufrecht. Geschickt lotsten sie allmählich ihre Gäste ins gemeinsame Gespräch, so dass Lennard sich genötigt sah, von Milo und Vivien zu berichten. „Das ist ja eine spannende Geschichte", meinte Lea. „Ich erinnere mich, dass du auch mal von Linda erzähltest, auch von Milo. Und Vivien ist dir jetzt zum ersten Mal begegnet?"

Lennard hatte sofort das Gefühl, Finia glaube ihm kein Wort. Aber sie äußerte sich nicht und so fuhr Lea fort. „Und beiden, ich meine Vivien und Milo, hat ihre

Mutter verschwiegen, wer ihr Vater ist?" Lennard konnte nicht umhin zu erzählen, dass er jedenfalls nicht Viviens Vater sei, das sei nachweislich bestätigt." Jetzt blickte Finia auf und sagte zu Lennard: „Damals hast du einen Test verweigert, ob du überhaupt zeugungsfähig bist."

Verblüfft hielt Lennard mit Essen inne: „Da täuschst du dich, dem war überhaupt nicht so. Frag Lea und Roman!" Er wandte sich an die beiden: „Wir haben uns von euch durchchecken lassen, alles war in Ordnung, bei beiden von uns! Und dann, das wisst ihr vielleicht auch noch, haben wir gemeinsam beschlossen, weitere Untersuchungen sein zu lassen – so war es! Und wenn ich richtig informiert bin, hast du auch jetzt keine Kinder mehr bekommen." Er versuchte ruhig zu bleiben, aber wusste sofort, wie taktlos er mit diesen Worten war.

Roman legte beschwichtigend seine Hand auf Lennards Arm, während Lea sagte: „Zum Streiten haben wir euch nicht zusammen eingeladen. Ich denke, es wäre sinnvoll, dass ihr versucht, alte Wunden nicht wieder aufzureißen, sondern stattdessen eure damalige, ich sage mal, abrupte Trennung zu verarbeiten. Roman und ich haben den Eindruck, dass ihr beide diese Geschichte noch nicht richtig verdaut habt. Aber lasst uns das nach dem Essen angehen, sonst bin ich als Köchin beleidigt." Mit ihrem humorvollen Ton vermochte Lea die drohende Verstimmung abzubiegen, so dass sich nun Finia aufgefordert sah, ihrerseits ein wenig aus ihrem Leben zu erzählen.

Sie habe ihren Mann Ingmar bald nach der Trennung von Lennard kennengelernt, als sie in München, wohin sie gezogen war, den Auftrag einer Lokalzeitung bekam, ein Interview mit ihm über seine Werbeagentur zu machen. Es sei gegenseitige Sympathie auf den ersten Blick gewesen, aus der sich eine Beziehung entwickelt habe. „Seine erste Ehe lag schon ein paar Jahre zurück, er hat erwachsene Kinder, die mich bald akzeptierten. Die Heirat lag dann irgendwann nahe, auch wenn wir beide gebrannte Kinder waren, wie man so sagt." Sie blickte zu Lennard hinüber, der ihre Bemerkung geflissentlich ignorierte.

„Du sagtest im Auto, dass du mit deiner journalistischen Arbeit nie aufgehört hast?", fragte Roman. „Ich war ja schon früher freiberuflich unterwegs, so fühle ich mich am wohlsten." Finia sagte es in einem fröhlichen Ton, doch ihre ganze Körpersprache sagte etwas anderes. „Die Aufträge sind natürlich weniger geworden und irgendwann ist man weg vom Fenster." Lennard verkniff sich einen bissigen Kommentar und schaute vielsagend zur Zimmerdecke. „Und sonst, hast du Hobbies oder so etwas?", versuchte Lea das Gespräch fortzusetzen. Finia zögerte: „Nun ja, ich bin zum Fotografieren übergegangen, das findet Ingmar auch gut. Dazu kann er ein fachmännisches Urteil abgeben, im Gegensatz zu meinen Artikeln. Bei Werbesprüchen wäre das etwas anderes, aber sowas mache ich natürlich nicht."

Nach dem Essen wechselte man ins Wohnzimmer hinüber, wo sich Lea neben Finia auf ein Sofa setzte, während Lennard und Roman ihnen gegenüber Platz nahmen. Auf dem Couchtisch waren Getränke und Knabbergebäck gerichtet, auf kleine Schälchen aufgeteilt. „Bitte, bedient euch selbst bei den Getränken", bat Roman, „ich kann dir auch ein Bier aus der Küche holen, wenn du magst, Lennard." Lea hatte Finia ein Weinglas gefüllt und blickte fragend zu Lennard. „Ja, bitte, ich bleib' bei Bier."

Als alle versorgt waren, begann Lea: „Von dir, Lennard, weiß ich, dass du von Finia gerne erfahren möchtest, warum sie dich so plötzlich verlassen hat." Sie wandte sich an Finia: „Ich habe ihm von deiner Begegnung mit Johan erzählt, musst du wissen; das hattest du mir nicht verboten, nicht wahr?" Finia nickte nur dazu, obschon deutlich wurde, dass sie über Leas Verhalten nicht gerade glücklich war. „Und du hast mir mal gesagt, dass dir nach der Trennung von Lennard so einiges klar wurde, was du loswerden möchtest. Ich denke, Lennard ist dafür die richtige Adresse." Lea hielt inne, überlegte und fuhr fort: „Ich denke, Finia, du beginnst mal und Lennard und wir hören nur zu. Kein Kommentar also, bitte." Dabei blickte sie zu Lennard, um dessen Bestätigung entgegenzunehmen.

Finia schilderte die Begegnung mit Johan so, wie Lennard es schon von Lea und Roman gehört hatte. „Ja, ich habe ihn im Hotel besucht, aber wir haben nichts miteinander gehabt. Er war so anders geworden, dass ich ihn fast unsympathisch fand. Außer Musik war ihm nichts wichtig und von unseren früheren Begegnungen hatte er praktisch nichts mehr in Erinnerung. Aber", Finia machte eine Pause, „aber etwas hat diese Begegnung in mir ausgelöst."

Sie lehnte sich zurück und schloss für einen Moment die Augen. „Ich habe gemerkt, dass das Leben mit Lennard keinen Sinn, keinen Inhalt mehr hatte." Wieder brach sie ab und Lea musste Lennard signalisieren, dass er noch nicht zu reden an der Reihe war. „Wie soll ich das Gefühl beschreiben? Es ist, wie wenn Wärme nach und nach verfliegt, du merkst es erst nicht, du gewöhnst dich vielleicht auch ein bisschen daran, aber irgendwann beginnst du zu frösteln und schließlich kannst einfach nicht mehr warm werden." Wieder schloss sie die Augen und schlang die Arme um den Oberkörper.

Ins Schweigen hinein ergriff Roman das Wort und sagte: „Ich kann mir vorstellen, dass das für Lennard nicht verstehbar war; oder hast du mit ihm darüber gesprochen?" Wortlos schüttelte Finia den Kopf und blickte vor sich hin. „Darf ich nachfragen, warum nicht?" „Ich wusste, es hat keinen Sinn, es zu versuchen." Sie blickte Lennard an. „Er versteht ja nur, was rational ist oder zumindest danach klingt." Sie hatte ein wenig lauter gesprochen mit dem Erfolg, dass Lennard unruhig wurde. „Kann ich jetzt endlich was dazu sagen?!"

Während sich Finia wieder zurücklehnte, begann er: „Also, die ‚Wärme' hat abgenommen, sagst du. So ganz von selbst? Das war also ein Naturgeschehen, dem man nichts entgegensetzen kann? Und verursacht durch das Erleben eines Menschen, der mit mir überhaupt nichts zu tun hatte?!" Lennard beugte sich vor und fixierte Finia: „Wäre es nicht ehrlich gewesen, mir dein ‚Gefühl' mitzuteilen, verständlich zu machen? Und wäre es nicht fair gewesen, mir eine Chance zu geben, mich zumindest dazu äußern zu können?" Jetzt war er so heftig geworden, dass Roman ihm beschwichtigend die Hand auf den Arm legte.

Als es nicht den Anschein hatte, als wolle Finia auf Lennards Vorwürfe antworten, sagte Lea: „Deine Einwände kann ich nachvollziehen, Lennard. Ich glaube aber, da gibt es schon noch eine Vorgeschichte zwischen euch, die du, Finia, vielleicht aus deiner Sicht schildern solltest." Finia seufzte und legte die Hände an die Schläfen: „Ich hoffe, ich kann es verständlich machen, zumindest euch beiden." Sie blickte Lea und Roman dabei an und fuhr fort: „Ich war lange Zeit glücklich, auch ohne Kinder. Obwohl wir nie wirklich vollkommen ehrlich darüber gesprochen haben. Natürlich hätte Lennard eine Untersuchung machen lassen können, ohne dass wir das hätten gemeinsam beschließen müssen. Aber das war nicht das

Wichtigste." Lea schaute sie fragend an, aber Finia ließ sich Zeit, bis sie fortfuhr. „Er war ja der reinste Gentleman, der liebe Lennard; ein Gentleman, wie er im Buche steht. So perfekt, dass ich mich gefühlt habe, als ob ich in Watte gepackt wäre, als ob er mich andauernd mit Samthandschuhen anfasste. Könnt ihr euch vorstellen, wie sich das anfühlt?"

Lennard schüttelte den Kopf, offensichtlich völlig anderer Meinung. Aber er blieb stumm und schaute Finia an, als ob er sagen wollte: Meinst du das wirklich ernst? Aber dann bemerkte er, dass ihr die Tränen kamen, und er senkte seinen Blick. Lea legte Finia tröstend den Arm über die Schulter und sagte, zu Lennard gewandt: „Ich denke, wir unterbrechen mal das Gespräch. Wollt ihr noch was zu trinken?"

Sie stand auf, um in die Küche zu gehen, und auch Lennard erhob sich, wollte im Raum umherwandern. Doch Roman öffnete die Verandatür und gemeinsam gingen sie auf die Terrasse. Dort verschränkte Lennard die Arme über dem Kopf und streckte sich. „Ich weiß nicht, ob ich lachen oder weinen soll, wenn ich höre, was sie erzählt." Roman meinte nachdenklich: „Entschuldige, aber jetzt mal abgesehen von deiner Perspektive: Nachvollziehen kann ich Finias Erleben schon. Die Frage ist nur: Was war dein Anteil dabei?"

Lennard blickte ihn empört an: „Roman, du kennst mich doch. Was ist schlecht daran, wenn man sich wie ein Gentleman verhält? Sie war nie einfach zu verstehen, ich musste die ganze Zeit alle Fühler parat haben, um nichts falsch zu machen. Wenn sie mir das jetzt zu meinen Ungunsten auslegt, kann ich auch nichts dafür. Aber unfair finde ich das, sehr unfair!"

Die beiden unterhielten sich noch ein paar Minuten, bevor sie wieder das Haus betraten. Verwundert schauten sie sich um, denn die beiden Frauen waren nicht zu sehen, auch in der Küche nicht. Doch da kam Lea herein und sagte: „Sie ist ins Hotel gefahren, es ging ihr nicht gut." Lennard hob kopfschüttelnd beide Hände: „So war es oft: Sie flüchtet, wenn es ans Eingemachte geht." Er ließ sich noch ein Glas einschenken und trank es mit einem Zug aus. „Ich mache mich jetzt auf den Heimweg, tut mir leid, ich bin ziemlich müde."

∗∗∗

Lennard schlief schwer wie ein Stein, bewusstlos bis zu dem Moment, als er aufwachte und sofort an Finia dachte. Er stand auf, um mit klarem Kopf den Abend zuvor in Gedanken noch einmal durchzugehen: Seine Ungeduld und sein vorzeitiges Erscheinen, die Überlegungen im Garten, das Gespräch mit Lea, das Auftreten von Finia, die Anspielungen, die Vorwürfe, die Tränen. Mitgefühl und Ärger gleichermaßen ließen ihn ratlos durch die Wohnung wandern, bis er einen Entschluss fasste, von dem er nicht wusste, ob es der richtige war. Er schickte eine Mitteilung an Roman und wartete ungeduldig auf seine Antwort.

In der Zwischenzeit duschte er, aß eine Kleinigkeit und fuhr los. Romans Antwort mit dem Namen von Finias Hotel erfolgte so rechtzeitig, dass er es, ohne Zeit zu vergeuden, erreichte. Er ließ sich ihre Zimmernummer nennen und stand eben vor ihrer Tür, als der Zimmerservice das Frühstück brachte. Er wartete, bis die junge Frau den Raum wieder verließ und trat, an die Tür klopfend, ein.

Völlig überrumpelt schaute Finia ihn an, sprachlos, so dass er so freundlich wie möglich sagte: „Entschuldige, Finia, dass ich so hereinplatze. Aber ich glaube, du warst gestern Abend noch nicht fertig mit dem, was du mir sagen wolltest. Und ich bitte dich, dass du auch mich noch anhörst, hier und jetzt." Sie blickte ihn lange an, endlos, wie es Lennard schien, um schließlich zu sagen: „Ja, es ist gut so."

Sie bot ihm einen Sessel an und sie setzten sich an den kleinen Tisch, auf dem das Frühstück bereitgestellt war. „Hast du schon gefrühstückt?", fragte sie, „ich kann dir noch etwas bestellen, wenn du möchtest."

Als auch für Lennard ein Gedeck gebracht worden war, begannen sie schweigend zu essen. Lennard hatte sich vorgenommen, darauf zu warten, dass Finia das Gespräch eröffnete. Er bemerkte, dass sie immer langsamer aß, an der Kaffeetasse nur noch nippte, bis sie schließlich das Besteck zur Seite legte und ihn anschaute. „Ich weiß natürlich, dass du es nicht böse meintest, wenn du mich ‚gentlemanlike' behandelt hast. Mich überfallen auch jetzt noch häufig Stimmungsschwankungen, von denen ich nicht weiß, wieso sie aus dem Nichts auftauchen. Was ich dir wirklich vorwerfe und weswegen ich dich letztlich verlassen habe, das war diese Unnahbarkeit, die sich irgendwann eingestellt hat und hinter der du dich in aller Freundlichkeit verschanzt hast. Mir wäre lieber gewesen, du hättest mich angeschrien, wärst aus der Haut gefahren, als mich mit dieser, entschuldige, dieser beschissenen Freundlichkeit, die durch nichts zu erschüttern war, einzupacken, einzuwickeln sozusagen. Die Begegnung mit Johan hat mich daran erinnert, wie es früher gewesen war, als wir uns kennenlernten. Da war deine Höflichkeit, dein zuvorkommendes Verhalten noch echt und überzeugend gewesen, hat mich gefreut, hat mein Selbstbewusstsein gehoben."

Lennard überlegte lange, um die richtigen Worte zu finden. Er hatte keine Lust, Finias Interpretationen seines Verhaltens zuzustimmen, auch wenn er sie irgendwie nachvollziehen konnte. Er erinnerte sich kaum an Situationen, wie sie Finia offenbar meinte, und fragte sich in diesem Augenblick, ob er sie darum bitten sollte, ein Beispiel dafür zu schildern. Schließlich blickte er sie an, bemerkte ihre Traurigkeit und sagte: „Es tut mir leid, wenn du mich so erlebt hast, wie du es jetzt beschrieben hast. Ich kann dir nur versichern, dass ich es ehrlich gemeint habe, dass ich rücksichtsvoll sein wollte, dich nicht verletzen wollte."

Lennard zögerte und versuchte zu erkennen, ob er mit seinen Worten Finia erreichen konnte. „Sprich weiter", sagte sie leise, so dass er fortfuhr: „Ich dachte, es ist das Beste, wenn wir versuchen, sorgsam miteinander umzugehen, denn jeder kannte ja die wunden Stellen beim anderen. Ich weiß, dass ich ungerecht sein konnte, überheblich, im Zorn auch mal über Grenzen gehen konnte. Das wollte ich unter allen Umständen vermeiden, verstehst du?"

Finia schwieg und Lennard wollte vor einer Erwiderung von ihr nicht weitersprechen. Jetzt blickte sie auf den leeren Teller vor sich und sagte: „Ingmar ist das Gegenteil von dir. Er ist manchmal grob und verletzend, er nimmt selten Rücksicht auf meine Wünsche, er trägt keine Samthandschuhe." Sie lächelte mit Augen, die von Tränen feucht waren. Lennard war verblüfft und fragte leise: „Warum bist du dann mit ihm zusammen?"

Sie wischte sich über die Augen: „Ich glaube nicht, dass wir wieder ein Paar werden sollten." „Ist das die einzige Alternative, die du dir vorstellen kannst? Du kommst nicht von ihm los, Finia?" Sie hatte sich wieder gefasst und erwiderte: „Ich bin sein Anhängsel, mehr braucht er nicht. Aber ohne ihn könnte ich überhaupt keine Artikel mehr anbringen, das weiß er auch. – Willst du noch etwas Kaffee?"

„Das tut mir leid, Finia. Aber lass uns nochmal zurückkommen. Haben wir uns irgendwann nur noch missverstanden? Und hattest du wirklich erwartet, dass ich mich nach den Untersuchungen von Lea und Roman noch einmal testen lasse, obwohl wir uns einig waren, dass wir das nicht wollten?" Jetzt lächelte sie so, dass Lennard wusste, sie war ehrlich und machte ihm nichts vor. „Ich wollte mich ja auch nicht wieder und wieder untersuchen lassen, du hast schon recht. Wahrscheinlich hätte ich es mir trotzdem von dir gewünscht."

Sie saßen nach dem Frühstück noch eine ganze Weile beisammen, tauschten Erinnerungen aus, weinten und lachten zusammen. Bis Lennard schließlich sagte: „Von mir aus hätten wir uns nicht trennen müssen, aber ich verstehe jetzt, dass es für dich nicht anders möglich war. Ich wünsche dir jedenfalls alles Gute!" Er stand auf und wartete, bis sich auch Finia erhoben hatte. „Wollen wir in Verbindung bleiben?", fragte sie, „nicht nur über Lea und Roman?"

***

Die folgenden Tage verließ Lennard sein Zuhause nicht. In allen Schränken, Schubladen und Kartons suchte er noch einmal nach Briefen, von denen es wenige gab, nach Fotos und anderen Dingen, die ihm aus den vergangenen vierzig Jahren als Erinnerungsstücke geblieben waren. Tagebuch hatte er nur sporadisch geführt, am ehesten noch in den Jahren mit Linda. Alles was er fand, breitete er auf dem Fußboden aus, um die nötige Übersicht zu bekommen.

Und dann fing er an, das, woran er sich erinnerte, stichwortartig aufzuschreiben. Nur die reinen Fakten sollten es sein, doch daran knüpften sich Bilder, Ereignisse, Gesichter, es hingen Empfindungen und Gefühle daran, die zu überschauen ihm schwerfiel.

***

An einem der folgenden Nachmittage erhielt er wieder einen Anruf aus der Arztpraxis. Er werde eine Überweisung ins Krankenhaus erhalten für eine weitere Untersuchung. Man bat ihn, sich selbst dort zu anzumelden und um einen Termin anzusuchen. Das Ergebnis könne er später selbst in Empfang nehmen, solle es aber an die Praxis weiterleiten.

Lennard war froh, dass eine Untersuchung erst nach Wochen möglich war, denn mit der Auflistung der wichtigsten Geschehnisse der vergangenen Jahrzehnte war er längst nicht fertig. Er nahm sich die früheren Geschäftsordner vor, sammelte die Terminkalender, die er finden konnte, und schaute auf seinem Rechner, welche Daten für seine Zwecke noch vorhanden und geeignet waren.

Je mehr Informationen er zusammentrug und auflistete, desto mehr versank Lennard in eine melancholische Stimmung, die er kaum ertrug. Immer mehr drängte sich in den Vordergrund, was Linda und Finia ihm vorgeworfen hatten. So sehr er auch wusste, dass nicht alles, was sie sagten, stimmen musste, so sehr war er doch angerührt von ihren offenbar gewordenen Verletzungen. Und er fragte sich, warum er sie in der Vergangenheit nicht bemerkt hatte.

In der Werkstatt sitzend, blickte Lennard auf seine Skulpturen. Jetzt schienen sie ihm ebenso grob und starr, wie er sich selbst gerade fühlte. Ihre Ecken und Kanten waren hart und spitz wie sein Verhalten, das er Linda und teilweise auch Finia gegenüber gezeigt hatte. Seine Worte mussten für die beiden falsch und wenig überzeugend geklungen haben. Aber weitere Gespräche mit Linda oder Finia, das wusste er, würden nichts vergessen lassen, nichts wiedergutmachen.

Ratlos betrachtete er die Relikte eines hinter ihm liegenden Lebens, die alt und nutzlos, aus der Zeit gefallen waren. In diesem Augenblick wusste er, dass er nie mehr an ihnen arbeiten würde. Und zugleich fragte er sich, wofür er in Zukunft seine Zeit nutzen wollte. Wenn er an seinen Skulpturen arbeitete, konnte er zu sich kommen, konnte alles andere vergessen, Probleme, Zwistigkeiten, Misserfolge, Niederlagen. Er konnte durch sein Tun, das keinen praktisch–nützlichen Zweck besaß und das seinen Wert in sich selbst trug, an etwas anknüpfen aus seiner Kindheit, als das reine Tun einfach nur Freude machte, egal, was am Ende daraus entstand.

Am Abend kam er spät nach Hause, nachdem er wieder einmal auf den Schauinsland gefahren war, wo er diesmal einen besonders langen, aber, was neue Erkenntnisse oder Entschlüsse betraf, keinen ergiebigen Spaziergang gemacht hatte. Das Abendessen im Dorfgasthof in der Nachbarschaft, wo ihn die Wirtin freudig wiedererkannte und ihm ein ‚Extraglaserl' spendierte, führte zwar, zusammen mit zwei Bier, zu einer gewissen Schwere; zu seinem seelischen Wohlbefinden trug es jedoch wenig Erquickliches bei.

Um sich am nächsten Morgen noch mehr über sich ärgern zu können, holte Lennard eine Flasche Bier aus dem Kühlschrank, wissend, dass noch zwei weitere auf ihn warteten. Das erste Glas hatte er gerade ausgetrunken, als Milo anrief: „Es geht zu Ende, vielleicht ist es auch schon zu Ende." Lennard fühlte sich zu müde, um sich den Kopf zu zerbrechen, wovon Milo sprechen mochte. „Was geht zu Ende, Milo?" „Es geht um Linda, verstehst du nicht? Sie stirbt oder sie ist womöglich schon tot."

***

Vivien und Milo holten ihn vom Bahnhof ab und sie fuhren zunächst zu seiner Wohnung. Unterwegs berichtete Vivien, wie sie Linda in den letzten Minuten erlebt hatte, gerade noch rechtzeitig war sie ins Krankenhaus gekommen. „Sie hatte schreckliche Atemnot, auch der Sauerstoff half nicht mehr viel. Aber in einem guten Moment erkannte sie mich und sie lächelte. Doch dann kam schon wieder ein Erstickungsanfall, von dem sie sich nicht mehr erholte." Sie sann nach und blickte, mit Tränen in den Augen, zu Lennard: „Ich bin froh, dass wir uns noch einmal gesehen haben."

Milo zeigte ihm das Foto, das er von der Toten gemacht hatte, und Lennard bemerkte zu seiner Erleichterung keine Qual, sondern sah ein schlafendes Gesicht, in dem er das wiedererkennen konnte, das vor Jahrzehnten so oft neben ihm gelegen war. „Es ist so schade, dass es keine frühen Fotos von ihr gibt", sagte Vivien leise, „ich hoffe, meine Erinnerung an sie, wie ich sie in meiner Kindheit sah, verblasst nicht so schnell." „Vielleicht ist es besser", meinte Lennard, „sich um die eigene Erinnerung zu bemühen, als an einzelnen Fotos zu hängen, die irgendwann, früher oder später, nur noch zusammenhanglose Mosaik-steine in einem Puzzle von lauter Leerstellen sind."

Am Abend saßen sie zusammen und erzählten einander, was sie von den Jahren mit Linda als gute Erinnerungen behalten wollten. Vor allem Milo wusste viele Anekdoten, die er sich als guter Beobachter gemerkt hatte. „Eigentlich gehörte sie auf die Bühne, sie konnte allen etwas vorspielen. Und am besten war sie darin, sich selbst etwas vorzumachen. Das konnte Glück sein, das konnte Unglück sein, siebter Himmel sozusagen und Dante'sche Hölle. Ich vermute, Lennard, das war dir damals auch klar, oder?" Lennard nickte und erwiderte: „Es war mir recht bald klar, aber das änderte nichts an der Dynamik und Dramatik, die sie in ihrem Umfeld damit verursachte. Dich, Milo, ließ sie oft verwirrt zurück, wenn sie aus der Wohnung lief, und mich kopfschüttelnd und ratlos."

Vivien schaltete sich ein: „Aber du hast sie doch auch geliebt, hilft das nicht, jemanden zu verstehen?" Sie wusste, wie naiv sich ihre Frage anhörte, aber stellte sie dennoch. Lennard überlegte, was er antworten sollte. Mit dem Entschluss, ehrlich zu sein, sagte er: „Ich weiß nicht, was ich damals wirklich für sie empfunden habe. Beim letzten Besuch warf sie mir vehement vor, dass ich rücksichtslos gewesen war, sie nicht ‚sehen' wollte." „Was meinte sie damit?", fragte Vivien gespannt. „Ich fürchte, sie meinte, dass ich sie als Frau nicht ernst nahm, sie nicht als, ja, wie soll ich sagen, als begehrenswert, liebenswert und Ehefrau für mich betrachten konnte."

Lennard verstummte und Vivien und Milo warteten darauf, dass er fortfuhr. „Es war mir nie in den Sinn gekommen, sie zu heiraten, und sie wollte das auch nicht, davon war ich damals überzeugt. Aber nach diesem letzten Gespräch mit ihr bin ich mir nicht mehr so sicher."

Milo, der bisher zwar interessiert zugehört, sich aber still verhalten hatte, warf ein: „Sie wusste ja selbst nicht, was sie wirklich wollte. Mutter sein oder nicht,

Geliebte sein oder nicht, heiraten oder nicht, eine feste Stelle annehmen oder nicht – sie wusste es nicht, wusste es nie. Mit dem Rauchen aufhören oder nicht, gesund werden oder nicht, zu Vivien ein gutes Verhältnis herstellen oder nicht – nichts, nichts wusste sie wirklich!"

Nach einem Moment des Nachdenkens fragte Vivien: „Was macht dich da so sicher?" Milo stand auf und begann im Zimmer herumzugehen. „Es gab ein Mal, ein einziges Mal eine Situation, wo sie wirklich ehrlich zu sich war und offen mir gegenüber. Da war ich vielleicht zwei-, dreiundzwanzig und besuchte sie an ihrem Geburtstag. Sie hatte etwas getrunken, gerade so viel, dass sie nicht so verschlossen war wie sonst immer, und so wenig, dass sie wusste, was sie sagte. Weißt du, Milo, sagte sie, ich kann nicht zu mir stehen, ich kann nicht ‚ich‘ zu mir sagen, weil ich nichts in mir finde, worauf ich mich verlassen kann, etwas, das morgen so ist wie heute und übermorgen so wie morgen. Ich finde es nicht, auch wenn ich danach suche, mit oder ohne Alkohol. Sie blickte mich damals an und ich sah ihre Traurigkeit; aber ich konnte nichts dazu sagen und nahm sie in den Arm, bis sie sich ausgeweint hatte."

Sie gingen ratlos auseinander und zu Bett. Lennard fühlte sich durch Milos Erzählung ein wenig erleichtert von seinen Selbstvorwürfen; aber zugleich wusste er, dass er damals hätte anders handeln müssen. Er hätte

Lindas Verfassung, ihre gesamte Konstitution erkennen müssen, genauer noch als Milo sie beschrieben hatte. Doch er hatte einfach weggeschaut, hatte sich gesagt, es sei nicht seine Sache, sich um anderes als um Milo zu kümmern, denn Linda sei erwachsen und allein für sich selbst verantwortlich.

Am nächsten Morgen, sie saßen noch am Frühstückstisch und besprachen die Beerdigung, meldete sich Viviens Telefon. Sie ging ins Nebenzimmer, kam aber bald darauf zurück und Lennard wie Milo ahnten, was sie ihnen zu sagen hatte. „Wann?", fragte Milo nur und sie antwortete: „Übermorgen! Übermorgen habe ich meinen Termin in München. Kommst du mit, Lennard?"

***

Um alles Organisatorische für Lindas Beerdigung zu regeln, war am folgenden Tag gerade noch Zeit. Tags darauf nahmen sie einen frühen Zug und kamen kurz nach Mittag in München an. Mit dem Taxi fuhren sie zum Architekturbüro Neumeister, wo sie sich trennten; Lennard wollte im nächstgelegenen Café auf sie warten. „Ich glaube, du brauchst keine Tipps von mir, nicht wahr?" Vivien lachte fröhlich: „Ich glaube nicht." Sie wollte schon gehen, da fügte Lennard hinzu: „Holger, da bin ich sicher, wird nur Gutes über dich gesagt haben. Bleib einfach locker!"

Lennard hatte tatsächlich keinen Zweifel daran, dass Holger und nach ihm auch Neumeister von Vivien nur den besten Eindruck hatten bzw. haben würden. Er kannte letzteren zwar nicht persönlich, aber schätzte ihn und fand auch seine Bauten bemerkenswert. Viviens Stil und ihre Art, zu plastisch zu denken, würden ohne Zweifel dazu passen.

Als sie nach einer guten halben Stunde lächelnd ins Café trat, streckte Lennard ihr den Daumen entgegen und stand auf. Er nahm sie in die Arme und küsste sie auf die Wange. „Wann soll es denn losgehen?", fragte er. Als sie sich gesetzt hatten, meinte sie: „Sobald ich kann; allerdings brauche ich noch eine Wohnung." „Das wird nicht so leicht sein, hier etwas zu finden. Aber der Anfang ist jetzt gemacht. Lass ihn uns feiern!"

Milo telefonisch zu informieren vergaßen sie bei aller Freude nicht. Nach der ersten Gratulation sagte er bedauernd: „Ich werde dich vermissen, Schwesterchen, das weißt du. Vielleicht sollte ich mich in Zukunft auch Richtung Süddeutschland orientieren." „Keine schlechte Idee", meldete sich Lennard, „bin völlig deiner Meinung!"

Vivien erzählte, während sie beide noch ihren Eiskaffee löffelten, von dem Gespräch mit Neumeister. „Er ist jünger, als ich mir vorgestellt hatte, so etwa Mitte vierzig, kennt sich auch in der Innenarchitektur aus und hat sich zu meinen Entwürfen zwar nicht ausführlich, aber recht positiv geäußert. Dass eine Frau das Team erweitere, freue ihn und er stellte mich sogar den anderen, die gerade anwesend waren, vor. Auf den ersten Blick fand ich sie nett, mehr kann ich noch nicht sagen. Ein Holländer und eine Irin sind auch dabei."

Lennard freute sich mehr, als er äußerlich zeigte. Dass sich Milo auch ein Standbein in München sichern würde, daran hatte er keine Zweifel. Vivien würde ihm bestimmt immer ein Gästezimmer frei machen können.

Vivien war verstummt – Lennard bemerkte es erst nach einer Weile, in der er in Gedanken versunken gewesen war. „Was ist?", fragte er. „Ich dachte gerade an Linda und daran, ob wir vier eine richtige Familie hätten sein können." Sie blickte Lennard forschend an und er sah die Trauer in ihren Augen. „Dann wäre ich vielleicht früher auf die Welt gekommen und nicht erst siebzehn Jahre nach Milo." Und, nach kurzer Pause fügte sie hinzu: „Wenn du geblieben wärst."

In Lennard regte sich etwas, das sofort antworten und Viviens Träume als unnötig und überflüssig abweisen wollte; doch er verweigerte sich diesem Impuls und erwiderte leise: „Deinen Wunsch kann ich nachfühlen, Vivien. Eine Familie mit Kindern habe ich mir auch ge-wünscht, als ich mit Finia zusammen war. Damals, bei Linda, ist mir einfach nicht in den Sinn gekommen, dass wir zusammen Kinder haben und so etwas wie eine Ehe führen könnten."

In der Nachdenkpause, die er jetzt machte, hatte er Linda vor Augen, ihre zornerfüllte abweisende Geste. „Ich habe sie nicht ‚gesehen‘, das war es, wie sie mich erlebte und da hatte sie auch recht. Obwohl ich das nicht als Bewertung oder Abwertung ihrer Person gemeint habe!" „Eine seltsame Konstellation muss es damals gewesen sein: du, Linda, Milo, zu dritt mehrere Jahre zusammenlebend, und doch keine richtige Familie. Es muss dir doch etwas gebracht haben, nicht nur die Gelegenheiten, mit Linda zu schlafen. Was war euer Deal?"

Überrascht blickte Lennard sie an: „Als Deal habe ich das nie empfunden." „Kein äußerlicher, kein ausgesprochener natürlich, ein unbewusster, höchstens halbbewusster, sonst hätte das doch nicht so lange geklappt mit euch dreien." Lennard seufzte: „Vielleicht war es ja ein Deal, ein Geben und Nehmen. Für mich war immer dieser eine magische Moment von Bedeutung, als ich Milo zum ersten Mal sah, mit ihm sprach und er mich anblickte. Da war ein wortloses Verstehen da, wie ich es zuvor nie erlebt hatte." Lennard lächelte: „Das kennst du doch, wenn du dich verliebst und das Gefühl hast, da ist jemand, den du zwar erst kurz kennst, aber der dich und den du so gut verstehst, als wärt ihr schon lange zusammen."

Jetzt lächelte auch Vivien, aber sie antwortete nicht. „So war das, und unsere Beziehung blieb unbeschädigt, bis Milo auszog, nicht wegen mir, sondern Lindas wegen. Außer den paar Monaten nach seinem Auszug, als wir keinen Kontakt hatten, waren wir immer in Verbindung, so oder so. Nur hatte er mir niemals von dir erzählt."

Auf der Rückfahrt nach Berlin tauschten sie weitere Erinnerungen an Linda aus und Lennard begriff, dass sie durchaus, wenn auch nicht ausnahmslos, eine gute Mutter hatte sein können und Linda sie geliebt hatte, bis sie vierzehn, fünfzehn geworden war. „Mit mir hätte jede Mutter ihre Schwierigkeiten gehabt", lachte Vivien. „Ich war ausnehmend patzig, widersprach ihr mit größter Freude und tat prinzipiell nicht das, was sie von mir wollte." „Da bin ich ja froh, dass ich nicht als dein Vater in der gleichen Situation gewesen bin", meinte Lennard.

Lindas Miene verdüsterte sich: „Ich fürchte, ich werde nie wissen, wer mein Vater ist". Sie seufzte tief und sank in ihren Sitz zurück. Lennard war nahe daran, ihr von seinem Gespräch mit Holger zu erzählen, tat es aber doch nicht. „Warum ist es dir so außerordentlich wichtig?", fragte er vorsichtig. „Also", begann sie, „denk' mal an dich selbst und frage dich: Was habe ich von meiner Mutter mitgekriegt, was von meinem Vater? Das weiß man doch irgendwann, jedenfalls sollte man das in deinem Alter wissen." Vivien hatte ihr Tief schon wieder überwunden und blickte Lennard herausfordernd an. „Nun, ich weiß jedenfalls, dass du vieles nicht von Linda übernommen hast. Außer deinem – wunderbaren – Äußeren wüsste ich nichts, was du von ihr hast." „Weiche mir nicht aus, alter Mann! Was kannst du mir auf meine Frage antworten? Wir haben noch dreieinhalb Stunden Zeit dafür."

Die Zeit wurde ihnen nicht lang und Lennard, der schon fürchtete, von Vivien durchleuchtet zu werden, merkte bald, dass sie ihre Frage nicht so ernst nahm, wie er es selbst im ersten Augenblick getan hatte. Er erzählte ihr von seinen Eltern, seinen beiden Geschwistern und wie er aufgewachsen war und sie hörte mit einer Aufmerksamkeit zu, die ihn außerordentlich freute.

„Naja", stellte Vivien abschließend fest, als der Zug sich dem Bahnhof in Berlin näherte, „manches haben wir gemeinsam, auch wenn wir nicht verwandt sind: Zielstrebigkeit, Selbstbewusstsein, ein waches Hirn, Humor – wobei, den muss man bei dir erst einmal entdecken. Ja, und Tatkraft, sowie viel Fantasie. Negative Seiten haben wir nicht gemeinsam", lachte sie, „da hat jeder seine eigenen."

***

Es hatten sich nicht viele Leute am Grab versammelt, als eine Rednerin, die Milo angeheuert und instruiert hatte, eine kurze, aber erstaunlich einfühlsame Rede hielt. Man streute Erde und Rosen in die offene Grube, auch Leute, die keiner der drei kannte, waren dabei. In einem Restaurant setzten sie sich noch einmal zu dritt zusammen und ließen Linda ein letztes Mal lebendig werden. „Also, trinken wir auf Linda, möge sie ohne größeren Ärger auf uns herunterblicken und sich freuen, in einer anderen Welt zu sein." Lennard hob sein Glas und sie stießen an. „Schade, dass ihr im Streit auseinandergegangen seid", sagte Vivien leise. Lennard konnte nur stumm zustimmen, er bedauerte es mindestens genauso sehr wie sie.

Am folgenden Tag nahm Lennard kurz entschlossen das Flugzeug, um eine lange Bahnfahrt zu vermeiden. Sie hatten sich schon in Milos Wohnung verabschiedet und er war im Taxi zum Flughafen gefahren. Abschiede waren etwas, bei dem er sich immer höchst ungeschickt vorkam, allerdings war dieser nicht anders als herzlich gewesen. Jetzt war er froh, einen stummen Sitznachbarn zu haben, der ihn zu keinem Gespräch nötigte.

***

Die folgenden zwei Wochen vor seinem Aufenthalt im Krankenhaus nutzte Lennard dafür, die Unterlagen, die er gesammelt und noch nicht völlig durchgesehen hatte, systematisch zu ordnen. Er sah sich nicht in der Lage, alles noch einmal inhaltlich durchzugehen, sondern versuchte, wenigstens einen groben Überblick über darüber zu erhalten und so etwas wie einen vorläufigen Schlussstrich zu ziehen. Doch weder die Jahre mit Linda noch die mit Finia waren auf einige wenige Begriffe zu bringen und noch einmal wurde ihm bewusst, wie sehr sein Selbstbild von dem abwich, wie andere ihn erlebten und beschrieben. Er fragte sich, wie er mit dieser Differenz umgehen sollte, denn offenbar gab es nicht nur eine Wahrheit, sondern verschiedene Perspektiven davon, die, wollte er ehrlich sein, zugleich betrachtet sein wollten.

Drei Tage vor dem Krankenhaustermin, er lehnte sich an den Rand des Brunnens auf dem Münsterplatz, unentschlossen, ob er noch ein Café aufsuchen sollte, spürte er plötzlich eine Hand auf seiner Schulter. „Du bist es, Livia, nicht wahr?", fragte er, ohne sich umzudrehen. Sie ließ die Hand weiterhin auf ihm ruhen und erwiderte: „So ganz fremd bin ich dir also in der Zwischenzeit nicht geworden? Soll ich das als gutes Zeichen werten?" Lennard drehte sich zu ihr um und musterte sie unverhohlen. Dann sagte er: „Am besten bewerten wir uns nicht. Damit haben wir, wenn ich mich recht erinnere, schlechte Erfahrungen gemacht. Ansonsten kann ich nur sagen: Schick schaust du aus."

Sie dankte ihm mit einem Lächeln und meinte: „Es würde mich wirklich freuen, wenn du mir etwas von deiner kostbaren Zeit opfern würdest." Er folgte ihr auf dem Weg zum Café, es war das beste am Platz. Nachdem sie gewählt hatten, war es an Livia, Lennard ausgiebig in Augenschein zu nehmen. „Trotz deines Kompliments lässt sich das Alter nicht verleugnen, meines nicht und deines auch nicht. Aber es geht dir doch hoffentlich gut, oder?" Lennard hatte keine Lust, ihr etwas von seinen Arztgeschichten anzuvertrauen und antwortete: „Ich war in den letzten Tagen ziemlich unterwegs. Da kann es sein, dass meine Fassade ein wenig gelitten hat." Livia lachte leise: „Und wie schaut es hinter der Fassade aus?" Lennard streckte sich: „Livia, lass uns bitte nicht über Dinge reden, die den anderen nichts mehr angehen."

Sie verstummte, nahm einen Schluck Kaffee, legte schließlich die Hände in den Schoß und blickte ihn einfach nur an. Lennard stöhnte innerlich, denn ihm war klar, dass Livia seiner Bitte nicht nachkommen würde. „Hinter meiner Fassade tut sich gerade einiges, aber ich kann dir beim besten Willen nichts darüber sagen. Ich habe noch keine Verbalisierung dafür gefunden, die ein anderer verstehen könnte." Livia schüttelte den Kopf: „Das heißt, einfach gesagt, du hast keine Lust, mir etwas von dir zu erzählen. Must du auch nicht. Hast du früher ja auch selten gemacht." Lennard beschloss, in die Offensive zu gehen: „Also, gehen wir in Güte wieder auseinander, bevor wir noch miteinander streiten." Er holte den Geldbeutel aus der Sakkotasche, legte ihn auf den kleinen Bistrotisch und hielt nach dem Kellner Ausschau. Plötzlich spürte er

Livias Hand auf seiner. Er schaute sie an, runzelte die Stirn: „Bitte, jetzt keine Szene!"

Livia zog ihre Hand zurück, legte beide Hände in den Schoß. Dann griff sie zu ihrer Handtasche und holte ein Taschentuch heraus, mit dem sie sich die Nase tupfte. Am liebsten wäre Lennard nun aufgestanden, aber das wäre ihm plump vorgekommen und hätte seinem Selbstbild nicht entsprochen.

Schließlich sagte er: „Livia, es geht mich ja nichts an, aber offenbar willst du mich zu einem Vertrauten deiner Seelennöte machen. Habe ich recht?" Sie blickte ihn an und es war offenkundig, dass sie wirklich etwas auf dem Herzen hatte. „Du warst oft genug wenig einfühlsam und deshalb erstaunst du mich geradezu mit deiner Vermutung. Leider habe ich niemanden, der mich mit Verständnis anhören könnte - außer dir, vielleicht." Lennard schwankte zwischen dem Gefühl von Überdruss und dem von Anteilnahme, denn so gut hatte er Livia in den zwei Jahren des Zusammenlebens kennengelernt, dass er wusste, wann sie nicht anders konnte, als sich etwas von der Seele zu reden.

Er beugte sich vor und legte die Unterarme auf das Tischchen, um seine Bereitschaft zuzuhören zu demonstrieren. Livia begann zögernd zu sprechen, offensichtlich nach Worten suchend: „Ich sage es nicht gerne, aber es muss sein, damit du das folgende verstehst und richtig einordnen kannst. Damals, als wir uns kennenlernten, habe ich dir ziemlich viel vorgelogen. Das war nicht weiter schwierig, weil du dich nie besonders interessiert an meiner Vergangenheit zeigtest. Vielleicht wolltest du es ja nicht wissen, es hätte dir womöglich Kopfzerbrechen bereitet. Nachdem der erste Überfall gelungen war, du erinnerst dich, in der Herrentoilette, wusste ich, dass meine Strategie erfolgreich sein würde."

Sie unterbrach sich, denn Lennard war nahe daran aufzustehen und zu gehen. „Ich bitte dich, bleib, ich möchte nur offen zu dir sein. Von mir aus ist es dann das letzte Gespräch, das wir führen." Langsam setzte Lennard sich wieder, lehnte sich mit verschränkten Armen auf seinem Stuhl zurück. „Also, ich habe dich damals überrumpelt, aber, hör zu, ich mochte dich wirklich, je länger wir zusammen waren, desto mehr. Du bist eigentlich, von manchen Eigenheiten abgesehen, ein feiner Kerl. Ich meine das ernst, Lennard!"

„Der ‚feine Kerl' verliert ziemlich bald seine Geduld. Ich habe keine Lust, mir weiter deine Geständnisse anzuhören." Wieder schaute sich Lennard nach einem Kellner um und Livia beeilte sich fortzufahren: „Ich will es kurz machen. Du weißt, wen ich geheiratet habe, Linus Molzer, Großinvestor in Immobilien, nicht nur in Freiburg, sondern in ganz Süddeutschland. Er hat mir sofort gefallen, als ich ihn auf einer Abendgesellschaft zum ersten Mal sah, du erinnerst dich." Lennard nickte ungeduldig: „Und dann hast du ihn dir geangelt." Statt einer Bestätigung blickte Livia in eine unbestimmte Ferne.

„Es war nicht so leicht wie bei dir, für ihn interessant zu werden. Aber irgendwann bemerkte er mich und begann, mich anzurufen. In dieser Zeit habe ich Schluss gemacht mit unserer Beziehung, da war die Sache mit Linus noch nicht sehr weit gediehen." „Soll ich mich jetzt dafür auch noch bedanken? Nett von dir, Livia, dass du mich nur als Trittleiter benutzt hast, um in den Klub der Superreichen aufzusteigen! Willst du das von mir hören?"

Livia versuchte wieder, ihre Hand auf seine zu legen, aber Lennard zog sie sofort zurück. „Beruhige dich doch, bitte, ich bin gleich fertig. Zu deiner Befriedigung kann ich dir sagen, dass ich nicht behaupte, jetzt glücklicher zu sein als mit dir." Sie schaute Lennard an, der seinen Blick unwillig abwandte. „Ich bin dort, wo ich hinwollte. Aber da sieht es anders aus, als ich erwartet habe."

Abrupt stand Livia auf, so dass Lennard sie verwundert ansah. Wortlos wandte sie sich ab und er konnte beobachten, wie sie langsam über den Münsterplatz ging, bis sie in eine Seitenstraße abbog. Verärgert über das unerfreuliche Gespräch, verließ Lennard, nachdem er bezahlt hatte, das Café und machte sich auf den Heimweg.

Auch während der Heimfahrt verließ ihn der Ärger nicht und wütend rauschte er die letzten Kilometer auf der Freilandstraße im Höchsttempo dahin. Mit voller Absicht passierte er dabei eine Radarfalle und freute sich auf die gesalzene Rechnung, die er in ein paar Wochen erhalten würde. Vielleicht, dachte er, erreicht sie mich gar nicht mehr.

***

Zuhause angekommen, überfiel ihn etwas, das er Verstimmung nannte, obwohl er wusste, dass es nichts anderes war als die Melancholie, die ihn in letzter Zeit immer wieder heimgesucht hatte. Lustlos richtete er sich eine Zwischenmahlzeit. Die ‚Trittleiter' fiel ihm ein, von der er selbst gesprochen hatte, und er versuchte sich zu erinnern, was in den ersten Wochen und Monaten mit Livia in ihm vorgegangen war. Natürlich hatte er sich damals gefragt, was sie wirklich von ihm wollte. Aber es war tatsächlich so gewesen, wie sie ihm sagte: Er hatte es sich erspart, über ihre Motive nachzudenken, wollte sie gar nicht kennen und war froh gewesen, dass jemand an seiner Seite war, nachdem ihn Finia so unvermutet verlassen hatte.

Noch nicht einmal ihre Kinder hatte er damals kennengelernt, vielleicht hatte sie ja auch gar keine. Es war schiere Bequemlichkeit gewesen, weshalb er keine

Fragen stellte, keine Versprechen gab oder forderte, keinen Gedanken an eine Zukunft verschwendete, die mehr als die nächsten Tage beinhaltete. Und nun befriedigte ihn noch nicht einmal das Wissen, dass Livia mit diesem Investorhai, den sie zwei Jahre zuvor geheiratet hatte, nicht glücklich wurde. Aber er war sich ziemlich sicher, dass sie ihn nicht noch einmal behelligen würde.

Lennard dachte an die kommende Woche, an den Tag, an dem er in die Klinik einrücken würde, und überlegte, was davor zu tun war. In der Ecke des Zimmers sah er die Stapel Papiere und Ordner, die er zusammengetragen hatte. Mit dem Überblick über die letzten fünf Jahrzehnte seines Lebens war er nicht fertig geworden; doch jetzt sah er sich nicht imstande, sich noch einmal damit zu befassen. Kurz entschlossen trug er alles hinaus in den Garten zur Feuerstelle und sah dann zu, wie sich die Flammen durch die Papiere fraßen, hauchdünne schwarze Flocken zurücklassend, von denen der Wind manche in die Höhe wirbelte und davonfliegen ließ.

Er fühlte sich erleichtert und hatte das Empfinden, mit dem Papier, das ja nur die äußeren Seiten seines Lebens hatten dokumentieren können, auch all das losgeworden zu sein, was unwichtig, unwesentlich war. Was blieb also, was sollte er mitnehmen, was sollte ihn tragen in den nächsten Tagen, die voller Ungewissheit waren?

Die Glut war längst erloschen, als Lennard ins Haus zurückkehrte. Durch die offene Terrassentür betrachtete er die untergehende Sonne, die, wie ihm schien, viel zu schnell hinter dem nahen Horizont versank. Ein wenig fröstelte ihn, er schloss die Tür und schenkte sich etwas ein, das ihn wärmen sollte. Am liebsten hätte er jetzt Vivien angerufen, aber er fürchtete, seine augenblickliche Stimmung nicht verbergen zu können. Die Freude, die sie hatte, als sie von Neumeister zurückgekommen war, wollte er ihr nicht verderben.

Gegen seine Gewohnheit ging Lennard früh zu Bett und schlief gleich darauf ein. Im Traum brannte das Feuer, das er in der Feuerstelle angezündet hatte. Aber es breitete sich aus, über den Rasen, zum Haus hin und er musste zusehen, wie die Flammen an ihm fraßen, es verzehrten, und wie am Schluss nur noch schwarze Flocken zum Himmel gewirbelt wurden und er vor einer düsteren Leere stand, ohne sich von der Stelle bewegen zu können.

***

Es war früh am Morgen, als Lennard aufwachte und sich nur mühsam aus der Schwere, die ihn erfüllte, lösen und aufstehen konnte. Die Stille, die das Haus erfüllte, erschreckte und bedrängte ihn und er machte sich geschäftig daran, ein Frühstück herzurichten. Während des Essens schaute er nach, ob er am vorigen

Abend noch Nachrichten erhalten hatte, und freute sich, dass Vivien berichtete, sie habe schon eine Wohnung in München in Aussicht. Er schrieb eine kurze Antwort, die er mit einem lachenden Smiley versah.

Und dann ging er, einer plötzlichen Eingebung folgend, in seine Werkstatt, die er unzählige Male aufgesucht hatte, um zu formen, zu gestalten, um seine Ideen Wirklichkeit werden zu lassen. Doch jetzt begann er, eine Skulptur nach der anderen ins Freie zu transportieren und im Garten abzulegen. Es kümmerte ihn nicht, ob sie aufrecht standen oder lagen, sie füllten allmählich die freien Flächen und glichen seltsamen Gerippen, denen das Fleisch fehlte und das Leben, das sie einst erfüllt hatte.

Lennard wanderte zwischen ihnen herum und erinnerte sich bei jeder einzelnen Skulptur daran, was er während der Arbeit gedacht, gefühlt, gewollt hatte. Jetzt lagen sie da, den Elementen preisgegeben, und Lennard versuchte sich vorzustellen, wie sie und der Garten in ein, zwei und mehr Jahren aussehen würden. Er wollte sie ihrem Schicksal überlassen, wie er selbst entschlossen war, das, was auf ihn zukommen würde, einfach geschehen zu lassen.

***

Gunnars letzte Reise

Gunnar Rosen wusste zu Beginn seines Unternehmens nicht, dass es seine letzte Reise sein sollte. Dass es sein Herz sein würde, das ihm irgendwann versagen würde, vermutete er mit Recht. Schließlich hatte er schon einen Infarkt und mehrere Stents hinter sich, zehn Jahre zuvor wird es gewesen sein. Seitdem hatte er etwas kürzergetreten und war nun schon seit zwei Jahren in Pension. Er trieb zwar keinen Sport – das fand er lächerlich für sein Alter; aber er hielt sein

Gewicht, obwohl er gutem Essen durchaus nicht abgeneigt war.

Lange hatte er gezögert und sich gefragt, ob er diese Reise antreten solle; ob es nicht peinlich sei, wenn er sich an die Straße stellte, den Daumen hochgereckt, um als Anhalter mitgenommen zu werden. Es waren nur noch wenige Leute, vor allem junge natürlich, die er an der Straße stehen sah, und er hatte sich gefragt, ob er, im offenbaren Kontrast zu ihnen mit weißem Stoppelhaar ausgestattet, deshalb vielleicht größere Chancen haben würde. Immer wieder hatte er sich vorgestellt, wie er dastünde, ein Pappschild in der Hand, den Rucksack neben sich. Mit der Zeit hatte er sich an diese Vorstellung gewöhnt, hatte sie amüsant gefunden und war schließlich neugierig darauf geworden, wie die Leute reagieren würden.

Als er den Entschluss gefasst hatte, fühlte er sich wie befreit und wusste, dass es die richtige Entscheidung war. Im Frühjahr wollte er los, nach Süden, und er wollte sich überraschen lassen, wie weit und wohin er käme.

Wenn ich das so darstelle, hoffe ich, dass es, zumindest sinngemäß, das ist, was ich bisher von Ihnen erfahren habe, Gunnar. - Sag doch ‚du' zu mir, schließlich kennst du mich ja schon so lange. – Ja, das stimmt schon. - Was ich vielleicht noch dazu sagen wollte: Ich habe mir genauestens überlegt, was und wie viel ich in den Rucksack packen kann. Alles andere war nicht geplant, das Ende natürlich sowieso nicht. Dafür hast du ja gesorgt. -

Sprechen wir später davon. Du hast dich also eines Tages an den Autobahnzubringer gestellt mit deinem Pappschild? - Ja, da war eigentlich nur eine Sonne darauf gemalt, in gelb und rot, sehr auffällig, wenn auch nicht von besonderem künstlerischem Wert. Aber es hat eine ganze Weile gedauert, bis mich jemand mitgenommen hat. Vor lauter Müdigkeit saß ich schon auf der Leitplanke und weil die so hart ist, tat mir, nun ja, mein Hinterteil weh. Aber zum Stehen hatte ich wirklich keine Lust mehr. - Ja, ich weiß schon, so ungefähr habe ich es mir vorgestellt. Aber wie war es genau?

Also, ich saß neben der Fahrbahn am Anfang des Seitenstreifens, es musste ja jemand irgendwo halten können, wenn er mich mitnehmen wollte. Und da kommt so ein schwerer schwarzer Wagen daher gebraust, ich will ihm gar nicht hinterhersehen, so schnell war der, aber dann höre ich quietschende

Reifen und der Wagen ist auf der Standspur stehen geblieben, eine Staubwolke hängt in der Luft. Ich nehme meinen Rucksack und gehe langsam hin. Das Fenster auf der Beifahrerseite ist nicht offen, also klopfe ich an die Scheibe.

Drinnen sitzt eine junge Frau, die Handtasche vor sich auf dem Schoß, irgendwas scheint sie zu suchen. Vielleicht ist sie eine Karrierefrau, denke ich, und geschäftlich unterwegs im Firmenauto oder sie ist einfach wohlhabend. Ich klopfe noch einmal und endlich schaut sie her. Ich richte meinen Daumen in Fahrtrichtung, sie schaut nur, wie soll ich sagen, abwesend, abweisend? Ich lege meine Handflächen bittend aneinander und mache große fragende Augen dazu. Endlich lässt sie die Seitenscheibe hinunter, wortlos. Ich zeige meine Sonne und sage: „Falls Ihre Reise nach Süden geht, würde ich mich freuen, wenn ich Ihnen Gesellschaft leisten dürfte." Ich hebe zum besseren Verständnis meinen Rucksack hoch, damit sie ihn sehen kann. „Ich habe nicht Ihretwegen gehalten, ich hatte sie gar nicht gesehen." „Dann war mein Kunstwerk doch nicht so ansprechend, wie ich hoffte. Aber wenn es ein anderer Anlass war, der Sie anhalten ließ, hat dieser Ihnen und mir die Chance geschenkt, ‚travel companions' zu sein." Ich konnte sehen, wie sich eine Falte zwischen ihren Augenbrauen bildete und sie die Lippen zwischen die Zähne zwängte; offenbar war es eine schwierige Entscheidung für sie.

Ich hielt es für angebracht, nicht noch etwas zu sagen, und lächelte sie freundlich an. Schließlich nickte sie und entriegelte die Türen. Ich legte den Rucksack auf den Rücksitz und setzte mich nach einem ‚Darf ich?' neben sie. Sie schloss die Handtasche, legte sie auf den Rücksitz und fuhr mit quietschenden Reifen los, ich war noch dabei, mich anzuschnallen.

Es war ein großer, vor allem aber leiser Wagen und ich erschrak nicht wenig, als ich auf den Tacho hinüber linste, der Geschwindigkeiten jenseits der 180 km/h anzeigte. So war ich erst einmal damit beschäftigt, einen Schweißausbruch zu verhindern, und versuchte gleichmäßig zu atmen. Sie lenkte den Wagen mit zwei Fingern, und suchte nebenbei irgendein Programm auf dem Navigationsmonitor. Es brauchte mehrere Kilometer, bis sie das Wort ergriff. „Wo wollen Sie eigentlich hin; die Himmelsrichtung allein tut es ja nicht." „In meinem Fall schon", erwiderte ich, „einfach nach Süden - oder Südosten oder auch Südwesten. Sie kennen doch bestimmt die Sehnsucht der Deutschen nach dem Süden, Goethe und so."

Sie schaute kurz zu mir herüber und setzte dann eine fast gesichtsfüllende Sonnenbrille auf. Außer einem schwarzen Pulli mit Dreiviertelarm trug sie schwarze Hosen und ebensolche Pumps. Auch ihre Haare waren übrigens schwarz. Farbig, und zwar rot, waren ihre Fingernägel und die Kette, die sie trug. Auch ein Schmuckring war rot. Sie hieß Elisa, aber das erfuhr ich erst später. Das Radio lief leise mit, nur wenn Verkehrsnachrichten kamen, schaltete es sich laut hörbar ein. „Sagen Sie nur, ob ich reden soll oder still sein, dann weiß ich Bescheid." Sie schaute wieder zu mir her, diesmal ein winziges Lächeln um die Mundwinkel. „Kommt darauf an, was Sie zu sagen haben."

Draußen flitzte die Landschaft vorüber, man konnte gar nicht lange hinschauen. Und wenn ich nach vorne schaute, hatte ich das Gefühl, Zeit und Raum sausten derart auf mich zu, dass ich irgendwann aufgesogen sein würde. So zwang ich mich mühsam zu einer vernünftigen Antwort: „Nun, zuerst vielleicht ein ‚Dankeschön' fürs Mitnehmen. Ich stand schon eine gute Stunde da und fragte mich, nun ja, Sie wissen schon ... Es ist zum ersten Mal seit, hm, gut vierzig Jahren, dass ich wieder an der Straße stand. Und ich habe lange überlegt, ob ich es nochmal wagen soll. Ich glaube, die meisten Autofahrer waren viel zu verwundert, mich Alten da stehen zu sehen, als dass sie anhielten. Aber ich dachte, nun, einmal sollte ich es nochmal tun und nicht, wie mein Leben lang, mit festen Zielen verreisen, perfekt geplant und ohne jegliche Überraschung dabei. Komfort habe ich zuhause, ein klein wenig Abenteuer, hoffe ich, wird mir nicht versagt sein."

Als es hinter uns fiept und nicht aufhört zu fiepen, sehe ich sie fragend an. „Seien Sie so gut und holen Sie

mir die Handtasche vom Rücksitz. Mein Handy ist es."
Ich angele die Handtasche und halte sie ihr hin. „Bitte
öffnen", sagt sie, schaut rein und versucht dann
tastend, das Handy herauszuholen. Leichte Schlinger-
bewegungen des Wagens folgen und ich bin versucht,
die Augen zu schließen. „Soll ich …?" „Ja, bitte." Ich
grabe nach dem Gerät, finde es zwischen Lippenstiften
und anderen Frauensachen und gebe ihr das Handy.
Mit unvermindertem Tempo fährt sie weiter und
nimmt den Anruf entgegen: „Ich rufe gleich zurück."

Beim nächsten Parkplatz hielt sie an, nahm das
Mobiltelefon und stieg aus dem Wagen. Ich konnte
sehen, wie ihr freier Arm sich gestenreich bewegte,
während sie sprach. Ein paar Meter war sie gegangen,
aber dann blieb sie stehen, drehte sich um und behielt
von da an das Auto und mich im Auge. Als sie das
Gespräch beendet hatte, holte sie eine Zigarette aus
der Handtasche und begann zu rauchen. Ich stieg aus
und schlenderte zu ihr. „Mein Chef", sagte sie, „er
wollte mir schon wieder einen Auftrag geben, obwohl
er weiß, dass ich einen Monat Auszeit genommen
habe. Was denkt der sich eigentlich?" „Wollen Sie es
wirklich wissen?" Sie saugt an der Zigarette, atmet tief
ein und bläst dann den Rauch hörbar aus. „Ich weiß es
selbst. Entweder hat er nicht zugehört, hat nicht
aufgepasst oder nimmt nicht ernst, was ich sage."
„Entschuldigen Sie, aber ich glaube, er dachte etwa
folgendes: ‚Frau XY ist zwar gerade in einer Auszeit,

aber ich kenne sie doch, sie denkt nur an die Firma und ist froh, wenn sie es schafft, auch mal ‚Nein' zu sagen. Die Gelegenheit dazu will ich ihr geben und sie wird zufrieden mit sich ihre Auszeit beginnen.' So oder so ähnlich wird er gedacht haben." Sie nahm noch einen letzten Zug, warf die Zigarette fort und verschränkte die Arme. „Vielleicht haben Sie mal so gedacht, er aber bestimmt nicht. Er ist egozentrisch bis zum Geht-nichtmehr, ein eingebildetes Nichts, ein … ach, egal." „Dann sollten Sie den Job wechseln, nicht wahr?" Sie musterte mich nun zum ersten Mal genauer, wie ein Kleidungsstück, das sie versehentlich gekauft hat, das aber im Tageslicht kaum ihr Gefallen findet. Dann erwiderte sie nur: „Wir fahren weiter", und ging mit raschen Storchenschritten zum Wagen zurück.

Gunnar, was hast du in diesem Augenblick gedacht, als sie nicht antwortete. Du hast sie doch bewusst provoziert. - Stimmt, aber eigentlich war das gar nicht meine Absicht gewesen. Es ist, wie wenn man eins und eins zusammenzählt. Und das wusste sie natürlich auch. Und was hätte sie auch darauf sagen wollen? Aber ich glaube und glaubte auch damals schon, dass diese Bemerkung etwas in ihr in Bewegung gebracht hat. - Okay, und wie ging es auf der Fahrt weiter?

Sie fuhr mindestens genauso schnell weiter wie zuvor. Sie fuhr sicher, das schon, aber es war mir einfach zu schnell, mir wurde schummrig und ich schloss die Augen, das half etwas. Nur ein Rauschen war zu hören, wie bei einem leichten Sturm. Ich nehme an, sie hat irgendwann etwas bemerkt. Jedenfalls fuhr sie zu einer Raststätte.

Ich will gerade aussteigen, aber sie bleibt sitzen. „Eigentlich müsste ich jetzt sagen: ‚Wenn ich Ihnen zu schnell fahre, steigen Sie doch einfach aus und suchen sich jemand anderen.'" „Aber Sie sagen es nicht?" „Ich würde Ihnen gerne noch ein paar Fragen stellen. Vielleicht besser bei einem Kaffee?" „Kann es auch Tee sein?"

Sie suchte uns einen Tisch aus, wo wir ungestört reden konnten, bestellte Tee und Kaffee. „Ihre Frage?" Zum ersten Mal lächelte sie. „Meine Frage: Was war früher Ihr Job? Personalchef?" „Alles, nur das nicht! Ich wollte nie Herr über das Schicksal anderer sein. Ich hätte keine Nacht ruhig schlafen können. Nein, ich war Chef für den gesamten Einkauf der Firma." „Welche Branche?" „Internationale Hotelkette." Sie überlegt kurz und sagt dann: „Und dennoch sind Sie jetzt in der Lage, nach drei Sätzen meine Situation zu beurteilen." „Es war der Ton, nicht nur der Inhalt." Sie schweigt, aber dann nickt sie. „Okay. Wenn Sie ausgetrunken haben, fahren wir weiter. Etwas langsamer." Sie lachte, wir lachten, ich zahlte, sie ließ es sich gefallen.

Und sie fuhr tatsächlich langsamer. „Wohin fahren Sie eigentlich?" „Ich will auf jeden Fall nach Genf, eine Woche abschalten, vielleicht auch länger, dann würde ich wahrscheinlich zurückfahren. Und dann", sie machte eine kleine Pause, „dann kündige ich vielleicht." „Ich hoffe, dass nicht ich der Auslöser dafür bin." „Warum nicht? Wenn Ihre Einschätzung stimmt, ich meine: für mich stimmt, dann tu ich es."

Wir ‚gondelten' also, wie sie es nannte, mit circa 150 km/h über die Autobahn, manchmal fuhr sie sogar auf der rechten Spur. „Weitere Fragen?", fragte ich sie. „Noch nicht, aber erzähle doch, Entschuldigung, erzählen Sie doch, wie sind Sie mit fiesen Chefs umgegangen?" „Da muss ich weit ausholen. Wie weit fahren Sie heute?" „Mindestens bis Basel."

Und dann hast du ihr deine gesamte Berufslaufbahn erzählt, nehme ich an. - Das, wovon ich dachte, dass es sie interessiert, ja. Sie hörte genau zu. Ich schloss die Augen und hatte dann alles vor mir, Bild und Ton sozusagen.

Am Abend, in Basel, fuhr sie zu einem Hotel, fünf Sterne. Zuerst gingen wir in die Hotelbar. Sie bestellte für uns, ohne mich zu fragen. „Sie sind es gewohnt, dass andere Ihre Absichten übernehmen." „Ist das eine Frage oder eine Feststellung?" „Letzteres. – Allerdings hatte ich nicht vor, in einem Hotel zu übernachten."

Sie lachte und schaute mich interessiert an: „Woran dachten Sie denn? An ein Buswartehäuschen?" „So ähnlich, aber ich habe auch ein kleines Zelt dabei, für alle Fälle. Ich könnte fragen, ob ich im Hotelgarten übernachten kann." „Tun Sie es doch einfach. Und morgen früh können Sie gerne bei mir im Zimmer duschen – wenn Sie wollen." „Ich hoffe, ich werde mich revanchieren können." Sie lächelte wieder: „Sie sind gerade dabei."

Wir unterhielten uns und ich hatte den Eindruck, dass sie allmählich anfing loszulassen. Ich war vorsichtig und fragte nicht nach ihren Privatangelegenheiten. Einen Ehering trug sie nicht, aber einen wertvollen Ring am Finger, wie ihn nur ein Mann aussuchen würde. Dafür fragte sie mich aus, nach meiner Ehe und so.

„Wir waren sehr lange verheiratet, dann haben wir uns getrennt." „Wie ging es Ihnen damit? Ich meine, wie haben Sie das verarbeitet, nach vielen Jahren Ehe?" Sie stellte offenbar gern mehrere Fragen zugleich. „Ich habe sie geliebt, vom ersten Augenblick an, bis zuletzt. Aber ich weiß eigentlich nicht – und das ist mir immer wieder durch den Kopf gegangen, wie sie mich geliebt hat." „Mal mehr, mal weniger?" „Nein, es war die Art, wie ich ihre Liebe empfunden habe. Manchmal kalt, manchmal heiß, dann wie aus der Entfernung oder so nah, dass es mir fast den Atem nahm. Es waren übrigens 24 Jahre. Sie sind nicht verheiratet, wenn ich richtig sehe?" „Lass uns bei Ihnen bleiben. Warum haben Sie sich verliebt?"

Ich musste es ihr haarklein erklären, wie einem Mädchen, das neugierig ist auf das Erwachsenenleben, das noch vor ihm liegt. Als ich von ihr erzählt hatte, du weißt schon, von Elsa und ihrer verrückten Art, die immer voller Überraschungen war und immer auch etwas Geheimnisvolles bewahrte, dessen sie sich gar nicht bewusst war. Mittlerweile war es ziemlich spät geworden; ich nahm meinen Rucksack und suchte mir im Park des Hotels einen Platz für mein kleines Zelt. Sie zeigte sich noch auf ihrem Balkon und wir winkten uns zu.

***

Nach einer unruhigen Nacht klopfe ich am Morgen an ihrer Zimmertür. Sie sitzt im Morgenmantel auf dem Bett, ihren Laptop vor sich. „Wie war die Nacht?" „So lala. Die Dusche wird mir guttun. Ich darf doch, oder?" Sie nickt und fährt fort zu tippen. Ich suche und finde das Badezimmer und dusche. Als ich herauskomme, hat sie sich angekleidet. Diesmal nicht schwarz, sondern gelb und orange. Es stand ihr gut. Und das sagte ich ihr auch. Sie stellte sich vor den Spiegel und winkte mich zu ihr. Ich bin einen halben Kopf größer als sie, weißhaarig und vielfaltig, sie mit schwarzem

Schopf, makellosem Gesicht. „Ich könnte Ihr Großvater oder jedenfalls Ihr Vater sein." Sie nagte wieder an ihrer Unterlippe. „Meiner war stur, arrogant und genial. Noch ein bisschen größer als Sie. Ich mochte nur sein Rasierwasser." „Erzählen Sie!" Sie schüttelte den Kopf. „Später vielleicht."

Wir frühstückten zusammen, ausgiebigst und lange. Wir hatten ähnliche Vorlieben, mochten Croissants und tranken zu viel Kaffee mit zu viel Zucker. „Wenn Sie es nicht eilig haben, was ich annehme, spazieren wir noch ein bisschen, bevor es weitergeht. Ein wenig kenne ich mich hier aus." Ich nickte und wir gingen zum Wagen.

Wir fuhren zum Rheinufer und spazierten dort den Weg entlang. „Wenn ich nervös bin, hilft Wasser, fließendes Wasser, vom Bach bis zum Fluss." Sie machte eine kleine Pause. „Am besten ist es, wenn ich drin schwimmen kann. Ich war übrigens mal Jugendmeisterin, 200 Meter Kraul. Aber dann wollte ich studieren und danach Geld verdienen." „Und eine Familie gründen." „Nein, das nicht, auch jetzt noch nicht."

Neben uns rauschte der Rhein, der mir recht klein, dafür aber umso munterer vorkam. Und mir wurde bewusst, dass ich durch das rasche Gehen und gleichzeitige Sprechen ein wenig außer Atem gekommen war. „Es wäre mir ganz angenehm, wenn wir mal stehen bleiben, ich bin ein wenig in Atemnot geraten. Mein Herz will nicht immer, was ich gerne möchte." „Entschuldigen Sie, daran dachte ich nicht." Wir blieben stehen und schauten auf das Wasser hinunter, in dem manchmal ein Stück Holz vorüber trieb. „Und wie war es mit Ihrer Frau, ich meine, mit Beruf und Kindern und so?" Unwillkürlich musste ich lächeln. „Wir waren beide noch jung, sie war lebenshungrig im wahrsten Sinn des Wortes, auch wenn ihr Hunger sich vor allem auf materielle Dinge und das Sammeln von verrückten Erlebnissen bezog. Anfangs machte ich mit, aber später ließ ich sie lieber allein ziehen, ich hatte meist auch gar keine Zeit mehr dafür."

Elisa schaute mich fragend an und so erzählte ich ein Beispiel: „Jetzt, im Nachhinein, meine ich, dass sie eine verkappte Kleptomanin war, nur dachte ich damals nicht im Traum daran. Jedenfalls, eines Tages klingelt es an der Haustür, zwei Polizisten stehen da und wollen meine Frau sprechen. Ich bitte sie herein, sie kommt, überaus reizend lächelnd, gut gelaunt. Ich sehe, wie die beiden – übrigens jungen – Polizisten etwas verlegen werden. „Worum geht es denn?", frage ich sie. Sie wollen mit ihr allein sprechen, aber sie meint, ich solle gerne dableiben, sie wüsste nicht, warum ich nicht dabeibleiben solle.

„Also, gnädige Frau, es geht darum, dass sie gestern Nachmittag das Schmuckgeschäft in der Leopoldstraße aufsuchten." Sie lächelte zustimmend. „Und als sie, ohne etwas gekauft zu haben, wieder gingen, fehlte offenbar einer der Ringe, die Sie sich hatten zeigen lassen." Es trat eine Pause ein, sie lächelte noch immer. „Wissen Sie, so dürfen Sie die Geschichte doch nicht erzählen! Aber setzen wir uns doch."

Sie nötigte die beiden zum Sitzen, blieb selbst aber stehen. „Ich weiß nicht, was Herr Niederfell Ihnen erzählt hat, auf jeden Fall nicht alles. Vielleicht hat ihm sein Gedächtnis einen Streich gespielt, das könnte ich mir durchaus vorstellen. Es wäre nicht das erste Mal ...." Sie beendete den Satz nicht, aber ließ Raum für alle möglichen Vermutungen. „Wir kennen uns doch sehr gut, Herr Niederfell und ich. Sehen Sie", sie stellte sich vor die beiden, die auf dem Sofa vor ihr saßen und streckte ihre linke Hand aus, „steht er mir nicht schrecklich gut? Ich hatte mich gleich in ihn verliebt." Einer der Polizisten holte ein Foto aus seiner Jackentasche und verglich es mit dem Ring. „Ja, das ist er!" „Sicher ist er es und ich sage Ihnen, wie es wirklich war."

Sie erzählte natürlich eine ganz andere Geschichte und ließ den Inhaber des Schmuckgeschäftes als einen zwar liebenswerten, aber trotteligen und von Demenz bedrohten Alten erscheinen. Sie habe den Ring ausgeliehen, habe ihn sicherheitshalber einen Tag zur Probe tragen wollen und außerdem erst mich, ihren Mann, fragen wollen, ob sie ihn wirklich kaufen solle.

„Schatz, du hast doch gleich gesagt, er passt wunderbar zu mir, nicht wahr?" Ich konnte nicht anders als das zu bestätigen. „Wissen Sie was, wir beide, mein Mann und ich, fahren zum Laden und klären die Geschichte. Nimm bitte die Kreditkarte mit, Schatz." Und so kam es, dass wir den Ring um einen nicht unerheblichen Betrag kauften und es meiner Frau gelang, den Geschäftsinhaber mit vielen Worten davon zu überzeugen, seine Anzeige zurückzuziehen.

Als wir wieder nach Hause fuhren, lachte sie. „Eins zu vier steht es, noch immer ein gutes Verhältnis." „Was meinst du damit?" Sie grinste immer noch: „Einmal erwischt, aber viermal nicht!" Sie triumphierte. „Weißt du, es ist einfach aufregend und wenn es mal ein bisschen schiefgeht wie jetzt gerade, lässt es sich doch ohne Komplikationen lösen." „Ohne Komplikationen? So einfach war das nicht, hätte auch schiefgehen können." Sie schüttelte den Kopf. „Ich suche mir schon die richtigen Gelegenheiten aus, mein Lieber, so dass es nicht schiefgeht, du hast es ja erlebt."

„Und es ist wirklich nie richtig schiefgegangen?", fragte Elisa. „Nie", erwiderte ich, „aber es hat mich einige Nerven gekostet, da mitzumachen. Was hätte ich anderes machen sollen?" „Sie gar nicht erst heiraten, natürlich." Da hatte sie recht, das war zuzugeben.

Auf dem Rückweg zum Auto musste ich ihr noch mehr von meiner Familie erzählen und mir wurde klar, dass sie einen bestimmten Grund haben musste, weshalb sie so intensiv und unablässig fragte. Ich überlegte, ob sie vielleicht in einem Heim groß geworden war.

Jetzt, in der Schweiz, konnte sie nicht so schnell fahren wie zuvor in Deutschland, dafür lenkte sie mit einem Finger. „Ich könnte nie hier länger leben, es ist, wie mit angezogener Handbremse fahren." Immer wieder tönte das Navigationsgerät mit der Warnung vor Radarstationen, sie schaltete es stumm. „Nicht auszuhalten", stöhnte sie, „wir brauchen Tage bis nach Genf. Übrigens: Ist es Ihnen nie langweilig geworden, im Beruf, in der Ehe?" Wir fuhren gerade in einer langen Autoschlange, es ging bergauf und aus unerfindlichen Gründen wurde das Tempo immer langsamer. „Es würde mich nicht wundern, wenn wir hier auf der Straße übernachten müssten. – Also: Wie war es?"

„Nun, im Beruf gab es ja immer wieder neue Aufgaben und Herausforderungen: neue Produkte, neue Lieferanten, neue Preisverhandlungen und so. Leider blieben die Leute letztlich doch immer die gleichen und irgendwann wusste ich nach den ersten Worten, wie ich jeden, auch Unbekannte, einzuschätzen hatte." „Und wie lief es persönlich, menschlich, mit Ihrer Frau, den Frauen?"

Offensichtlich fragte sie nicht aus Neugier, sondern aus Interesse. Und, wie mir später klar wurde, merkte sie sich alles, was ich erzählte. „Also, meine Frau war, wie sagte, ein wenig verrückt, unberechenbar. Sie können sich vorstellen, dass mir mit ihr nicht langweilig wurde. Im Gegenteil, nach ein paar Jahren war es anstrengend geworden, ihr Verhalten meine ich. Sie konnte nicht mehr anders und es ging auch immer mehr ins Geld. Das war zwar nicht unbedingt ein Problem, aber wenn sich die Schuhe in mehreren Regalen stapeln, die Kleider mehrere Schränke füllen, von anderen Kleidungsstücken ganz zu schweigen, wird man nachdenklich."

Dass ein Polizeiwagen hinter uns herfuhr und dass Elisa die Fahrzeugkolonne mit erhöhtem Tempo überholt hatte und offenbar schon eine ganze Weile im selben Tempo weitergefahren war, hatte ich während des Erzählens nicht bemerkt. Und sie war wahrscheinlich aus alter Gewohnheit ihr Tempo von 150 Stundenkilometern weitergefahren. Jedenfalls sahen wir beide die rote Polizeikelle und an der Rückscheibe die Aufforderung, dem Wagen zu folgen.

„Man ist recht streng hier, in der braven Schweiz", wagte ich zu sagen. Sie schaute mich nicht einmal an und ich fürchtete plötzlich, sie könne mit einem Blitz-start versuchen, dem Unvermeidlichen zu entkommen. Ein älterer und ein jüngerer Polizist stiegen aus ihrem Auto, der jüngere blieb danebenstehen, der ältere kam langsam auf die Fahrerseite. Elisa ließ das Fenster herunter.

Die übliche Prozedur folgte. Der Polizist behielt den Führerschein ein und sagte: „Sie müssen mit einer Anzeige rechnen wegen deutlich überhöhter Geschwindigkeit und Gefährdung anderer Verkehrsteilnehmer. Ich nehme an, Sie sind zum ersten Mal hier in unserer Schweiz, oder?" Sie nickte und schaute starr nach vorne. „Wenn Ihr Begleiter einen Führerschein besitzt, können Sie gerne weiterfahren."

Er wartete, bis ich es ihm bestätigte; zur Sicherheit zeigte ich ihn. Wir stiegen aus dem Auto und wechselten die Plätze. Vor uns lehnten die beiden Polizisten an ihrem Wagen und schauten zu uns herüber.

„Ich bin seit zehn Jahren nicht mehr gefahren." Sie atmete zuerst tief ein und meinte dann, den Blick auf die beiden da draußen gerichtet: „Es ist ein Wagen mit Automatik. Treten Sie die Bremse, dann den Schalthebel auf D schieben, dann losfahren; ich schau' zur Sicherheit mal nach hinten."

Als sie das Kommando gab, trat ich aufs Gas und der Wagen schoss so schnell los, dass ich gerade noch an den beiden Polizisten vorbei knirschen konnte, die erschrocken zu Seite sprangen. Ich achtete jetzt vor allem auf den Tachometer und bald konnten wir hinter uns den weiß-blauen Wagen der Polizei erkennen. Er fuhr mindestens eine halbe Stunde hinter uns her. Allmählich bekam ich wieder trockene Hände und konnte durchatmen. Als unsere Verfolger an uns vorbeigerauscht waren – wir winkten ihnen freundlich zu – und außer Sicht waren, meinte Elisa: „Ich brauche jetzt was Alkoholisches, das kann ich mir ja nun gönnen. An der nächsten Raststätte bitte rausfahren."

Sie bestellte sich Wein, einen Salatteller und ein Kännchen Kaffee. Als ich zögerte, bestellte sie für mich das Gleiche, außer dem Wein natürlich. Ich ließ es mir gefallen und meinte nur: „Vielleicht ist es wirklich gut für mich. Ich meine, statt Pommes und Fleisch." „Ich wollte Sie nicht daran hindern, sondern nur die Bestellung ein wenig beschleunigen." Sie trank das Glas auf einen Zug aus und stieß dann die Gabel vehement in die Salatschale. „Es könnte sein, dass ich meinen Führerschein für eine Weile abgeben muss." „Nicht zum ersten Mal zu schnell gefahren?" „Sage ich lieber nicht, es passiert einfach, egal, ob ich allein im Auto fahre oder ob andere mitfahren. Es muss an meinen Füßen liegen." Sie rief die Bedienung herbei, bestellte noch ein Glas, nahm einen weiteren tiefen Schluck und blickte mich dann an, wortlos. Ich hob die Augenbrauen und wartete darauf, dass sie zu sprechen begann. „Ich bin mir sicher, Sie wissen, was ich jetzt sagen will, nein, sagen muss." „Ich fürchte ja", erwiderte ich. „Aber Sie müssen es schon selbst sagen." „Ich komme gleich wieder", sagte sie im

Aufstehen und ging in Richtung der Toilette. Also wollte sie mir Zeit geben, mir die Antwort zu überlegen.

Natürlich waren meine Pläne damit dahin. Aber ich bin nicht jemand, der andere im Stich lässt. Immerhin war auch so einigermaßen offen, was in der Zukunft und auf dieser Reise geschehen würde, diese Offenheit war mir wichtig. Und zudem war ich neugierig geworden, wie sie mit der Situation umgehen würde.

Als sie zurückkam, trug sie ein kleines Päckchen unter dem Arm. „Ein Trösterli, würden die Schweizer wohl sagen." Und dann holte sie tief Luft: „Ich möchte Sie bitten, mich zumindest bis nach Genf zu fahren. Und …", sie zögerte, „und, wenn wir beide es wollen, vielleicht auch noch hinüber nach Italien oder Frankreich, falls das nicht, wie soll ich sagen, unbescheiden klingt." Sie schaute mich bei ihren Worten verlegen an, wobei sie noch immer ihr Trösterli-Päckchen in der Hand hielt. Das stellte sie jetzt mitten auf den Tisch. „Ein Dank ist das natürlich noch nicht und bedanken möchte ich mich auf jeden Fall bei Ihnen. Aber so gut kenne ich Sie noch nicht, dass ich wüsste, was Ihnen Freude machen würde."

„Darum geht es doch gar nicht!" Ich legte meine Hand auf ihre, die immer noch am Päckchen haftete wie angeklebt. Sie war ganz warm, aber dennoch angenehm anzufühlen. „Sie brauchen sich nicht extra zu bedanken, ich denke, wir sind jetzt schon quitt. Aber was meinen Sie, sollten wir uns nicht duzen?"

Dass sie Elisa hieß, weißt du ja schon. Und ich denke, der Name passte zu ihr, einfach dem Klang nach. Das distanzierende ‚e‘, das leichte luftige ‚l‘, das selbstbewusste ‚i‘, das geschwinde ‚s‘ und das alles offenlassende ‚a‘. Wobei, das kann ich jetzt erst im Nachhinein so formulieren. Jedenfalls war das ‚i‘ zuerst zu erleben, dann das ‚l‘.

Sie lächelte, ich lächelte und wir bestellten einen weiteren Kaffee. „Erzähle weiter von deiner Frau. War sie schön?" Sie schaute mich mit offenem Blick an: „Du hast sicher ein Foto von ihr." „Vielleicht später." Sie war nicht beleidigt, wir unterhielten uns weiter und überlegten, ob wir bis Genf durchfahren sollten. „Von mir aus gerne."

An diesem Tag kamen wir tatsächlich bis Genf, allerdings war es wegen einiger Staus spät geworden. Ich nahm diesmal wie sie ein Zimmer im Hotel, aber gab ihr den Autoschlüssel zurück. „Sehen wir uns morgen früh?", fragte sie vorsichtig. „Ich denke schon, es sei denn, ich träume schlecht von dir."

***

Wir trafen uns beim Frühstück. „Du hast mir noch nicht alles erzählt. Vielleicht magst du noch ein paar Tage hier in Genf bleiben." „Ich möchte weiter, in den Süden, in die Sonne, Italien, das Meer. Oder ..." Sie wartete geduldig, bis ich fortfuhr. „Oder du kommst mit und wir wandern in den Bergen, ich erzähle dir, was du wissen willst. Ich würde mich freuen, übrigens." „Gib mir einen Tag Zeit." „Zum Überlegen?" „Zum Einkaufen, ich brauche Bergschuhe und so was."

Dann hast du also deine Pläne geändert, hast im Hotel gewohnt und bist auf die Berge gestiegen und nicht weiter nach Italien oder Frankreich gereist. Und soweit ich mich erinnere, war das Bergwandern nicht deine Sache. - Stimmt schon, deine Erinnerung ist richtig. Dass es nicht meine Sache ist, das heißt: war, hat sich ja gezeigt, später. Jedenfalls, zwei Tage später war sie soweit und sie hatte mir auch noch einen Wanderstock besorgt.

„Ich hoffe, du nimmst es mir nicht übel, aber ich habe auch einen dabei, fürs Abwärtsgehen soll er ganz nützlich sein. Und außerdem habe ich zwei Wanderkarten besorgt, es sei denn, wir gehen aufs Geratewohl."

Kurz, sie hatte für alles Notwendige gesorgt und der Rucksack, den sie trug, war voll gefüllt mit Nahrungs-

mitteln und Getränken. „Du bist gut im Organisieren."
„Klar, sonst wäre ich nicht das, was oder wo ich jetzt
bin." Sie lachte und klopfte mir, zu meiner
Überraschung, auf die Schulter. Als ich kurz
zusammenzuckte, entschuldigt sie sich: „Verzeih, ich
wollte dich nicht belästigen." „Das ist es nicht, ich war
nur etwas erstaunt, dass du auch, nun ja, so
kontaktfreudig sein kannst." Wir lachten beide und
machten uns auf den Weg. Sie hatte natürlich schon
eine Strecke auf der Karte ausgekundschaftet und so
ging es ordentlich voran. Das heißt, zuerst fuhren wir
mit dem Wagen aus der Stadt heraus. Es war schon
später Vormittag, als wir ausstiegen und
losmarschierten.

Und sie ließ nicht locker. „Deine Frau, was hast du an
ihr geliebt, was hattet ihr gemeinsam?" Wir waren
gerade dabei, die erste Steigung zu erklimmen, und so
konnte ich nur kurz erwidern: „Jetzt geht es gerade
nicht, aber sag du: Wie geht es dir denn mit deinen –
Bekannten?" Sie lachte leise: „Gut abgebogen,
Gunnar." Aber sie schwieg dann eine ganze Weile, bis
sie meine Frage zu beantworten begann. „Da gibt es
nicht viel zu erzählen, es war da nichts wirklich
Ernsthaftes." „Warum das?" „Das kannst du dir doch
denken, oder?" Ich weigerte mich zu antworten und
verwies auf mein deutlich vernehmbares Schnaufen.
„Entweder er war mir zu langweilig oder ich ihm zu

beschäftigt. So dauerte es nie länger als ein, höchstens zwei bis drei Wochen und wir trennten uns wieder."

Als wir schließlich ein erstes Plateau erreichten und ich wieder zu Atem gekommen war, sagte ich: „Schade! Aber sag: Wie stellst du dir deinen Ehemann, oder sagen wir: deinen Idealpartner vor?" „Das tue ich lieber nicht, ich könnte sonst nur enttäuscht werden." „Aha, er müsste also perfekt sein. Aber das gibt es nicht." „Das habe ich nicht gesagt, er muss nicht perfekt sein." „Welche Makel sind zu tolerieren?" Sie schüttelte den Kopf: „Es geht nicht um Vorzüge und Makel, wie soll ich das sagen?" Zum ersten Mal schien sie nach Worten zu suchen. Ich ging einfach los, um die Situation zu lösen. Die nächste Viertelstunde schwiegen wir und ich hatte mein Wandertempo gefunden. „Geh ruhig voraus, wenn ich dir zu langsam bin. Warte einfach bei der nächsten Wegkreuzung."

Sie ging zwar ein paar Schritte voraus, aber dann zögerte sie, so dass ich sie wieder einholte. „Meine Frau war wirklich nicht perfekt, aber sie war im wahrsten Sinn liebenswert. Die ersten Jahre jedenfalls. Es ist, wie soll ich sagen, etwas, das sich entwickelt. Es braucht Zeit, es braucht Ausdauer, es braucht …" „Macht es auch Spaß?" Sie lachte, ich lachte. „Also, wie soll ich das erklären? Sie war nicht die schönste, sie war auch nicht die intellektuelle Überfliegerin. Sie hatte eine Menge Talente, die sie aber gar nicht richtig erkannte. Und ich brauchte nicht weniger als Jahre, bis mir klar wurde, was ihre wahren Qualitäten waren." „So viel Geduld habe ich nicht, nein. Es muss doch schneller gehen!" Jetzt musste sie selbst lächeln. „Ich glaube, das ist mein Problem." „Dir ging es immer darum, die schnellste zu sein, die erste, die beste." „In dieser Männergesellschaft geht das nicht anders, wenn man nach oben will." „Stimmt, da gebe ich dir recht. Aber wir sprachen gerade von etwas anderem." Sie nickte und wir stapften wieder stumm weiter. Allmählich gewannen wir eine Höhe, von der wir auf die Stadt und den See blicken konnten, weit im Süden und im Dunst war der Mont Blanc zu erahnen.

„Weißt du, mir ging es ja ähnlich." Sie runzelte die Brauen. „Gut, ich hatte es als Mann wahrscheinlich leichter als du. Aber ich dachte genauso: schneller, besser, höher, weiter. Aber ich konnte an meiner Frau sehen, wohin das wirklich führt, zum Wahnsinn, letzten Endes. Auch wenn das nicht so aussieht und man dafür nicht in der Klinik landet." Sie unterbrach mich: „Ich nehme nicht an, dass du deshalb ausgestiegen bist." „Bin ich nicht, obwohl ich es hätte tun sollen. Das sage ich mir heute. Aber ich zwang mich, auch mal zweiter zu sein, nicht so schnell aufsteigen zu wollen, nicht das dickste Auto und Portemonnaie zu haben. Und nur deshalb habe ich meine Frau kennengelernt. Aber das ist eine längere Geschichte." „Wir haben heute genug Zeit, glaube ich."

„Das schon, aber ich weiß nicht, ob meine Puste reicht."

Aber Elisa hatte vorausschauend einen Weg gewählt, der zu einer Hütte führte, wo wir den halben Nachmittag auf der Terrasse verbrachten. Der Blick ins Tal war wie ein Blick in die Vergangenheit. Wir lagen in Liegestühlen, ein Tischchen neben uns. „Dass du es mal länger auf einer Stelle aushältst, hätte ich ja kaum vermutet." „Solange du erzählst, halte ich es aus." Sie grinste und hob ihr Glas: „Auf die Vergangenheit! Wie hieß sie eigentlich?" „So wie du", sagte ich. Elisa wurde tatsächlich blass. „Fast so wie du", verbesserte ich mich und sie nahm wieder etwas Farbe an. „Sie hieß Elsa."

Du siehst, sie blieb ‚am Ball', wie man sagt, ließ nicht locker, zog am Angelhaken und mir die ganze Geschichte aus dem Mund, oder sollte ich besser sagen: aus dem Herzen. – Jetzt verstehe ich zwar kaum, was du da meinst mit dem Ball, nur vom Herzen verstehe ich ein wenig.

„Allerdings habe ich Elsa erst Mitte dreißig geheiratet. In erster Ehe war ich mit Maria verheiratet." „Die hast du bisher noch gar nicht erwähnt. Wie hast du sie kennengelernt, warum habt ihr euch getrennt?" Eigentlich hatte ich von Maria gar nicht reden wollen. Zu lange war es her und ich hatte nie mit jemandem wirklich über sie gesprochen. Jetzt, in der Erinnerung, war sie wie eine Erscheinung, die auftaucht, bedeutungsvoll und rätselhaft zugleich.

„Von unserem Kennenlernen kann ich dir erzählen und wie es endete. Es war auf einer Tour in die Berge, sieben, acht Leute, die sich teilweise kannten. Ich sah sie damals zum ersten Mal, das heißt, eigentlich sah ich sie erst einmal nicht, abgesehen von der Begrüßung. Jemand hatte sich darum gekümmert, eine Route auszukundschaften, es war Frühsommer, die ersten richtig warmen Tage. Nun, wir kamen an einen Bergsee und weil es heiß geworden war, wollten alle ins Wasser, auch wenn niemand entsprechendes Badezeug dabei hatte. Außer Maria und Leo waren schon alle ins Wasser gesprungen, die beiden blieben noch am Ufer, aber das erfuhr ich erst hinterher. Mit viel Geschrei und Herumspritzen - das Wasser war saukalt - tobten wir uns aus. Und keiner von uns bemerkte, was Maria sah. Leo war dann doch ins Wasser gesprungen und plötzlich darin versunken. Maria war am Ufer geblieben, warum auch immer. Aber sie hatte Leo im Blick behalten und als er nicht wieder auftauchte, hatte sie sich – voll bekleidet – ins Wasser gestürzt, um nach Leo zu tauchen. Wie sie später erzählte, gelang es ihr erst im dritten Versuch, ihn aus der Tiefe heraufzuholen, er war schon nicht mehr bei Bewusstsein. Sie schleppte ihn ans Ufer, konnte ihn aber nur halbwegs aus dem Wasser ziehen.

Wir anderen hatten davon überhaupt nichts mitbekommen. Erst als einer von uns aus der Entfernung sah, dass da etwas nicht stimmte, schwammen wir zu den beiden. Maria hatte schon begonnen mit Mund-zu-Mund Beatmung und Herzmassage. Sie war bereits völlig erschöpft, als Karsten, der Mediziner war, übernahm.

Kurz und gut, Leo hat's überlebt; später berichtete er, dass er zuerst einen Krampf und dann die Panik bekommen habe. Dabei verlor er unter Wasser total die Orientierung. Ja, Maria stand dabei in ihren tropfenden Kleidern, blass und im Schock zitternd; sie sank erst in sich zusammen und auf den Boden, als er wieder zu Bewusstsein kam. Aber da hatte ich etwas gesehen von ihrem Wesen, das so ganz anders war als das, was auf den ersten und auch den zweiten Blick zu sehen war. – Ja, damals habe ich sie zum ersten Mal erlebt. Hinterher hat sie ihr Eingreifen völlig heruntergespielt. Ach ja, was ich vielleicht noch erzählen sollte: Sie und Leo hatten sich zuvor gestritten, weil sie keine Lust gehabt hatte, mit ins Wasser zu kommen. Er hatte ihr vorgeworfen, sie sei prüde und so, was sie allerdings verneinte. Hinterher hat er sich natürlich bei ihr entschuldigt und hat sie zu einem tollen Abendessen eingeladen, was ihr zwar, wie sie mir später sagte, gefallen habe, sie aber nicht unbedingt beeindruckt hatte."

Wir saßen den halben Nachmittag da, aber ich hatte nach dem Erzählen dieser Geschichte keine Lust, weiter von Maria und mir zu erzählen, solange Elisa nichts von sich preisgeben wollte. Aber sie blieb auch jetzt wieder dabei und irgendwie diskutierten wir auf einmal darüber, wie weit man bei der Wahrheit bleiben sollte. Für sie war Wahrheit etwas, was immer relativ ist, so dass sie es auch für gerechtfertigt hielt, eine, wie sie es nannte, ,eigene Wahrheit' gelten zu lassen. — Interessant zu hören: relative Wahrheit und eigene Wahrheit, wie soll ich das verstehen?

„Weißt du, warum - um bei dieser Geschichte zu bleiben - Maria nicht ins Wasser gehen wollte, egal wie sie es begründet haben mochte? Auch wenn sie, platt gesagt, gelogen haben mochte und Leo eine andere als die wirkliche Begründung gab, dann war es doch eine Wahrheit, weil sie es so sagte." „Verstehe ich nicht", erwiderte ich, Lüge bleibt Lüge." „Also, wenn du jetzt gesagt hättest, deine Frau sei zuhause geblieben, weil sie – was weiß ich – im Rollstuhl sitzt, dann wäre deine Aussage gültig wie die Wahrheit, denn für mich ist es Wahrheit, es sei denn, ich hätte konkrete Gründe, deine Aussage nicht für wahr zu halten. Es gibt eben einfach unterschiedliche Wahrheiten, ob du willst oder nicht."

Elisa sagte das zwar engagiert, aber doch recht ‚cool' und ich fragte mich, ob ich je von ihr etwas zu hören bekäme, bei dem ich sicher sein konnte, dass sie es wirklich so meinte. „So wie du argumentierst, müsste ich annehmen, dass du Philosophie oder so was studiert hast." Sie lachte und konnte sich fast nicht mehr einkriegen. Und von da an war sie ausgelassen wie ein junges Mädchen und wir alberten nur so herum. Natürlich wurden die anderen Gäste auf der Terrasse auf uns aufmerksam und sie werden sich gedacht haben, was der alte Sack mit der jungen Frau - oder auch umgekehrt – will. Es war uns egal und ich weiß noch, dass ich am nächsten Tag Bauchmuskelkater von all dem Lachen hatte. Wir erzählten uns Lügengeschichten, die wir spontan erfanden, alles grotesk übertrieben und völlig irreal.

Beim Rückweg war sie plötzlich wieder sehr schweigsam und das war mir eigentlich ganz recht, schließlich war ich mehr als doppelt so alt wie sie und nicht mehr daran gewöhnt, so lange an einem Tag mit jemanden zusammen zu sein und zu reden. – Aber es hat dir offenbar gefallen, so wie du erzählst. Wie endete denn dieser Tag?

Wir saßen nach dem Abendessen im Park des Hotels, es war ja noch zu klären, wie es weitergehen sollte. „Also", sagte sie und hatte sich offenbar schon alles gründlich überlegt, „also, es gibt folgende Möglichkeiten: 1. Ich bleibe die nächsten zwei, drei Wochen hier und würde dich dann bitten, mich nach Hause zu fahren. Du könntest in der Zwischenzeit machen, was du willst, meinetwegen auch den Wagen benutzen. 2. Du bleibst hier, leistest mir manchmal Gesellschaft und wir würden überlegen, wer was jeweils alleine oder was wir zu zweit tun und reden würden. 3. Das ist jetzt unser letztes Gespräch und wir sehen uns nie wieder. Irgendwen werde ich finden, der mich mit dem Wagen nach Hause fährt." Sie hielt inne, schien noch eine weitere Alternative zu überlegen, die sie dann offenbar verwarf. „Nun, was meinst du?"

Ich musste lächeln und erwiderte: „Noch immer nicht im Entspannungsmodus angekommen?" „Ich denke eben strukturiert, das ist es; und jeder vernünftige Mensch würde das auch tun." „Gut, dass ich nicht vernünftig sein muss", erwiderte ich und blieb eine weitere Antwort schuldig. Verärgert verschränkte sie die Arme und wippte mit einem Fuß ihrer übergeschlagenen Beine. „Du hast leicht reden, aber ich kann nicht einfach alles wie mit einem Schalter ausschalten. Ich wette, das war bei dir genauso, wenn du, wenn überhaupt, mal Urlaub gemacht hast." „Ich kann dich völlig verstehen, aber wie war das heute

269

Nachmittag, da hast du doch den Schalter umgedreht und hast mal deine unvernünftige Seite gezeigt. Hat mir übrigens gefallen. Musst mal ein witziges Mädel gewesen sein." „Danke für das Kompliment – Opa!" „Wäre ich gerne geworden. Wie steht es eigentlich mit deiner Familienplanung?" Jetzt stand sie entschlossen auf. „Gut, das ist jetzt eindeutig. Unser letztes Gespräch hat hiermit stattgefunden, ich bedanke mich höflichst für Ihre Fahrdienste und den Ausflug." Sie nickte kurz und verschwand im Hotel.

***

Die folgende Nacht verbrachte ich noch in meinem Hotelzimmer und machte Pläne für die kommenden Tage. Jetzt würde mein Abenteuer erst richtig beginnen. Elisa bedauerte ich, denn ihre Auszeit würde sie nicht nutzen können und sie würde genauso unzufrieden wieder in ihren Job einsteigen. - Aber dann sollte ja doch alles anders kommen, sonst wärst du jetzt nicht hier; aber so hast du es dir ja ausgesucht. – Habe ich das? Ich kann das noch immer nicht verstehen, dass ich das gewesen sein soll. Aber gut, wenn du es sagst, wird es vielleicht doch stimmen. - Also, du erinnerst dich, wie ging es weiter?

Meinen Rucksack hatte ich gepackt und auf den Rücken gehievt. Ich wollte gleich richtig anfangen und nicht den Lift benutzen. Pudelwohl fühlte ich mich, um zehn Jahre jünger und hatte es eilig, endlich aus diesem verflixten Hotel herauszukommen. Ich gehe also mit Schwung die Treppe hinunter und gewinne dank des schweren Rucksacks gleich an Fahrt. Dummerweise habe ich den Handlauf, das Treppengeländer ignoriert und wie mir da jemand entgegenkommt und ich ausweiche, verliere ich das Gleichgewicht, die Schwerkraft zerrt an mir, ich versuche, mit den Füßen die Stufen zu erwischen, was mir bei zwei oder drei noch gelingt, aber dann trete ich auf eine Stufenkante, rutsche, verdrehe mir den Fuß und lande auf dem Rücken, den Kopf nach unten, zum Glück auf dem Rucksack selber. Aber da liege ich nun wie ein Riesenkäfer auf dem Rücken und komme natürlich nicht wieder hoch. Doch da eilt schon der Mann von der Rezeption daher, hilft mir auf die Beine. Ich merke schon, mit dem einen Fuß stimmt was nicht und bitte ihn, ein Taxi zu rufen. Den Rucksack lasse ich im Hotel, im Krankenhaus erfahre ich, dass nichts gebrochen, aber der linke Knöchel kräftig verstaucht ist. Er wird verbunden, ich bekomme ein Rezept und man entlässt mich. „Einige Tage den Fuß nicht schwer belasten, auf jeden Fall eine Krücke benutzen." Zurück im Hotel bleibt mir nichts anderes übrig, als wieder einzuchecken und ich kehre als Versehrter in mein Zimmer zurück.

Jetzt frage ich dich: Wozu soll das gut gewesen sein? Wäre es nicht auch anders gegangen? Solche Hotels habe ich immer gehasst, mein Leben lang, deshalb wollte ich doch mit Rucksack reisen und, nur einen Zeltstoff über meinem Kopf, unter freiem Himmel übernachten. – Ich kann nur wiederholen: Du hast es dir ausgesucht und, das muss ich hinzufügen, es war mir nicht gestattet, dich vor diesem Malheur zu bewahren. – Ja, ich weiß, Glück haben nur die Kinder; die Erwachsenen müssen selbst auf sich aufpassen. – Damit es klar ist: Ich konnte und durfte zwar deinen Fehltritt nicht verhindern; aber sei versichert, ich war in deiner Nähe. Vielleicht hast du es ja bemerkt. – Tut mir leid, so feinfühlig war ich nie. Nun, mein Missgeschick hatte natürlich weitere Folgen.

Es sprach sich gleich herum, dass der komische Alte mit seinem Rucksack verunglückt war, nicht in den Bergen, aber auf dem steilen Abstieg des ersten Stocks ins Parterre. Spätestens beim Abendessen wussten es alle, natürlich auch Elisa. Und bald darauf bekomme ich einen Anruf von ihr. „Gunnar, es tut mir so leid, was dir passiert ist, den Fuß verstaucht, hörte ich. Stimmt das?" Ich erzählte ihr dir Geschichte mit grimmigem Humor und sie musste sogar lachen.

„Entschuldige, du weißt, dass ich dich nicht auslache, aber du schilderst alles so witzig, da muss ich einfach lachen." Sie legte nicht eher auf, bis ich ihr erlaubte, mich an nächsten Morgen im Zimmer zu besuchen. „Brauchst du noch etwas?"

***

Am nächsten Morgen kam sie mit der Krücke ins Zimmer und zeigte mir, dass sie damit umgehen konnte. „Du, es geht ganz leicht, probiere mal. Wie können dann gleich hinunter zum Frühstück gehen. Die paar Schritte zum Lift schaffst du bestimmt."

Im Lift strahlte sie mich an, als sei ich ihr Prinz, auf den sie lange gewartet hatte. „Ich nehme nicht an, dass du dich über mein Missgeschick freust. Oder?" Sie erstarrte, aber fasste sich gleich wieder. „Ach, ich hatte zunächst eine so schlechte Nacht, mir graute vor den Tagen hier in dem langweiligen Genf. Aber dann hörte ich, dass du doch noch dageblieben bist, ich weiß, unfreiwillig. Und so bist du mein einziger Lichtblick, sozusagen." „Ich danke für das Kompliment, allerdings fühle ich mich eher wie ein Sonnenuntergang." „Macht nichts", erwiderte sie, „wir machen jetzt Pläne! In der Nacht ist mir vieles eingefallen."

Ihre Worte hörten sich für meine Ohren eher wie eine Drohung als Hoffnung schenkend an. Kaum hatte sie ihr Frühstücksei mit Schwung geköpft, legte sie los.

„Also, wir wollen doch beide nicht in diesem Nest versauern. Deshalb machen wir uns auf den Weg, den wir beide vorhatten, der Sonne nach in den Süden." Sie erwartete eine Antwort von mir, zumindest einen fragenden Blick, aber ich löffelte angestrengt in der fast leeren Eierschale, um den letzten Rest herauszukratzen. „Wir haben ein Auto, du hast den Führerschein, wir können also losfahren." „Du vergisst eine Kleinigkeit, meinen leicht gehandicapten Fuß nämlich." „Nein, keineswegs. Du brauchst zum Fahren nur den einen, den funktionsfähigen. Du weißt doch, es ist ein Wagen mit Automatik. Also?" „Ich mag nicht den ganzen Tag im Auto sitzen und fahren, das kannst du dir doch denken, ich wollte wandern, abseits der Straßen!" Ich war ein wenig unwillig geworden, aber das rührte sie keineswegs. „Gunnar, das verstehe ich doch voll und ganz. Wir machen Pausen, wann immer du willst, aber wir kommen voran, sehen die Berge, die Seen, das Meer! Darauf kommt es doch an." Sie war so begeistert von ihren Plänen, dass sie meine Skepsis nicht einmal ignorierte. „Du hast heute noch einen ganzen Tag Zeit, dich zu erholen und morgen ziehen wir los. Ich freu' mich schon so darauf!"

Ich muss zugeben, dass ich mich doch ein wenig geschmeichelt fühlte, als tauglicher Gesellschafter dieser jungen und, ja, attraktiven Dame angesehen zu werden. Natürlich, sie brauchte mich als Fahrer, aber, nun ja, sie hatte an die Krücke gedacht und mir sofort zugestanden, die Pausen nach meinem Gusto einzurichten. Eine Weile zierte ich mich noch, aber dann willigte ich ein. – Das war mir von Anfang an klar, dass du nicht würdest widerstehen können. Schon als du zum ersten Mal in ihr Auto eingestiegen bist, war das klar. – Wirklich, dir und also eigentlich auch mir war das klar? Aber - das heißt, auch früher war schon oft klar, wie die Dinge laufen würden, auch wenn ich es nicht so plante? – Habt ihr nicht ein altes Sprichwort: ‚Der Mensch denkt, aber Gott lenkt‘? Das würde es doch fast treffen.

***

Egal, am nächsten Tag fuhren wir los, es ging wirklich gut, denn bremsen und Gas geben war ja kein Problem. Das Wetter war hervorragend, wir öffneten die Fenster und ließen uns die Bergluft ums Gesicht wehen. Mit der Zeit fand ich sogar wieder Spaß am Fahren, der Wagen war einfach genial. Nur Elisa schien plötzlich verstimmt zu sein. Hatte sie zunächst noch fröhlich dahin geplaudert, verstummte sie plötzlich. Ich merkte es erst nach einer Weile, hatte aber keine Lust, sie darauf hin anzusprechen. Doch dann steuerte ich einen Parkplatz an.

„Was ist los?", fragte ich sie, als ich den Motor ausgeschaltet hatte. „Ist es womöglich wieder die Firma, die gewittrig hinter deiner Stirn hängt?" Sie nickte und ich wartete. Dann stieg sie plötzlich aus, kam auf meine Seite und half mir aus dem Wagen. Wir setzten uns auf eine Bank und sahen hinunter in das Tal, von dem wir heraufgekommen waren. Die Straße schlängelte sich in engen oder weiten Serpentinen den Hang herauf. Irgendwo in der Ferne lag Genf im Dunst, hinter uns die Berggipfel, die wir schon die ganz Zeit gesehen hatten. „Ich habe es befürchtet, dass die Firma dir nicht aus dem Kopf will. So einfach ist das nicht, das Abschalten. Ich musste es auch erst lernen, sonst verfolgt sie dich wie ein Kaugummi, das dir unter den Schuhsohlen klebt. Aber ich habe einen Tipp für dich, das heißt eigentlich zwei. Der eine ist primitiv, der andere intelligent. Welchen willst du hören?" Sie schaute mich erbost an: „Wofür hältst du mich?" „Also, dann sag ich dir den primitiven." Sie boxte mich in die Seite, musste dann aber doch lachen. „Welchen IQ hast du denn?", fragte ich. „Keine Ahnung, mindestens 140." Sie grinste: „Und du?" „Amtlich festgestellt wurde mal 112, da war ich neunzehn. Keine Ahnung, ob es seitdem aufwärts oder abwärts gegangen ist. Seitwärts sollte doch auch möglich sein, oder?" Elisa hatte schon wieder die Stirnfalten aufgezogen. „Also, der Tipp für die Doofen unter 140." „Gut, der klappt verlässlich, zumindest nach einer Weile. Jedes Mal, wenn dir die Firma ungefragt ins Hirn eindringen will, kneifst du dich, aber so, dass es wirklich weh tut, zum Beispiel in den Oberarm oder die Wade. Du wirst blaue Flecken bekommen und dich allmählich umkonditionieren. Oder du schaust irgendwann aus wie die misshandelte Ehefrau eines drittklassigen Ganoven." „Es gäbe ja noch andere Körperstellen, die man üblicherweise nicht in der Öffentlichkeit zeigt." „Ja, aber wenn du schon diesen Gedanken fassen kannst, taugst du eher für die intelligente Variante." „Jetzt sag schon, wie sieht die aus?" Ich schaute ihr in die Augen, die mich erwartungsvoll anblickten. Ein wenig rückte ich von ihr ab und sagte dann: „Also, der Tipp für die wirklich Intelligenten ist, dass die ihn sich selbst ausdenken müssen. Denen kann ja keiner einen Rat geben, den sie wirklich annehmen würden."

Ich machte mich auf einen weiteren Boxhieb gefasst, der aber ausblieb. „Stimmt schon", sagte sie nachdenklich, „ich hätte dir sofort widersprochen. Aber eines musst du mir sagen: Wie hast du es geschafft?" „Ein bisschen leichter hatte ich es damals schon, denn es gab zunächst noch keine Mobiltelefone und kein Internet. Ein Fax konnte man leicht einmal übersehen, alles ging nicht so schnell wie heute. Da waren auch die Chefs noch etwas geduldiger als heute. Ja, und mein Trick bestand darin, dass ich mit mir zu reden anfing: He, Gunnar, denkst du schon wieder an deine Arbeit, obwohl jetzt Wochenende / Urlaub / Freizeit ist? – Du hast mich ertappt, Gunnar, ich sollte gleich damit wieder aufhören. - Ja, tu das! – Ist aber nicht so einfach, wie du denkst. – Quatsch, das geht. Also, was könntest du jetzt anderes tun als an die blöde Firma zu denken? - Ich könnte den Rasen mähen / baden/ lesen/ wandern gehen/ schlafen/ einen Freund, eine Freundin anrufen und mich verabreden. – Dann tu es doch einfach! - Ja, so oder so ähnlich habe ich das gemacht. Manchmal hat es auch etwas länger gedauert, dieses Gespräch, aber der zweite Gunnar war immer ein bisschen hartnäckiger als ich und irgendwann hatte er sozusagen gewonnen. Ich war mächtig stolz auf ihn!" „Ich glaube, du warst damals schon ein bisschen verrückt." „Was ist dagegen einzuwenden? Mir hat es geholfen."

Ich finde das interessant, wie du das machst, mit dir selbst sprechen, meine ich. – Du tust das nicht? – Nein, ich bin, was ich bin, und bin immer eins und ganz. Aber ich frage mich, ob du mich nicht auch manchmal mit dir sprechen gehört hast. – Hast du das? Ich kann mich nicht erinnern. – Ja, das glaube ich dir gerne. Denn wenn du nicht aufgepasst hast, hast du nichts gehört und wenn du nichts gehört hast, kannst du dich auch nicht daran erinnern. Aber überlege doch noch einmal: Hast du nie etwas oder jemand zu dir sprechen gehört

*aus deinem Inneren heraus? Ich meine
einen wie den zweiten Gunnar vielleicht? –
Ich kann dir jetzt gedanklich nicht mehr
folgen, das musst du mir erklären. – Nein,
jetzt nicht, du wirst es schon noch
verstehen. Erzähle weiter!*

Nun, ein wenig hatte ich sie aus ihrer Stummheit und
Gedrücktheit herausgeholt. Wir fuhren weiter, die
Passstraße hinauf und konnten dann einen wunderbaren Ausblick über die angrenzende Bergkette haben.
Während ich auf der Terrasse eines Restaurants saß,
stürmte sie den Berg hinauf und wäre wohl für
Stunden verschwunden gewesen, wenn sie nicht, wie
sie bald merkte, für ihren Sturmlauf die falschen
Schuhe getragen hätte. Humpelnd kam sie zurück, die
feinen Stadtschuhe in der Hand. Und so zornig war sie,
dass der Stuhl, auf den sie sich mit aller Heftigkeit
setzte, fast zusammengebrochen wäre. „Was ist los?",
fragte ich sie vorsichtig. Sie schwieg und blickte nur vor
sich auf die Tischplatte. „Willst du vielleicht etwas
trinken, einen Kaffee vielleicht?" Sie nickte nur und ich
bat um ein Kännchen Kaffee und eine zweite Tasse.

Nachdem sie zwei, drei Schlucke getrunken hatte, fing
sie endlich zu reden an. „Entschuldige, wenn ich ehrlich bin, nimm es nicht persönlich." Fragend hob ich
die Hände: „Rede nur weiter, ich bin nicht empfind-
lich." Nach kurzem Zögern fuhr sie fort. „Ich bin so
blöd, dass ich dich mitgenommen habe, ich bin noch

dümmer, dass ich zu schnell fahre und mir der Führerschein weggenommen wird. Und dann ...", sie schaute noch einmal auf und blickte mich unglücklich an, „dann lasse ich mich von einem alten Mann durch die Berge kutschieren und weiß nicht einmal, warum ich das überhaupt tue." „Ein junger, gutaussehender Kerl wäre natürlich passender, da gebe ich dir völlig recht. Aber war es nicht so, dass du auf diese Idee gekommen bist?" Unwillig hieb sie mit der Faust auf den Tisch, dass die Tassen klirrten. „Ja, es war meine Idee, aber ich weiß nicht, warum ich das gesagt habe." „Ich mache dir einen Vorschlag: Wir fahren einfach zurück nach Genf, ich suche mir ein anderes Hotel und wir sehen uns nie wieder – was ich bedauern würde. Aber jetzt bin ich hungrig geworden, lass uns zuerst noch etwas essen, dann fahren wir."

Ein paar Augenblicke saß sie noch in gespannter und bedrückter Haltung da, dann ließ sie los, nickte und wir bestellten uns etwas zu essen. Erst als wir wieder ins Auto stiegen und ich schon starten wollte, sagte sie: „Nein, wir fahren weiter, ich habe es mir überlegt." „Bist du sicher? Weißt du auch warum?" „Das erkläre ich dir später. Jetzt fahren wir weiter. Schaffen wir es bis Grenoble?" „Das sollte wohl möglich sein. Wir müssen nicht hetzen."

Während der ganzen folgenden Fahrt blieb sie stumm neben mir, aber ich hatte das Gefühl, irgendetwas hatte sie entspannen lassen. Zeitweise schloss sie die

Augen, wie ich bei kurzen Seitenblicken feststellte. Mir machte es Freude, den Wagen zu fahren, und ich fragte mich, ob ich je wieder Lust haben würde, zu Fuß längere Strecken zurückzulegen. Vor allem aber war ich gespannt, welche Stimmung sie in Grenoble aufbieten würde. Jedenfalls nahm ich mir vor, mit Humor und Gelassenheit zu agieren.

Als wir die Stadtgrenze erreichten, sagte sie: „Wir nehmen ein einfaches, aber hübsches Hotel", und sie dirigierte mich mit ihrem Mobiltelefon durch die Straßen. Das kleine Hotel war komfortabel, aber nicht zu modern eingerichtet, das war es wohl, weswegen es Elisa ausgewählt hatte.

Wir sahen uns nach dem Einchecken erst beim Abendessen wieder, das wir in einem kleinen Restaurant in der Nähe einnahmen. Nach der Vorspeise begann sie endlich zu reden. „Weißt du, weswegen ich das alles mache?" Sie wartete erst gar keine Antwort ab, sondern fuhr gleich fort. „Ich mache diesen Unsinn, weil es genau das ist, was ich sonst nie, nie machen würde." Vorsichtig erkundigte ich mich: „Du meinst, mit einem verrückten Alten durch die Gegend zu kutschieren, ohne Ziel, ohne Sinn?" Sie nickte. „Aber hoffentlich nicht ohne Spaß?" Sie schaute grimmig, aber dann musste sie grinsen. „So richtigen Unsinn haben wir doch noch gar nicht gemacht!" Ich nickte zustimmend. „Sollen wir planen oder improvisieren?" Die Frage provozierte sie, obwohl sie sie sofort durchschaut hatte. „Von nun ab wird nichts mehr geplant, das will ich wenigstens versuchen." Die letzten Worte waren etwas leiser als die ersten. „Nur Mut", meinte ich, „das schaffen wir schon. Aber nur so lange, wie du willst und ich einbeinig unterwegs bin." „So schnell krieg' ich meinen Führerschein wahrscheinlich nicht zurück." „Du kannst ja dann einen anderen Fahrer statt meiner aufgabeln."

So, wie ich das verfolgen konnte, war das der entscheidende Moment. – Wofür, was meinst du? – Von da an hast du wirklich losgelassen. Sonst hätte ich vielleicht doch ….. - Was? Was hättest du? – Lass mal, das ist meine Sache.

***

Jedenfalls, es wurde etwas später, bis wir in unsere Zimmer gingen und es war ziemlich spät, als wir am nächsten Morgen frühstückten. „Jetzt kommt es darauf an, Gunnar." „Ja. Kein Problem, ich hab' schon gepackt. Es kann losgehen."

Vor den nächsten Straßenkreuzungen schloss Elisa jedes Mal die Augen und sagte ‚rechts' oder ‚links', ohne zu wissen, wo es hinging. Es dauerte eine ganze Weile, bis wir aus der Stadt heraus waren. Dann merkte ich irgendwann, dass wir auf der Straße nach Valence waren. Ich sagte es ihr und sie dachte kurz nach. „Kenn' ich nicht, von mir aus." Und dann schlief sie plötzlich ein.

In Chambéry machten wir halt. Ein paar Schritte durch die Altstadt schaffte ich schon und wir kamen bis zum Flüsschen, das träge durch den Ort dahinfloss. Über die Dächer sahen wir hin zu den Berggipfeln, die eindrucksvoll zum Himmel ragten. Und während ich mich auf einer Bank ausruhte, machte sich Elisa auf und schaute sich nach einem Hotel um. Nach einer guten halben Stunde war sie zurück. „Ich denke, du wirst zufrieden sein." Wir kehrten zum Auto zurück und fuhren ein Stück weiter nach Süden. Es war ein kleiner Ort in einem weiten Tal, am Berghang gelegen ein burgartiges Hotel. „Keine schlechte Wahl", meinte ich anerkennend. „Jetzt können wir uns wie Burgfräulein ..." „und Burgahnherr" fügte ich dazwischen, „fühlen", beendete sie den Satz.

An diesem Abend verabschiedete ich mich etwas früher von Elisa. „Der Ahnherr ist leider schon etwas bejahrt und bedarf der Ruhe. Ich empfehle mich, mein Fräulein."

Ein heftiges Klopfen an der Zimmertür weckte mich aus dem tiefsten Schlaf und ich brauchte eine Weile, bis ich mich aus dem Bett gequält hatte. Das Klopfen wurde währenddessen zu einem Hämmern und ich hatte den Eindruck, alle Hotelbewohner würden vor der Tür versammelt sein. Elisa stand da, bleich und zitternd, mit bloßen Füßen, die Augen aufgerissen. Ich hatte kaum ihren Zustand erfasst, da stürmte sie an mir vorbei ins Zimmer. „Schließe bitte die Tür, sofort, schließ sie ab!" Fast schrie sie es. Ich zeigte ihr den Schlüssel, nachdem ich abgeschlossen hatte. „Jetzt setz dich erst einmal und dann erzähl, was los ist."

Das, was sie erzählte, klang nach einer Geistergeschichte und ich musste an mich halten, um nicht zu lachen. Aber es schien, als sei sie wirklich zu Tode erschrocken gewesen, so dass sie voll Panik aus ihrem Zimmer geflohen war. „Gut", konnte ich schließlich nur sagen, „morgen erzählst du mir alles noch einmal genau, dann werde ich es verstehen. Jetzt bleibst du erst einmal hier." Ich nahm die Decken aus dem Schrank und richtete mich auf dem Sofa ein. „Schlaf du im Bett, du frierst ja."

Sie ließ sich von mir zudecken, aber bat mich dann, noch ein bisschen bei ihr am Bett zu sitzen. Als sie meine Hand ergriff, war sie noch immer kalt und so hielt ich sie bei mir. Eine ganze Weile sprachen wir gar nicht. „Ich würde mich jetzt gerne hinlegen, Elisa. Morgen reden wir weiter." Sie ließ meine Hand nicht los. „Komm", sagte sie nur. „Darf ich dich daran erinnern, dass ich dein Großvater sein könnte?" „Na und?" „Außerdem bin ich ziemlich außer Übung." Sie öffnete die Augen und grinste: „Wir haben genug Zeit."

***

Am nächsten Morgen erwachte ich vor ihr. Sie schlief zusammengerollt wie ein Kind. Ich bestellte das Frühstück für uns aufs Zimmer und duschte. Als sie munter geworden war, setzte sie sich mit Appetit an den Tisch. „Ich hoffe, du bereust es nicht", begann ich das Gespräch. Sie hatte schon den Mund voll und konnte nicht antworten. „Ich frage mich nur, warum du so großen Aufwand getrieben hast, um in mein Bett zu gelangen." Sie hatte heruntergeschluckt und fixierte mich: „Wenn ich das von Anfang an gewollt hätte, wären keine Gespenster nötig gewesen. Aber es waren wirklich welche da, ich habe sie ja gehört!"

Empört spießte sie mit ihrer Gabel eines der Tomatenstücke auf, die auf ihrem Teller lagen. „Was hast du gehört?" „So etwas wie Stimmen, nur weit weg, und die klangen so unheimlich, wie ein Heulen und Jammern. Da hab' ich es nicht ausgehalten vor Angst!" Ich konnte nur den Kopf schütteln und mit dem Essen beginnen. „Ich hätte nicht gedacht, dass du so schreckhaft bist." „Nun ja, wenn du nicht in der Nähe gewesen wärst, hätte ich es vielleicht geschafft. Aber so …."

Sie lächelte und strich sich Honig aufs Brot. „Du solltest Schauspielerin werden, Naturbegabung sozusagen." „Meinte mein Vater auch, wenn ich …." Mit ihrem Honiglächeln hielt sie inne. „ … wenn du ihm etwas vorgespielt und ihn um den Finger gewickelt hast?" „Ich war Einzelkind, dafür konnte ich ja nichts. Aber

Mama wusste meist, was los war." „So eine alte Burg ist ja auch eine fabelhafte Bühne und wenn dann so ein Alter auch noch bereitwillig den Komparsen spielt, läuft es umso besser." „Bitte, jetzt sei doch nicht beleidigt!" „Bin ich nicht, ich tu nur so!" Wir lachten und waren bester Dinge. Am späten Vormittag fuhren wir endlich weiter, Richtung Mittelmeer. „Wie lange wird's dauern?"

Wir kamen erst am frühen Abend nach Aix-en-Provence. Nicht, weil der Weg so weit gewesen wäre, sondern weil wir unterwegs häufige Pausen machten. Das Wetter war prächtig, aber mein Rücken vertrug das lange Fahren nicht gut. Und so schlenderten wir immer mal wieder vom Auto zu einem Café oder Restaurant oder einer Bank in einem staubigen Park, wo die Kinder fangen spielten und die alten Männer Boule. Lange Wege waren mir ja nicht möglich. Aber es war immer sehr unterhaltsam. An Gesprächsthemen mangelte es uns nicht.

Elisa erzählte endlich etwas von sich, ihren Eltern, der Zeit ihres Heranwachsens. Nicht gerade ausführlich, eher episodenhaft. Sie war Einzelkind, vom Vater verwöhnt, die Mutter stets distanziert, eher kühl. Schon im Kindergarten ein Prinzesschen, das die Herzen für sich zu gewinnen wusste. In der Schule sehr ehrgeizig, meist beste Schülerin, verbrachte viel Zeit auf dem Pferd, das ihr Vater für sie hielt. Reisen mit der Familie, sie probierte alles aus, schwimmen, surfen, bergsteigen, tauchen, segeln, klettern. Mutig war sie offenbar, körperlich äußerst geschickt. Dann Abitur, nochmal reisen, Papi zahlte alles. Und dann das Wirtschaftsstudium, das Geld lockt, Karriere und Glimmer, so hat sich sie sich's jedenfalls vorgestellt. Und was sie sich wünschte, das wollte sie auch und hat es konsequent durchgezogen. Auf dieser Fahrt war es das erste Mal, dass sie wirklich innehielt und über ihr bisheriges Leben nachdachte.

„Gunnar, du bist alt und weise. Was hast du in deinem Leben richtig gemacht und was falsch?" „Du stellst Fragen! Was für mich vielleicht gegolten hat, kannst du doch nicht auf dich beziehen!" „Das kann ich schon selbst entscheiden, erzähl halt mal!"

Jetzt bin sogar ich neugierig, denn ich hatte mich auch schon gefragt, wie zufrieden du mit deinem Leben bist. – Mir wurde bei diesen Gesprächen mit Elisa manches klar, was ich zuvor nicht realisiert hatte. – Vielleicht war es ja eine gute Vorbereitung, für jetzt und die Zukunft. – Jetzt ist es leichter und schwieriger zugleich. Das habe ich schon bemerkt.

Es war früher Abend und wir saßen in einem kleinen Gartenrestaurant. Das Essen war vorzüglich, der Wein aus der Region so gut wie sein Ruf. „Größter Fehler, das ist eine schwierige Frage. Was macht einen Fehler zu einem großen, dem größten?" Elisa dachte mit mir zusammen nach und sagte schließlich: „Es sind vielleicht die Folgen, die die Schwere eines Fehlers ausmachen. Oder es ist das, was einen innerlich am längsten verfolgt und peinigt." Sie schaute mich fragend an. „Erzähl', was dir am ehesten einfällt."

Und dann war da plötzlich ein Bild, das ich lange vergessen hatte. Der See, das Schilf, der Steg, auf dem wir saßen, bevor wir ins Wasser sprangen und auf dem wir uns nach dem Schwimmen immer ausruhten. „An diesem Tag waren wir nur zu zweit, David und ich." Elisa unterbrach mich: „Wie alt warst du?" „Wir waren beide elf Jahre alt, dicke Freunde. Zuerst spielten wir Fußball, dann schwammen wir, aßen und tranken etwas, spielten nochmal. Dann sprang David vom Steg aus ins Wasser des Sees, Kopf voraus. Ich hatte ein Comic dabei, in dem ich las und irgendwann schaute ich nach David und sah ihn nicht. Erst als ich ins Wasser sprang, sah ich, dass er unter dem Steg im Wasser lag, ohne Bewusstsein. Ich wusste nicht, was ich tun sollte, bis ich endlich kapierte, dass ich ihn aus dem Wasser ziehen musste. Das tat ich und dann stieg ich aufs Fahrrad und holte Hilfe." „Ist er davongekommen?" „Ich sehe ihn noch immer daliegen, dann kamen die Sanitäter und er wurde wiederbelebt. Einmal habe ich ihn nochmal gesehen, im Krankenhaus. Da war dann schon klar, dass er nicht wieder so sein würde wie zuvor. Bald darauf sind seine Eltern mit ihm woanders hingezogen." Elisa schwieg nicht lange: „Du machst dir Vorwürfe, weil du nicht schnell genug reagiert hast, ja? Aber du warst doch noch so jung, du hast es erst gemerkt als es schon fast zu spät war. Das war doch nicht deine Schuld!" „Das sagt einem der Kopf, aber da gibt es noch was anderes in einem, das keine Ruhe gibt. Und jetzt weiß ich, dass ich David nie mehr werde vergessen können." Wir saßen eine Weile gedrückt herum, bis sich Elisa schließlich räusperte und das Gespräch wieder aufnahm: „Okay, das war das, was nicht so gut lief. Jetzt aber die Frage: Was ist dir gelungen, wann warst du deshalb froh und glücklich?"

Es huschten viele verschiedene Bilder und Gesichter durch meinen Kopf, bis eines schließlich stillstand. „Ich sehe auf ein Tal hinunter, ein tiefes und weites Tal, ein Fluss schlängelt sich hindurch, links und rechts davon Wiese, weiter weg Bäume, die sich allmählich zu Wäldern verdichten. Ich sitze auf einem Felsen, ganz allein, unter mir liegt ein eine steile Felswand, die ich hochgeklettert bin. Es war eine nicht ungefährliche Klettertour, die ich wohlbehalten hinter mich gebracht hatte. Ich legte mich auf den Rücken und schaute in den Himmel. Ich fühlte mich frei und glücklich, wie lange nicht mehr. – Ja, und dann traf mich aus heiterem Himmel etwas mitten auf die Brust, und als ich nachschaute, war es ein richtig fetter Vogelschiss." Elisa lachte, wir lachten und konnten uns lange nicht einkriegen.

Und dann ließ sie sich endlich dazu herbei, von sich zu berichten. „Aber nur das, was schön war", meinte sie vorsichtig. „Also, am glücklichsten war ich, wenn ich auf Donito, meinem Pferd saß. Es dauerte mir viel zu lange, bis ich allein und draußen reiten durfte. Aber als es endlich soweit war, verbrachte ich so viel Zeit wie nur möglich mit Reiten. Donito und ich, wir waren ein perfektes Team, hatten sozusagen das gleiche Temperament, das gleiche Blut in uns. Und ich bin sicher, er war genauso gerne mit mir unterwegs wie ich mit ihm." Sie hielt inne und schaute mit dem Blick in die Ferne zugleich auch in diese Zeit des Glücks zurück. „Aber weißt du, ich frage mich jetzt, warum wir beide Situationen erinnern, die wir nicht mit einem anderen Menschen teilten. Findest du das nicht auch verwunderlich? Du weißt ja: geteiltes Glück ist doppeltes Glück. Warum war das bei uns nicht so?"

Ich blieb ihr eine Antwort schuldig, obwohl ich – für mich – eine gehabt hätte. Es gibt kein doppeltes Glück, vielleicht doppelte Freude, ja. Aber Glück ist etwas, was man nur allein haben kann. Das ist ja nicht schlimm, es ist einfach so. Aber ich glaubte damals, sie würde mir das nicht abnehmen. Also sagte ich nichts darauf. – Kannst du mir erklären, was Glück ist? – Du bist glücklich, ohne dass du es weißt, denn, frage ich dich, kannst du überhaupt unglücklich sein? Siehst du, das kennst du nicht. Allein diese Tatsache beweist, dass du immer im Glück lebst.

Sie brach dann plötzlich auf. „Ich muss nochmal raus", sagte sie und verschwand.

***

Ich sah sie erst am nächsten Morgen wieder, recht spät, als ich nach dem Frühstück auf der Terrasse saß und gerade an gar nichts dachte. Wortlos setzte sie sich hin, aber umso beredter war die Art, wie sie sich hinsetzte.

Mir war sofort klar, dass etwas geschehen war, das sie geärgert, verärgert haben musste. Sie sah ungepflegt aus, wie ich sie noch nie gesehen hatte, strähnig ihr Haar, kein Make-up aufgetragen, die Kleidung wohl zufällig ausgewählt. Ich verkniff mir einen Scherz, den sie wahrscheinlich nicht hätte verstehen wollen, und wartete ab. Als ein Kellner vorbeikam, fragte ich sie, ob sie etwas bestellen wolle. „Ein Wasser, eiskalt", war ihre Antwort. „Und eine heiße Schokolade, bitte", fügte ich hinzu. „Was ist geschehen?" Sie wartete, bis ihr Getränk gebracht wurde und trank mit großen Schlucken Ich schob ihr die Schokolade hin. Sie ergriff den Löffel und rührte darin, als helfe es ihr beim Erinnern. „Ich bin jetzt noch wütend", sagte sie und holte den Löffel wieder aus der großen bauchigen

Tasse. Dann knallte sie ihn auf den Tisch und als ob das der Startschuss gewesen wäre, fing sie zu reden an.

„Also, gestern Abend musste ich einfach noch etwas erleben, nicht nur reden. Ich war tanzen, eigentlich ganz für mich, bis so ein Typ kommt und andauernd um mich rumwackelt. Okay, er sah gut aus, wir tanzten zusammen, er machte das gut, sehr gut. Ich kann loslassen, er führt, wir tanzen ziemlich lange. Dann trinken wir etwas und machen ein bisschen small talk. Als ich gehen will, begleitet er mich zum Hotel. Ich will mich verabschieden, da wird er handgreiflich, will mit aufs Zimmer kommen. Ich muss mich echt losreißen, gehe und da fängt er an, mich auf die übelste Art zu beschimpfen, dieses Arschloch in Designerklamotten." Sie nimmt wieder ihr Glas und trinkt es leer mit der Folge, dass es sie fröstelt. „Trink von der Schokolade, das beruhigt."

Während sie in kleinen, vorsichtigen Schlucken trank, überlegte ich, was ich ihr sagen könnte. Aber bevor ich zu einem Ergebnis kam, hatte sie ausgetrunken. „Was mich am meisten ärgert ist ja, dass ich nichts darauf sagte, ihn nicht beschimpfte, sondern nur ins Hotel marschierte." „Du kannst auch ordinär schimpfen?", fragte ich, Überraschung heuchelnd. „Tu nicht so, du kannst dir das sicher vorstellen, so gut kennst du mich schon." „Nun ja, eine feine Garderobe macht noch keinen Gentleman, aber auch keine Dame." „Will ich auch gar nicht sein", erwiderte sie und fand allmählich ihren üblichen Ton wieder. „Also, du ärgerst dich über deine fehlende Geistesgegenwart in diesem Moment?" „Richtig, natürlich, wäre dir auch so gegangen." Da musste ich ihr beipflichten. „Aber dir hätte ich die nötige geistige Präsenz durchaus zugetraut." „Danke, der Herr, aber leider hatte ich doch schon einiges getrunken und war genug damit beschäftigt, ohne Stolpern und Stürzen ins Hotel zu gelangen." „Das entschuldigt natürlich alles. Zwei Promille im Blut bleiben nicht ohne Folgen." Jetzt hatte ich sie doch verärgert, denn sie stand abrupt auf. „Weißt du, wenn du wenigstens Verständnis hättest, aber du tust so, als ob ich keinen Grund hätte, mich über so einen blöden Kerl zu ärgern." Ich stand auf: „Tut mir leid, aber so war es nicht gemeint." Sie nickte nur, verschwand und ließ sich den ganzen Tag nicht mehr sehen.

Dafür kam sie beim Abendessen in Begleitung einer Dame zu mir. „Frau Feininger, Herr …?" „Rosen", ergänzte ich. Elisa fuhr fort: „Frau Feininger ist Ärztin und wird sich deinen Fuß ansehen." Ich stand auf und begrüßte sie: „Ich habe zwar nicht darum gebeten, aber wenn Elisa so freundlich war, Sie zu bitten, kann ich nicht ‚nein' sagen. Gehen wir am besten auf mein Zimmer."

Als sie sich den Knöchel angeschaut hatte, sagte die Ärztin: „Die richtigen Wickel über die kommende Nacht und morgen sind Sie wieder fit. Ich spreche mit Elisa, sie wird sich darum kümmern." Verblüfft sah ich sie an: „Sie sind sicher? Das wäre wunderbar! Was bin ich Ihnen schuldig?" Sie lächelte huldvoll: „Wissen Sie, ich bin im Urlaub hier, da verlange ich für diese Kleinigkeit nichts."

Eine halbe Stunde später kam Elisa wieder und gab mir den Wickel um den Knöchel. Ich schaute sie fragend an, aber sie redete erst, als sie fertig war. „Ich bin es leid, mit einem halben Krüppel unterwegs zu sein. Morgen fahren wir weiter und dann ..." „Und dann?" „Weiß noch nicht, aber dann bist du hoffentlich wieder gehfähig." Beeindruckt von ihrer offenen Art konnte ich nur erwidern: „Dann hoffen wir, dass Frau Dr. Feininger die richtige Therapie gewählt hat." „Wenn du dich noch bedanken würdest, könnten wir uns wieder vertragen." „Bedanken wofür, Elisa?" „Dafür, dass ich mich um deine Gesundheit kümmere und eine Ärztin aufgetrieben habe." „Ich hatte dich zwar nicht darum gebeten, aber wenn dir morgen früh kein Krüppel mehr entgegenkommt, bedanke ich mich, wenn nötig doppelt." „Übertreibe bitte nicht. Wir sehen uns morgen."

**

Der Wickel wirkte und ich bedankte mich: „Liebe Elisa, bin fit wie ein Turnschuh. Meinen aufrichtigsten Dank für deine liebevolle Fürsorge." „Liebevoll? So war es eigentlich nicht gemeint. Du weißt, es war Zeit, dass du wieder gut zu Fuß bist. Ich will heute noch ans Meer kommen."

Die Fahrt dauerte nicht sehr lange, führte durch kleine Städtchen und staubig-sandige Gegenden. Aber der Geruch des Meeres war schon bald zu bemerken und Elisa wurde unruhig. „Ich war noch nie hier am Mittelmeer, das habe ich mir schon lange gewünscht. Mein Vater hatte ein Boot, ein Segelboot, aber das lag an einer der Nordseeinseln. Und bis hierher sind wir natürlich nie gesegelt, wir kamen höchstens bis zur Bretagne." Sie überlegte eine Weile, lachte dann. „Was ist?" Sie grinste nur und gab keine Antwort. Unterwegs sahen wir die Wildpferde und wir hielten an. „Vielleicht ist es das, was ich immer schon suchte", meinte sie versonnen. „Du möchtest lieber ein Pferd sein?", fragte ich spaßeshalber. „Na ja, hier und in dieser Gesellschaft vielleicht schon." „Sicher, besser als mit einem ins Greisenalter herabsinkenden Alten zusammen zu sein." Wir lachten und sahen den Pferden nach, bis sie in der Ferne verschwunden waren.

Es war das kleine Städtchen La Couronne, das Elisa als Ziel ausgesucht hatte. „Warum eigentlich?", fragte ich, während sie mich zum Hotel dirigierte. „Der Ort ist klein, hübsch und nicht so touristisch, das hoffe ich zumindest." „Klein und hübsch war zumindest das Hotel, das, in Sichtweite des Meeres gelegen, unser Bestimmungsort war. Die Zimmer hatten jeweils einen

Balkon und nachdem ich meinen kurz in Augenschein genommen hatte, setzte ich mich ins Freie und war froh, dass wir nicht weiter gefahren waren. Gleich darauf tauchte Elisa nebenan auf ihrem Balkon auf: „Gehst du mit, ich will an den Strand, baden vielleicht auch." Ich war schon fast am Einnicken gewesen und öffnete nur unwillig die Augen. „Ich fürchte, dein Chauffeur braucht einen ganzen Nachmittag Erholung. Wir können uns gerne heute Abend wieder treffen." Sie lachte und verschwand in ihrem Zimmer.

Etwas später konnte ich sie die Straße überqueren sehen. In diesem Augenblick dachte ich an Sarah, die auch gerne weite Kleider trug und deren leichter wie energischer Gang dem von Elisa glich. Und mir fiel der damalige Urlaub ein, den wir zu dritt verbrachten, Sarah, Elsa und ich. Dass Sarah mit uns gekommen war, obwohl sie schon zweiundzwanzig war, hatte uns total gefreut. Während Elsa und ich noch im Schatten auf dem Balkon saßen und die Mittagshitze vorübergleiten ließen, war sie schon zum Strand vorausgegangen.

Elisa war zwischen den Häusern verschwunden und ich legte mich im Zimmer hin, wollte mich ausruhen. Und ich hatte die Hoffnung, von Sarah zu träumen.

Erinnerst du dich noch, was du damals geträumt hast? – Da muss ich überlegen. Also, du meinst, was ich an diesem

Nachmittag geträumt habe? Hatte das was zu bedeuten? – Du wirst es selbst wissen, wenn du dich erinnern kannst. – Eine Amsel, glaube ich, war da im Traum, ich höre ihr zu, es klingt irgendwie melancholisch oder traurig, wie sie singt. Sie sitzt ganz in meiner Nähe auf dem Ast eines niedrigen Baumes und ich muss aufstehen, um ihr näher zu sein. Sie singt weiter, aber bald erhebt sie sich und fliegt davon. Und mit ihr hebe ich mich auch auf und fliege, fliege in den blau-grauen Dunst, der sich am Horizont ausbreitet. Und ich verschwinde darin ebenso wie die Amsel. Nur ihr Lied höre ich weiter. - Schön, du hast dich erinnert! – Und was nun bedeutet der Traum eigentlich? – Ich würde sagen, achte auf die Stimmung, die der Traum in dir verursacht hat.

Ich wachte am späteren Nachmittag vom Lärm der Motorräder und Mopeds auf, die anscheinend vor dem Hotel hin und her fuhren. Ich ärgerte mich und schloss Fenster und Balkontür. Es half nur wenig. Nach einem Espresso in der Bar verließ ich das Hotel und schlenderte durch den kleinen Ort. Der Fuß schmerzte tatsächlich nicht mehr, stellte ich erstaunt fest. Jetzt, im Frühsommer war das Städtchen noch nicht überlaufen und zeigte mir stolz seine südländischen

Häuser und Gassen. Schneller als erwartet, hatte ich den Strand erreicht. Zwischen den großen Felsen gab es immer wieder auch sandige Abschnitte, die von vereinzelten Ruhenden belegt waren. Elisa aber konnte ich, zumindest zunächst, nicht entdecken. Als ich eine Bank fand, setzte ich mich hin und war mir sicher, dass sie früher oder später bei mir vorbeikommen würde.

Das Bild von Sarah erschien wieder vor meinen Augen, wie wir uns vor der Heimfahrt von ihr verabschieden. Und jetzt erst wurde mir ihre Ähnlichkeit mit Elisa bewusst: die hohe Stirn, die schmalen Wangen, der Mund, der so breit lächeln konnte und die Augen mit den dünnen Brauen darüber, wie mit einem feinen Pinsel gezogen.

Das ist dir damals erst aufgefallen? - Ja, tatsächlich, und ich wunderte mich nicht wenig darüber. Aber als ich nachdachte, wurde mir klar, dass ich, wenn ich an Sarah gedacht hatte, sonst immer ein anderes Bild von ihr in Erinnerung hatte: Gleich nach dem Abitur wollte sie zum ersten Mal alleine auf eine Reise gehen, nach Griechenland, wenn ich mich recht erinnere. Elsa und ich hatten uns Sorgen gemacht deshalb. Es war aber alles gut gegangen. Aber das war das Bild von ihr, das ich im Gedächtnis hatte. Die Reise nach

Spanien fand drei Jahre später statt und wir, Elsa und ich, hatten uns nochmal zusammengetan, weil Sarah es sich so gewünscht und sie gesagt hatte, sie würde nur mit uns beiden und zum letzten Mal zu dritt eine Reise unternehmen. – Es war dann wirklich zum letzten Mal. – Ja, es war ein letztes Mal.

Als Elisa nicht auftauchte, ging ich ins Städtchen zurück, um noch einen Kaffee zu trinken, bevor ich ins Hotel zurückkehrte. Es war ein Straßencafé mit kleinen runden Tischchen und Aluminiumstühlen dabei. Hier saßen die, die nach dem Einkauf noch einen Plausch halten wollten, die, die nach der Arbeit noch ein Bier tranken, und zwei, drei Paare, die aus großen Kelchen Eis oder Obststückchen löffelten oder aus hohen Gläsern grellfarbene Flüssigkeiten durch die Strohhalme sogen.

Und dann sah ich Elisa heranschlendern in Begleitung eines jungen Mannes. Er redete auf sie ein, sie lachte und die beiden setzten sich auf der anderen Straßenseite an einen der Tische des benachbarten Restaurants. Mit großen Gebärden schien er ununterbrochen zu reden, während sie schweigsam blieb, aber, wie es mir schien, geradezu andächtig an seinen Lippen hing. Es fehlte nur noch, dass sie mit offenem Mund zuhörte und ihm Beifall klatschte. Zwei, drei

Minuten hielt ich es aus, dann zahlte ich und ging, ohne dass sie mich bemerkt hätte.

Im Hotel beglich ich meine Rechnung und kündigte meine Abreise für den frühen Morgen an. Im Zimmer packte ich meinen Rucksack und stellte mir den Wecker. So wie ich war, legte ich mich hin, schloss die Augen und schlief ein.

***

Am nächsten Morgen wachte ich früh, aber völlig zerschlagen auf. Als ich loszog, war kaum jemand auf der Straße zu sehen. Erst an der Stadtgrenze würde ich wohl halt machen können, um von jemandem mitgenommen zu werden. Aber ich merkte bald, dass der Rucksack viel zu schwer war, und fragte mich, warum ich das zu Beginn meiner Reise nicht bemerkt hatte. Rasch wurde es wärmer und bald war es heiß, noch bevor ich eine der Ausfallstraßen erreicht hatte. Unschlüssig wanderte ich langsam weiter und fand glücklicherweise in einem kleinen staubigen Park eine Bank, wo ich mich ausruhen konnte. Hier begann ich, den Rucksack auszupacken, und wollte herausnehmen, was nicht unbedingt nötig war. Irgendjemand würde meine Hinterlassenschaften schon brauchen können.

Ich war noch nicht fertig geworden, als es hinter mir hupte. Ich drehte mich um und sah Elisa, die gerade aus ihrem Wagen stieg. Mit raschen Schritten kam sie gelaufen und stellte sich vor mir auf. „Was soll das?", fragte sie und betrachtete zuerst meine Habe und schaute mich dann mit gerecktem Kinn an. „Was soll das?", wiederholte sie, „hatten wir nicht andere Pläne?" Wortlos fuhr ich mit dem Packen fort und war fast damit fertig, als sie sich neben mich setzte und mich an der Schulter packte. „Du kannst doch nicht einfach so verschwinden und bist gestern Abend nicht aufgetaucht, wie wir verabredet hatten."

Ich überlegte, was ich ihr sagen könnte, ohne sie zu verletzen. Aber dann beschloss ich zu sagen, was ich am Tag zuvor gedacht hatte. „Als ich dich gestern sitzen sah mit diesem angeberischen Schnösel und du ihm zugehört hast wie einem Propheten, der dir das ewige Heil verspricht, ist mir fast schlecht geworden. Nein, mit so jemandem wollte ich nicht weiter meine Zeit verbringen, so sehr ich dich in den Tagen zuvor auch schätzen gelernt habe." Ich konnte nur noch den Kopf schütteln und packte die letzten Dinge, die ich mitnehmen wollte in den Rucksack. Aber zugleich fragte ich mich, ob er wirklich schon so leicht geworden war, dass ich damit zurechtkäme. Ich würde warten, bis Elisa gegangen wäre, um ihn erst dann auf meinen Rücken zu schwingen.

Sie war aufgestanden, die Hände in den Taschen ihrer weiten Leinenhose. „Er war ein noch größerer Trottel als der vorige." Ihre Stimme war belegt. Verärgert sprach sie weiter: „Weißt du, ich falle jedes Mal in so ein Muster hinein, das kleine Mädchen, das die Jungs bewundern muss. Es ist fast wie ein Zwang." „Dann solltest du einen Psychiater aufsuchen, Mädchen. Hast du's schon mal versucht?" Ich wusste, das war gemein, aber ich wollte sie einfach loswerden. Elisa starrte auf den Boden und ich merkte, wie sie mit sich kämpfte. Plötzlich griff sie nach meinem Rucksack. Sie stopfte die Dinge, die ich nicht hatte mitnehmen wollen, wieder hinein und streckte mir die Hand entgegen. „Die Therapie habe ich ohne Erfolg abgebrochen, Alter. Ich brauche jetzt ….." Sie verstummte und schaute mich an. Zögernd ergriff ich ihre Hand und stand auf. „Ich weiß nicht, ob ich dazu in der Lage bin." Ihr Griff war fest und sie ging los. „Habe ich dich um etwas gebeten?" Sie warf, als wir beim Wagen angelangt waren, den Rucksack in den Kofferraum. „Setz dich bitte wieder ans Steuer", sagte sie, „ich sage dir, wie wir fahren müssen."

Wir fuhren zum Hotel zurück, wo ich mich in die Lobby setzte, während Elisa losging, um noch etwas zu besorgen. Als sie zurückkam, setzte sie sich erst gar nicht hin, sondern drängte zur Eile. „Wir fahren doch noch ein Stück nach Süden, denn von hier loszugehen, macht keinen Sinn. Wir werden woanders beginnen. Komm schon!"

Als wir im Auto saßen, faltete sie eine Landkarte auf. „Hierhin fahren wir, an den Rand der Pyrenäen, da muss es wunderschön sein." Ich wunderte mich nicht mehr, offenbar hatte sie wieder alles geplant. „Es ist dir doch klar, du bist zu alt, um an der Straße zu stehen, stundenlang, um dann irgendwo in einem winzigen Zelt auf dem harten Erdboden zu schlafen. Wir mieten uns in einer kleinen Pension ein und wandern von dort aus, immer nur Tagestouren. Und jeden Tag ein wenig länger und weiter. Und dann werden wir … Ach, das erzähle ich dir später."

Die Straße führte eine ganze Weile an der Küste entlang, doch dann hieß es „nach rechts abbiegen, nach rechts!" und wir entfernten uns vom Meer und fuhren landeinwärts. Als die Burg in Sicht kam, zeigte sie hin. „Das meinte ich, ist sie nicht herrlich? Schon als Kind habe ich davon geträumt, einmal hierher zu kommen Es ist wie ein Märchenschloss!" Sie war wirklich ein erstaunlicher Anblick, die Burg von Carcassonne. „Morgen oder übermorgen werden wir sie uns ansehen. Jetzt fahren wir erst einmal zu unserem Hotel, es ist ganz in der Nähe." „Sollte es nicht eine einfache Pension sein?" „Warte ab, es wird dir gefallen."

Sagtest du nicht, du wolltest sie eigentlich loswerden, und dann lässt du dich einfach überreden, weiterhin ihren Chauffeur zu spielen, ohne zu wissen, wo es eigentlich hingehen soll? – Ich weiß, das klingt seltsam, aber ich war einfach nicht in der Lage, ihr Widerstand zu leisten. Es ging einfach nicht. Vielleicht war es auch die

Erinnerung an Sarah, die sich dazwischenschob. – Nun, es gibt so manche Entscheidungen bei euch, die nicht so leicht zu erklären sind. Aber vielleicht denkst du auch in die falsche Richtung dabei. – Wie meinst du das? – Nun, für eine menschliche Handlung gibt es zwei Arten von sogenannten Motiven: die eine weist in die Vergangenheit zurück, die andere ruft aus der Zukunft her. – Das verstehe ich nicht. – Wirklich nicht? Du wirst es bald verstehen, erzähl nur weiter!

Es war natürlich keine einfache Pension, sondern ein Viersterne Hotel, alles andere konnte sich Elisa nicht vorstellen. Es lag mitten in der Stadt, man hatte eine vorzügliche Sicht auf die Burg. Als wir beim Abendessen beisammensaßen, versuchte ich ihr begreiflich zu machen, dass ich andere Vorstellungen hatte als sie. „Wenn du morgen deine Märchenburg ansehen willst, tu das ohne mich. Ich brauche jetzt endlich Natur um mich herum, keine Ansammlung von wildfremden Menschen, die einem andauernd vor der Nase herumlaufen oder herumstehen. Ich habe nur die Bitte, dass ich den Wagen benutzen kann, um aus der Stadt herauszukommen."

Erstaunlicherweise erklärte sie sich sofort einverstanden. Sie hatte sogar Karten bereit, damit ich mich am nächsten Tag beim Wandern zurechtfinden konnte.

„Ich kann mir vorstellen, dass ich übermorgen mitkommen werde. Aber dann wird es am besten sein, wir suchen uns eine neue Unterkunft, irgendwo auf dem Land. Da werde ich schon etwas finden."

Sie lächelte mich versöhnlich an und unwillkürlich erwiderte ich ihr Lächeln. „Dann werde ich morgen früh aufbrechen", sagte ich und verabschiedete mich bald nach der Mahlzeit von ihr.

***

Am folgenden Tag konnte ich endlich allein unterwegs sein. Ich fuhr nach Süden und hatte bald die Silhouette der Pyrenäen vor mir. Und als ich dann die ersten Wälder erreichte, suchte ich einen Parkplatz und hielt an. Es war mir egal, welchen Weg ich finden würde, Hauptsache, ich konnte endlich gehen, in meinem Tempo, ohne einen schweren Rucksack auf dem Rücken.

Mir ging vieles durch den Kopf. Nicht nur die Erinnerungen an Sarah, sondern auch die an Elsa. Seltsam, dachte ich, die äußerliche Ähnlichkeit von Sarah und Elisa, und deren Namensähnlichkeit zu Elsa. Wir hatten uns im Jahr nach Sarahs Tod getrennt. Vielleicht waren es die unterschiedlichen Erinnerungen und Bilder, die uns von Sarah geblieben waren. Jedenfalls konnte Elsa das Totenantlitz nie mehr vergessen und das machte sie mir zum Vorwurf. „Du hast dir den Anblick erspart, du Feigling", hatte sie nicht nur einmal gesagt. Damit hatte sie natürlich nicht ganz unrecht, aber das war nicht mein Motiv gewesen. Wenn Elsa nicht gewollt hätte, wäre ich bereit gewesen. Aber nachdem sie dort gewesen war, kam sie völlig verstört zurück und ich konnte sie erst einmal nicht allein lassen. Später sagte sie, es sei alles Zeichen dafür gewesen, dass jeder seiner Wege gehen sollte, und damit hatte sie wohl recht. Noch zwei, drei Mal hatten wir nach der Trennung miteinander telefoniert, dann war nur noch Stille zwischen uns.

Irgendwann gelang es mir, meine Gedanken in Zaum zu halten und mich freizumachen für die Eindrücke der Natur. Der lichte Wald mit seinen Gerüchen war etwas, das ich lange entbehrt hatte. Und nach ein paar Kilometern legte ich mich einfach ins Gras, schloss die Augen und öffnete dafür Nase und Ohren. Und wahrscheinlich schlief ich dann ein, bis mich eine nasse Schnauze weckte. Der Hund wurde von seinem Herrchen zurückgepfiffen, aber nun war ich wenigstens aufgewacht und machte mich wieder auf den Weg. Es war nur so, dass ich mich nicht sehr wohl fühlte und dann bald den Rückweg antrat. Im Hotel legte ich mich hin und das war auch gut so. Denn am Abend fühlte ich mich wieder viel besser.

Elisa kam guter Dinge von der Burg zurück, einmal mehr in Begleitung, wie ich sehen konnte. Er verabschiedete sich in der Lobby von ihr und sie kam gleich auf mich zu. „Du hast etwas versäumt", sagte sie, „es war gar nicht so viel los und es gab viel zu sehen. Und die Sicht auf die Stadt und die Umgebung war einfach herrlich! Wie ist es denn dir gegangen?"

Ich berichtete ihr von meinem Tag und schilderte die Erlebnisse im Wald in den schönsten Worten. „Fein", sagte sie, „heute Abend schaue ich nach einer Unterkunft und dann können wir von dort aus nach Herzenslust wandern. – Übrigens, nach dem Essen gehen wir zum Place Carnot, es gibt da Freiluftkino, wie ich gesehen habe. Sei so lieb und komm mit!" „Immerhin bist du in der Lage, auch mal eine Bitte zu äußern, ich notiere das als dicken Pluspunkt." Sie strahlte: „Also, du kommst mit, fein!" Und somit war meine Antwort bereits obsolet.

***

Während der Fahrt durch die Berge am folgenden Tag, vorbei an Weingärten und Feldern, plauderte Elisa unbeschwert wie selten. „Ich überlege, ob ich nicht den Job kündige und ganz was anderes mache." Ich schaute fragend zu ihr hinüber. „Jetzt fragst du dich wahrscheinlich, was kann sie wohl überhaupt?" Elisa nickte. „Ja, was kann ich denn sonst noch? Mein Guthaben ist, denke ich, mein Kopf, meine schnelle Auffassungsgabe, perfekte Organisationsfähigkeiten und Durchsetzungsfähigkeit." „

Da kann ich dir zustimmen", meinte ich schmunzelnd. „Man könnte es auch Ellenbogenfähigkeiten,

Rücksichtslosigkeit und Perfektionismus nennen." „Bitte, wir schauen das jetzt durch eine rosige Brille an, sonst leidet mein Selbstwertgefühl." „Vielleicht würde es dann auf das rechte Maß zurechtgestutzt."

Elisa schaute mich mitleidig an: „Wenn es soweit ist, werde ich es dir sagen. Ich fürchte, du wirst es nicht mehr erleben, alter Mann." Wir lachten und Elisa plauderte weiter. „Ich könnte mir vorstellen, Personal Coach zu werden ..." „ ... für durchsetzungsschwache weibliche Führungskräfte in spe, die die gläserne Decke nicht durchbrechen können." „Richtig, das ist endlich mal eine gute, nein, eine hervorragende Idee!" Sie klopfte mir so heftig auf die Schulter, dass ich fast die Herrschaft über den Wagen verlor. Aber sie griff einfach ins Lenkrad und zwang das Auto wieder auf die richtige Fahrbahn. „Geistesgegenwart habe ich vergessen", sagte sie, „und kühles Blut."

In der folgenden Stunde war sie damit beschäftigt, in ihrem Smartphone eine passende Website zu suchen, um der neuen Perspektive konkrete Möglichkeiten zu verleihen. Dafür konnte ich in Ruhe weiterfahren, nur das Navigationsgerät gab weiterhin seine Angaben. Auf meine anfängliche Frage, wohin die Reise gehen sollte, hatte sie nur gemeint, es sei alles gespeichert, die Fahrzeit könne ich ja ablesen.

Es wurde später Nachmittag, bis wir mitten in den Bergen ankamen. Elisas Wahl hatte – natürlich –

wieder ein nobles Hotel getroffen, klein und fein, mit herrlicher Aussicht nach Norden, bis weit hinunter, wo man Carcassonne vielleicht bei bester Sicht noch sehen konnte. „Warum gerade hier?", fragte ich sie, als wir beim Abendessen zusammensaßen. „Morgen, morgen wirst du sehen und wissen, warum gerade hier."

Und sofort wechselte sie das Thema: „Wie lange warst du eigentlich verheiratet, Gunnar? War es die richtige und eine gute Erfahrung?" „Vielleicht solltest du es einfach ausprobieren, statt dir von anderen Urteile einzuholen, die dir eh nichts nützen, liebe Elisa." Sie machte ein übertrieben enttäuschtes Gesicht. „Jetzt bin ich bald dreißig und muss mich natürlich fragen, welche Zukunftsperspektive ich mir wählen soll. Da wirst du mir doch deine Sicht der Dinge nicht vorenthalten wollen! Wen sollte ich denn fragen, wenn nicht dich?" „Wen du fragen solltest? Frag dich selbst, was du eigentlich willst." „Ich weiß schon, was jetzt kommt: Karriere oder Familie. Aber das ist doch die falsche Alternative! Es geht doch auch anders!"

Ich legte das Besteck zur Seite und kaute zu Ende. „Das meinte ich nicht. Aber ich denke, du fragst dein Herz, was du dir wirklich für deine Zukunft wünschst." Sie schüttelte den Kopf. „Was mein Herz will, das frage ich erst mal lieber nicht, denn das hat sich in seiner Wahl schon des Öfteren getäuscht, du weißt ja ... Ich frage dich, nicht zuletzt deshalb, weil ich die männliche Seite der ehelichen Erfahrung hören möchte, die Langzeiterfahrung sozusagen."

Hattest du dir diese Frage zuvor schon einmal gestellt, also bevor Elisa dich fragte? – Ja, sicher, aber jedes Mal ist die Antwort etwas anders ausgefallen. Wie soll man denn überhaupt eine abschließende Beurteilung finden, das habe ich mich schon immer gefragt. – Nun, gehe ruhig einmal davon aus, dass so etwas möglich ist. Unter anderem deshalb bist du ja hier. – Ach so, das war mir nicht klar. – Aber du erinnerst dich doch, du hast doch schon einmal in aller Kürze Rückblick gehalten. – Das meinst du! Ja, aber das ging viel zu schnell! – Richtig, und deshalb wirst du noch genügend Zeit haben, um deine Erfahrungen in der richtigen Weise einzuordnen. – Und was habe ich dann davon? - Eine gute Frage! Auch die wird sich in der Zukunft noch beantworten. – Du machst es so geheimnisvoll wie meine liebe Elisa. – Das liegt in der Natur der hiesigen Gegebenheiten, die wirst du nach und nach kennenlernen. Aber erzähl doch einfach weiter!

Nun, wir setzten uns nach dem Essen nach draußen, wo es zwar allmählich kühler wurde. Aber der letzte

Schein der Sonne lag noch auf den Berggipfeln und färbte sie tiefrot. Als sie untergegangen war, holte Elisa für jeden von uns eine Jacke und wir bekamen einen Heizstrahler dazugestellt, denn es würde noch weiter abkühlen. „Also, sag schon, alter Mann, wie war deine erste Ehe, wie die zweite mit Elsa?"

Sie lehnte sich zurück und setzte sich mit angezogenen Füßen bequem hin. „Du willst ja immer Beispiele hören. Stell dir vor, Maria und ich sitzen zusammen auf dem Sofa, schauen irgendeinen Film zusammen. Es musste noch nicht einmal eine traurige Szene sein, nur so etwas in diese Richtung. Und sie sagt: ‚Ich möchte nicht mehr weitersehen, das wird alles noch viel schlimmer werden, mir kommen jetzt schon gleich die Tränen.'"

Elisa unterbrach mich: „Jetzt übertreibst du aber, so blöd redet doch keiner, auch nicht deine melancholische Frau!" Sie war ganz entrüstet und schaute mich empört an. „Erzähl mir keine Ehe – Märchen und auch keine Horror – Ehegeschichten! Das nehme ich dir nicht ab." Ich musste zugeben, dass ich etwas übertrieben hatte. „Vielleicht bin ich nicht gut im Beispiele erzählen. Allgemein gesagt: Maria befürchtete oft das Schlimmste, auch wenn eine realistische Einschätzung dagegensprach. Mit der Zeit wurde dieser Zug von ihr immer stärker und nichts von dem, was ich oder ein Arzt ihr sagte, konnte sie von ihrem Pessimismus abbringen. Vielleicht hat sie diese

311

Stimmung von Anfang an mitgebracht, vielleicht war es auch eine Vorahnung." „Was meinst du damit?" „Eines Morgens wache ich auf, Maria liegt still neben mir, zu still. Jedenfalls, sie war in der Nacht gestorben, einfach so. Wie sich herausstellte, war es eine Gehirnblutung, eine Ader war geplatzt. Es waren ziemlich genau vier Jahre gewesen, die wir verheiratet waren. Elsa habe ich erst viel später geheiratet."

Elisa schwieg betreten und hüllte sich fester in ihre Jacke. Ich gab mir einen Ruck und fuhr fort. „Es gibt eine charakteristische Situation mit Elsa, die kann ich dir noch erzählen, da glich sie sogar Maria. Also, Sarah ist krank, Husten oder so, und sie befürchtet gleich eine Lungenentzündung. Wir müssen also sofort ins Krankenhaus fahren, Elsa gibt keine Ruhe, bis ein Arzt sich die Kleine anschaut. Er diagnostiziert, verärgert natürlich, eine leichte Erkältung. Elsa will das zuerst nicht glauben und will die Meinung eines zweiten Arztes hören. Mit Müh' und Not kann ich sie mit Sarah aus der Klinik wieder nach Hause bekommen."

Elisa hatte mit kritischem Blick zugehört und fragte sofort: „Sarah, eure Tochter? Warum erzählst du erst jetzt von ihr?" Eigentlich wollte ich Sarah überhaupt nicht erwähnen, es war mir so herausgerutscht. „Sarah, genau gesagt Sarah Lisabetha war unsere Tochter, unser einziges Kind." Wieder unterbrach mich Elisa: „War, das heißt, sie lebt nicht mehr? Was ist ihr passiert?" „Du bist jetzt bei einem anderen Thema, das gehört jetzt nicht daher." Elisa überlegte auffällig lange und sagte schließlich: „Gut, heute Ehegeschichte, morgen Sarah. Erzähl weiter!"

Es gelang mir nicht sofort, den Faden wiederzufinden, aber dann kam mir eine Szene in den Sinn, die ich lange vergessen hatte. „Es war, bevor wir geheiratet haben. Ich war unheimlich verliebt in Elsa. Und zwar, wie mir erst nach unserer Trennung klar wurde, weil ich mich einfach nicht auskannte bei ihr. Ich konnte mir kein rechtes Bild von ihr machen und das hatte zur Folge, dass ich immer wieder verblüfft war über ihr Verhalten. Auch wenn es manchmal schwer für mich war, auch wenn ich darunter zu leiden hatte – ich wollte keine langweilige Frau haben und nahm die Frustrationen in Kauf, die ab und zu vorkamen."

Auf Elisas fragenden Blick hin sagte ich: „Du willst wieder ein Beispiel hören? Gut, es war vor unserer Heirat, aber zu diesem Zeitpunkt wussten wir, dass wir heiraten wollten. Wir hatten eine Wanderung geplant, das heißt, Elsa plante, ich überließ es ihr, damit sie nicht unzufrieden sein konnte, wenn etwas schieflief. Wir machten also eine Wanderung in den Bergen und kamen schließlich zu einer Klamm. Der Weg führte zwar weiter, aber nur über eine ewig lange Eisenleiter, die senkrecht in die Höhe führte. Ihr Ende war nicht zu sehen, denn in sechs, sieben Metern Höhe knickte sie nach hinten. ‚Willst du wirklich da hinauf?', fragte ich zweifelnd, denn ich konnte mir nicht vorstellen, dass sie das wirklich wollte. ‚Warum nicht?', meinte sie, als ob nichts daran wäre und sie nicht schon oft Ängste geäußert hätte in Situationen, die bei weitem nicht so kniffelig waren wie diese. ‚Soll ich vorgehen?', fragte ich, aber sie war schon dabei, die ersten Sprossen zu besteigen.

Sie schaffte es erstaunlich problemlos. Dann war der Knick erreicht und die nächste Leiter schloss sich an. Sie schien noch länger zu sein als die erste und mir lag die Frage auf der Zunge, ob sie wirklich weitergehen wolle. Einen kurzen Moment zögerte sie, aber dann stieg sie weiter, bis sie plötzlich stehen blieb und nach unten schaute. Ich konnte richtig beobachten, wie ihre Knie weich wurden und sie sich so krampfhaft festhielt, dass ihre Knöchel ihre Farbe verloren. Und dann hörte ich sie leise sagen: ‚Ich komme nicht mehr weiter.' Als ich bei ihr war und ihr helfen wollte, wieder herunter zu steigen, sagte sie: ‚Ich bleibe jetzt hier, hole Hilfe.' Mit vielen guten Worten versuchte ich, sie die Leiter herunter zu lotsen, aber sie weigerte sich und wiederholte nur ihr ‚Hol Hilfe'.

Nachdem ich wieder am Fuß der Leiter angekommen war, rief ich die Bergrettung an und erklärte die Situation. Nun gut, ich muss nicht alles im Detail erzählen, jedenfalls dauerte es mehr als eine Stunde, bis sie kamen und dann ließ sich Elsa, die die Augen geschlossen hielt, von ihnen die Leiter hinunterbringen. Die Rechnung hatte es in sich, aber Elsa beteuerte, dass es ihr leidtue, sich überschätzt zu haben, und sie werde die Rechnung von ihrem Geld bezahlen. Sie tat es auch und bedankte sich immer wieder, dass ich zu ihr gehalten habe und sie nicht ausgelacht hatte." Ich machte eine Pause und trank einen Schluck. Erstaunlicherweise wusste Elisa nichts zu kommentieren, sondern griff auch zu ihrem Glas und trank. „Erzähl weiter!"

„Elsa faszinierte mich auch nach der Hochzeit noch lange. Sie arbeitete, bevor Sarah kam, in der Werbebranche und da fiel sie mit ihren Eigenheiten gar nicht auf. Wir verdienten beide gut, wobei ich häufig unterwegs war, aber kleine kurze Urlaube waren es, die uns immer wieder zusammenbrachten. Mit Sarahs Geburt änderte sich vieles. Ich versuchte, wenigstens am Wochenende zu Hause zu sein, während Elsa sich zwei Jahre lang nur dem Kind widmete. Sie zeigte mütterliche Seiten, die ich gar nicht erwartet hatte. Zwar musste sie Gehaltsabstriche in Kauf nehmen, als sie wieder berufstätig wurde, aber insgesamt hatten wir mehr Geld zur Verfügung, als wir wirklich brauchten. Ein zweites Kind wollte sich nicht einstellen und das war, wie es schien, Elsa ganz lieb. Als Sarah älter war, dreizehn, vierzehn Jahre alt, ließ ihr Elsa viele Freiheiten, wie ich es vielleicht nicht getan hätte. Aber ich war in dieser Zeit dann doch wieder seltener zu Hause, so dass ich mich in Erziehungsfragen zurückhielt.

In den folgenden Jahren hatten wir eigentlich nie Probleme mit Sarah, sie war fleißig und erfolgreich in der Schule, hatte mehrere Hobbys und trieb viel Sport, so dass sie immer häufiger an Wochenenden an Wettbewerben teilnahm. Wenn es mir möglich war, fuhr ich sie dorthin. Sie war nämlich in zwei Sportarten höchst aktiv und erfolgreich: im Tennisspielen und im Schwimmen, Kraul. Mit sechzehn wollte sie allerdings plötzlich beim Schwimmen nicht mehr weitermachen. Es war nicht herauszukriegen, was eigentlich der Grund dafür war. Nach einem extrem guten Abitur entschloss sie sich, Psychologie und Soziologie zu studieren, und dann wohnte sie natürlich nicht mehr zu Hause. Und von da an versuchte ich, wieder besseren Kontakt zu Sarah zu bekommen. Einmal machten wir sogar Urlaub zusammen, es war gar nicht so weit entfernt von hier, in der Provence. Wir haben viel unternommen, haben über die Vergangenheit, aber auch ihre Zukunft gesprochen. Da gab es wunderbare Gespräche, denn sie hat sich über vieles Gedanken gemacht, wie ich es in ihrem Altern nie getan hatte.

Ja, dann habe ich dummerweise immer mal wieder ein Witzchen gemacht, wann sie denn mal einen festen Freund habe, ob es nicht an der Zeit damit sei. Sie lachte darüber, aber jetzt, im Nachhinein, glaube ich, bin ich da in ein Fettnäpfchen gestiegen. Das Seltsame war, dass sie eines Morgens einfach verschwunden war. Ich machte mir natürlich Sorgen, aber es stellte sich dann heraus, sie war spontan abgereist. Sie habe ganz vergessen, dass sie einen wichtigen Termin wahrzunehmen habe und entschuldige sich deshalb." Elisa hatte sich in der Zwischenzeit aufgerichtet und äußerst aufmerksam zugehört. „Sag, wie sah sie eigentlich aus? Sarah meine ich." „Sie war groß, schlank, für eine junge Frau besaß sie — weil sie so viel Sport trieb — sehr kräftige Arme und Beine, sie trug ihr dunkles Haar immer kurz, weil es praktischer so war. Ja, sie hatte grau-grüne Augen und wenn sie lächelte, was nicht gar so oft vorkam, Grübchen neben dem Mund." Elisa nickte, ich wusste nicht warum. „Okay", sagte sie nach einer Weile des Schweigens, „morgen gehen wir hinauf zur Festung, ich hoffe, der Weg ist dir nicht zu steil." „Ich mache einfach langsam und du gehst voraus, wenn du magst." Sie trank noch ihr Glas leer und wir verabschiedeten uns.

Hast du dir damals überlegt, was Sarah zu ihrem Verhalten bewogen haben könnte? – Ja, natürlich, aber es war ja nicht nur diese überstürzte Abreise, sondern ihr ganzes Benehmen, das ich befremdlich fand. Sie verhielt sich so anders als in der Zeit, als sie noch zu Hause wohnte. Ich kann es nicht beschreiben oder benennen, aber... anders eben. – Befragt hast du aber nicht. – Nein, ich hätte auch gar nicht gewusst, wie ich es

317

hätte formulieren sollen. Aber ich will lieber weitererzählen.

***

Am Morgen brachen wir gleich nach dem Frühstück auf und fuhren los. „Wir werden einiges zu wandern haben, steil bergauf nämlich. Aber es lohnt sich, du wirst sehen." Schweigend fuhren wir noch eine knappe halbe Stunde bis zu einem Parkplatz. In der Zwischenzeit war mir klar geworden, was das Ziel sein würde. „Von der früheren Templerburg ist ja wohl kaum noch etwas zu sehen, oder?" „Stimmt, die Reste, die man sieht, sind die einer Festung, die nach der Zerstörung der Templerburg dort errichtet wurde." Elisa nickte zustimmend. Sie nahm den Rucksack auf die Schulter. „Da ist genug zu essen und zu trinken drin für uns beide. Ich weiß nicht, ob man da oben was kriegt."

Der Anstieg war steil, ich kam nur langsam voran und musste immer wieder eine Pause machen. „Alter Mann, wenn wir oben sind, wirst du mir mehr von Sarah erzählen, jetzt erzähle ich dir etwas von mir. Also, wie Sarah bin ich Einzelkind, das weißt du ja schon. Interessant wird es erst, als ich nicht mehr zu Hause wohnte, mit siebzehn bin ich weg. Bin viel getrampt, habe hier und da gejobbt, wenn ich genug Geld hatte, ging es weiter. Naja, dann landete ich irgendwann in Frankfurt und begann zu studieren, Wirtschaft."

Ich blieb stehen, um zu fragen: „Das Studium, hast du es auch beendet?" „Fast, nicht ganz; also, die meisten Prüfungen hatte ich absolviert, aber dann kam etwas dazwischen." Wir waren noch nicht sehr weit gekommen, aber die Aussicht hinunter war jetzt schon grandios. „Sollen wir uns setzen?", fragte ich. „Von mir aus nicht, willst du?" Ich schüttelte den Kopf und so gingen wir weiter bergauf. „Was kam dir dazwischen?" „Die Frage müsste lauten, wer mir dazwischenkam."

Wieder machte Elisa eine Pause und wir gingen schweigend nebeneinander her. Ich hatte meinen Rhythmus gefunden und war darauf bedacht, nicht außer Atem zu kommen. Elisa war offenbar ganz in Gedanken versunken, langsam schritt sie weiter. Schließlich holte sie tief Luft und fuhr fort: „Wir lernten uns in der Mensa kennen, saßen zufällig am selben Tisch und uns beiden schmeckte das Essen überhaupt nicht. Und so kam es, dass wir in eine Pizzeria gingen und dort so richtig ins Gespräch kamen. Wir verstanden uns auf Anhieb und verbrachten den ganzen Tag miteinander. Sie war jünger als ich und hatte noch keine Freunde in der Stadt. Sie studierte übrigens Psychologie."

Elisa warf mir einen Seitenblick zu, den ich nicht zu deuten wusste. „Sie erklärte mir alles, Freud, Jung,

Adler und wie sie alle heißen. Sie konnte das gut, wobei das ja gar nicht einfach ist. Aber wir hatten auch viel Spaß miteinander, waren schwimmen im Sommer, gingen ins Kino und auf Partys. Sie sprach selten von ihrer Vergangenheit, von ihrer Familie."

Ich nutzte die kleine Pause, die sie machte, und fragte: „Warum erzählst du mir das von dieser Freundin, ist das so wichtig?" Wieder schaute sie mich mit einem undefinierbaren Blick an. „Eines Tages, sie war von einer Reise vorzeitig zurückgekommen, erzählte sie eine ganze Nacht lang. Sie sprach von ihrem Vater, dem sie versucht hatte, sich anzuvertrauen, aber er hatte überhaupt nichts kapiert, hatte noch nicht einmal richtig hingehört. Hatte sie sogar verspottet, weil sie keinen Freund hatte. Sie war verzweifelt, weinte und dann sagte sie zu mir: ‚Und du hast mich auch nicht verstanden!' Ich ahnte, was sie meinte, aber war mir nicht sicher. Erst als sie mir um den Hals fiel und mich lange küsste, wusste ich es."

Elisa schaute nur noch zu Boden, während sie mit langen Schritten aufwärts ging. „Wir waren ein ganzes Jahr beisammen, ein Paar. Aber wenn ich mal mit einem Mann ausgegangen bin, wurde sie eifersüchtig. Diesmal war sie es, die nichts kapierte. Ich hatte sie gern, von Herzen gern, wie man richtig sagt; aber ihretwegen auf einen Mann, vielleicht auf Kinder von ihm zu verzichten – das wollte ich damals nicht. Das konnte ich ihr nicht begreiflich machen und eines Tages war sie verschwunden."

Wir gingen schweigend weiter und ich brauchte die Frage, die ich hatte stellen wollen, nicht auszusprechen. Sarah begleitete uns den ganzen Weg hinauf zur Festung, wo wir uns auf die Burgmauer setzten und hinunter ins Tal blickten und in die Ferne, die sich im Dunst verlor.

„Wie ist sie gestorben?" Elisa schaute mich nicht an, sondern hielt die Hand über die Augen, während sie hinauf zu den Wolken blickte. „Eigentlich wissen wir es nicht genau. Niemand war dabei, niemand hat es gesehen. Ich hatte ihr ein kleines Auto geschenkt, vielleicht hast du es auch gesehen, Elisa." Sie nickte: „Ja, bald nach dieser Reise, die sie mit dir gemacht hatte, muss es gewesen sein. Sie war andauernd damit unterwegs, aber sie fuhr so wild, dass ich es vermied mitzufahren." „Es war nur noch verbogenes, verbeultes, zerstörtes Blech, aus dem man sie, vielleicht nach Stunden erst, herausgeholt hat. Es lag abseits der Straße zwischen Bäumen, von der Straße aus kaum zu sehen. Es hatte an diesem Tag leicht geregnet, aber ob das der Grund für den Unfall war, weiß man nicht. Übrigens, es war auf den Tag genau drei Jahre, nachdem sie so abrupt aus Südfrankreich abgereist war."

*Das solltest du mir doch jetzt sagen können:
War das nun Zufall oder Absicht, Pech oder
Schicksal? – Ist der Name dafür nicht völlig
egal? – Das finde ich überhaupt nicht! Hat
sie es absichtlich getan, war der Regen
schuld, eine Unachtsamkeit oder sollte es so
sein? – Schließt das eine das andere aus?
Überlege doch einmal selbst. Und denke,
wie deine Geschichte drunten endete.*

„Wir haben sie beide nicht verstanden, sie nicht genug geliebt. Du nicht und ich nicht." Elisa sprach ihre Worte in eine unbestimmte Ferne. „Sie hat dich nach dieser gemeinsamen Reise gehasst, ist dir das eigentlich klar?" Ich schaute sie erschrocken an: „Hat sie das gesagt?" „Nicht nur einmal, nicht nur gesagt hat sie es, sie hat es geschrien." „Aber warum hasste sie mich?" „Sie hasste mich schließlich auch. Sie konnte nicht anders als lieben oder hassen. Da brauchte es nicht viel, und aus weiß wurde schwarz, aus Freude wurde Trauer, aus Liebe wurde Hass."

Elisa drehte sich zu mir: „Sie konnte wahnsinnig geduldig sein, sie wartete ein Jahr, bis sie mir gestand, dass sie mich liebte. Und dann erwartete sie, dass ich es auch tat, mit derselben Intensität." „Und dass ich sie als ihr Vater liebte, das empfand sie nicht so?" „Als Kind muss sie sich bestimmt geliebt gefühlt haben von ihrer Mutter. Später bist anscheinend du für sie wichtig geworden. Deine Worte waren ihr wichtig, dein Verständnis. Aber du hast ihr nicht richtig zugehört, hast sie nicht verstanden. Sie war dir offenbar nur lieb und wichtig, solange sie Erfolge hatte und du stolz auf sie sein konntest."

In der Ferne lösten sich die Wolken im Dunst auf und Nebel stieg aus dem Tal herauf, mitten am Tag. Kühl wurde es, es fröstelte mich. Dann kam der Schmerz, der mich packte wie mit einer heißglühenden Zange. Ich sah das Gesicht Elisas mit ihren großen Augen über mir und dann nur noch den Himmel, der mich ganz in seinen Bann sog.

Jetzt, wo ich es erzählt habe, ist es nur noch wie eine Erinnerung aus ewig ferner Vergangenheit. Aber ich frage mich noch immer, ob es wirklich so war, wie es Elisa sagte. Hat sich Sarah wirklich nicht verstanden gefühlt von mir? – Eines kann ich dir versichern: Du wirst noch erfahren, wie es ihr gegangen ist mit dir, von Anfang an, als Baby, als kleines Kind, als Teenager und danach. Ihr Erleben von damals wird bald dein Erleben sein und dann wirst du verstehen. Das ist so sicher wie die Ewigkeit.

***